La porta dei dèmoni

Collana diretta da
Flavio Santi

9

Nella stessa collana

1. Matteo Colombo, *Q.B.*
2. Igor De Marchi, *Il varco*
3. Roberto Vetrugno, *Tripoli*
4. Matteo Gennari, *Cristo si è fermato a Rio*
5. Riccardo Ielmini, *Storia della mia circoncisione*
6. Kaha Mohamed Aden, *Dalmar. La disfavola degli elefanti*
7. Fabrizio Bajec, *Transizione*
8. Marco Gemma, *Fuga di gas*

Tino Adamo

IL BAR DEGLI ZANZA

EDIZIONI UNICOPLI

I personaggi e le vicende narrate in quest'opera, pur derivate da accadimenti reali, sono opera di fantasia. Ogni somiglianza con fatti e persone reali, vive o defunte, è da intendersi come puramente casuale.

ISBN: 9788840021577

I disegni che accompagnano il racconto sono dell'Autore.

Copertina: progetto grafico di Manuela Mancosu.
Immagine: Shutterstock - Andreas Liem.

Prima edizione: novembre 2020

Indice

Legenda

palo, chilo o testone: 1 milione di lire
mezzo palo, mezzo chilo o mezzo testone: 1/2 milione
gamba: 100 mila lire
mezza gamba: 50 mila
marengo: 20 mila
deca: 10 mila
scudo: 5 mila

DA COSA NASCE COSA...

"Vieni a Baggio se hai coraggio". Così recita un adagio molto popolare, dalle mie parti... e Baggio è il mio quartiere, estrema propaggine occidentale di Milano. Nato come borgo oltre cinquecento anni or sono e annesso alla città meneghina per Regio Decreto nel 1923 è rimasto comunque un mondo a parte. Gente povera ma onesta e industriosa, i baggesi, qua la malavita non ha mai attecchito. Esisteva il contrabbandiere autodidatta, una minima quantità di *malnàtt*, qualche Teddy boy... poca roba, in ogni caso. La storia è cambiata negli anni '60, quando dalle campagne del meridione sono sciamati i *terroni*, a vagonate. Chi con la tuta da operaio già stampata addosso, chi con la speranza di acchiappare la fortuna senza sforzarsi troppo.

Nuovi agglomerati sono sorti in fretta e stipati delle tribù più svariate, compresa la mia. Io sono cresciuto in questa bolgia di dialetti, sentendomi in primo luogo baggese, milanese solo in seconda battuta. A dirla tutta, qua siamo inclini a pensare che Milano sia la periferia di Baggio, e non viceversa. Il contatto con la mala, venutosi a creare con la calata dei barbari di cui sopra, mi è endemico. Quindi il lettore non si stupirà nel trovarmi, agli sgoccioli degli anni Ottanta, svolgere l'attività di banconista in quello che nella zona è conosciuto come "il bar degli zanza"...

Ringraziamenti

I miei ringraziamenti, sentiti e doverosi, vanno a colei che tollera il mio disordine e che è la mia prima e molto critica sostenitrice: mia moglie Franci. Al grande Andrea Patanè, perché senza il suo impegno questo libro non avrebbe visto la luce, all'imprescindibile Alessandro Poletti, quasi un fratello che mi sostiene da sempre con convinzione, ad Anna Garbagna per il delizioso supporto. Un enorme grazie alla casa editrice Unicopli, che è davvero una "famiglia" di belle persone, a Luca Crovi per i suoi saggi consigli, a Sergio Masperi e Roberto Piere, che mi aiutano a riflettere portando differenti punti di vista, oltre che essere buoni amici e colleghi. Ringrazio di cuore anche Tiziana de *Linea di confine*, che ha reso la sua libreria di quartiere un prezioso polo culturale, mio fratello Flavio per il suo entusiasmo, i colleghi della redazione SBE, tutti i miei cari amici (troppi per elencarli) e ogni singolo lettore, sperando di averlo divertito. Infine ringrazio i miei genitori Agostino e Angela, che più di mezzo secolo fa hanno scelto di vivere nella periferia milanese che amo e di cui sono figlio: Baggio!

COME FUNZIONANO LE COSE

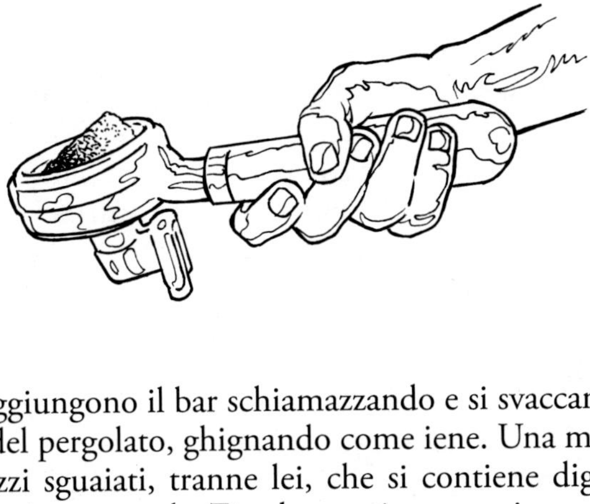

Raggiungono il bar schiamazzando e si svaccano sulle sedie del pergolato, ghignando come iene. Una manciata di truzzi sguaiati, tranne lei, che si contiene dignitosamente. Aspettano lo Zio, lo sappiamo tutti, per questo non li mandiamo via a calci in culo. Quando la compagnia le viene a noia, Tatiana si alza e raggiunge il bancone, per scambiare quattro chiacchiere meno primitive e farsi due risate con me. Noto che non porta più al dito la fede di sua nonna, buonanima. Si sarà venduta pure quella, per farsi. Non glielo faccio notare, sebbene non più di un mese fa mi abbia narrato con voce commossa la storia di quell'anello e di quanto ci fosse affezionata.

Si accende una light e ordina cinque Sanmarzano, che è l'ultimo grido a proposito di amari, tra le preferenze dei tossici. Sembra che gli eroinomani siano sempre a corto di zuccheri, tanto è vero che sono voraci consumatori di paste, cappuccini stradolcificati e bevande ultraglicemiche.

"Ve li servo subito, vai pure fuori a sederti..."

"Tranquillo, li porto io."

Come no, così mi tocca pure lavare il pavimento.

"Lascia fare, mica sei la loro cameriera" le rispondo.

Apprezza. Sorride.

È una bella giornata di primavera e, uscito all'esterno della camera a gas, respiro a pieni polmoni. Il quartiere brulica di operosità, sembra di vivere in un musical americano, e mi aspetto che all'improvviso entrino in scena i ballerini. Ma quando appoggio i bicchieri sul tavolo di plastica bianca, le grinte che mi attorniano sono più adatte a un film *horror* oppure a una scena di quei documentari che girava Jacopetti negli anni Sessanta.

"Paga lo Zio" sentenzia con voce roca Damiano, il più alto del quintetto di tossici.

"Lo Zio non paga mai, dovresti saperlo" rispondo prontamente.

Mi allunga un deca, guardandomi imbronciato. "Bastano?"

"Sei corto. Mancano duemila e cinquecento lire."

"Vuol dire che le avanzo."

"Vuol dire che non bevi!" Riprendo il suo bicchiere colmo e faccio per voltarmi. I suoi amici ridacchiano, la scena li diverte, Damiano invece sembra un cane al quale abbiano sottratto l'osso e si tira su di scatto. "Oh, ma che fai? Eccoti i tuoi cazzo di soldi, molla il bicchiere."

Nel contempo ha ravanato nella tasca dei jeans e ne ha estratto una manciata di monete, che mi porge con astio. Ottiene il suo amaro, torna tra gli altri marcioni e pigola una mezza minaccia nei miei confronti, coperto dai lazzi, perché il lungagnone ha perso il confronto. Sebbene Damiano sia il suo manico, anche Tatiana si accoda ai dileggiatori.

Mentre carico la lavastoviglie, li guardo con la coda dell'occhio. Fumano aspirando avidamente, come se non ci fosse un domani. Non riescono a passare un attimo senza immettere veleno nei propri corpi.

Segno sul quaderno del credito una coppa all'amarena per il tavolo dei nonni e due pacchetti di patatine a Sugna. Vistosi sgamato si era giustificato annunciando solennemente "Prendo una busta di queste", ma io ne segno due, che quel figlio di cane è sempre pronto a fregarti e, con certa gente, a pensar male non si sbaglia mai.

Finalmente arriva lo Zio e i tossici gli vanno incontro con l'espressione che potrebbe avere, alla vista di un'oasi, un gruppo di cammellieri in pieno deserto.

Lo Zio li blandisce come fossero una cucciolata, poi mi si avvicina col suo incedere claudicante e mi porge un sacchetto di carta marrone, fresco di ortolano.

"Primizie, Zio?"

"Mettile a bagno con un po' di ghiaccio, fa' il favore. Dopo portamele fuori, nipotino."

Lo Zio chiama tutti gli sbarbati a questa maniera. Il cartoccio contiene fragole e ciliegie enormi e invitanti come labbra carnose. Le metto a mollo nella bacinella, poi le copro di cubetti di ghiaccio e le consegno all'uomo di mezza età che sta catechizzando il gruppo dei tossici. Che provassero ad allungare le mani su quei frutti profumati! Ma quelli sanno stare al loro posto, tanto più che il loro anfitrione sta cambiando di umore.

Nel frattempo, seguito da un codazzo di nullafacenti, Mimmo Parrucca entra nel bar, si fionda in saletta e comincia a svuotare un enorme borsone, contenente gli ultimi arrivi in fatto di videocassette pirata. Viene subito attorniato dai clienti, che smettono le partite di chiusura per accaparrarsi una copia di *Rain Man*, *Un pesce di nome Wanda* o *Il piccolo diavolo*. Solo dal tavolo dei nonni partono occhiatacce stizzite e il Gamba de legn cambia indirizzo alle sue bestemmie. Mimmo Parrucca saluta il vecchio sorridendo di sbieco, mentre le sue mani si riempiono di soldi. Fuori, tra i tavoli del pergolato, la situazione precipita. La voce carezzevole dello Zio si è trasformata in un ringhio e sta per alzarsi, il che significa guai seri. I tossici accampano mozziconi di scuse, con le orecchie basse... Non hanno più tanta voglia di ridere, adesso.

"L'ho sempre detto, che un buon cavallo non deve farsi... Alla fine combina sempre guai, è scientifico. "Per chi lo ignorasse, il termine "cavallo" indica lo spacciatore. Lo Zio incalza "Non posso farmi sputtanare da una mezza sega come te, Damiano. Tu hai combinato il casino e tu lo devi risolvere, ho finito di pararti il culo."

"Ma come faccio a recuperare tutti quei soldi, Zio? Dammi una mano. Ho sbagliato, davvero... Ti chiedo scusa. Non succederà più."

"Ci credo, che non succederà più. Appena la storia verrà all'orecchio di chi tu sai..." lo Zio gesticola un segno della croce "... Ci siamo capiti!"

"Minchia, Zio, quella gente ci fa male di brutto..." balbetta Sandrino, mentre occhieggia tra lo Zio e Damiano quasi fosse uno spettatore a Wimbledon.

"E vi sta bene. Non è che potete ammazzare la gente e poi aspettarvi un grazie... Lo capite o siete cretini? A voi certe idee non vi devono venire, non dovete pensare, che fate cazzate... Con la roba degli altri dovete stare attenti, altrimenti sono solo cazzi vostri. Siamo intesi?"

Dopo una pausa da era geologica, durante la quale lo Zio è tornato a sedersi e a divorare ciliegie con espressione accigliata, Damiano, in maniera troppo entusiastica per essere vera, replica: "Lavoriamo gratis. Fino a che non saldiamo, abbiamo solo bisogno di un po' di tempo."

Con le mani ancora a mollo nella bacinella, lo Zio lo squadra come se avesse di fronte lo scemo del villaggio, poi con voce sottile sibila "Magari non ve ne resta molto, di tempo."

Un vortice dai capelli posticci sguscia via dalla saletta col borsone ormai vuoto e il portafogli gonfio. Mugolando lo segue Sugna, che è restato a bocca asciutta poiché a questo giro Mimmo Parrucca non ha proposto nessun film porno.

Mentre svuoto il cestello della lavastoviglie da tazzine e piattini e li impilo ordinatamente, all'esterno del locale lo Zio e i tossici si sono alzati e si apprestano a separarsi. La novità è che Tatiana va via con lo zoppo.

Non ci vuole il genio della lampada per capire le intenzioni dello Zio. Per gente del suo stampo il recupero crediti assume le forme più svariate e la ragazza mora che gli zampetta a fianco non è ancora così bruciata da non poterla far fruttare. Non è pappa per lo Zio, s'intende, a lui sono passate simili fantasie da quando ha subìto un pesante intervento alla prostata.

Damiano e i suoi compari prendono la strada opposta e confabulano mestamente, interrogandosi sul da farsi. Che la sua donna a breve verrà sbattuta sul marciapiede, a Damiano fotte sicuramente meno dell'uscire dal casino in cui si è cacciato.

"Lo dicevo, io, che sarebbe finita male..." mugugna Sandrino, con le mani in tasca e lo sguardo basso, ma nessuno gli dà corda, così si affanna per recuperare il passo.

"Hai capito, i fessi?" Esordisce Saverio, mentre con aria soddisfatta si accende una Marlboro. "Stavolta l'hanno combinata grossa." Saverio è il titolare del bar, un vero dritto allergico al lavoro, tanto che ancora non ha imparato a servire un cappuccino in grazia di Dio, ma ha le mani in pasta con buona parte della clientela abituale della saletta. Fuma sogghignando tra sé e attendendo che la curiosità mi porti a volgergli una qualche domanda all'abbocco lanciatomi con falsa disinvoltura. Non amo giocare al gatto e il topo, quindi, con un'espressione grave, da attore consumato, gli chiedo.

"Cos'hanno combinato per prendersi una cazziata simile dallo Zio?"

Socchiudendo gli occhi e abbassando la voce, neanche mi dovesse enunciare l'ingrediente segreto della Coca cola, il mio capo attacca uno spiegone che riguarda a grandi linee tutta la filiera dello spaccio di eroina a Milano. A tagliar corto, i tossici nei guai sono cavalli dello

Zio. Quest'ultimo è uomo della famiglia Tizio. La famiglia Tizio è affiliata al Clan Caio. Il Clan caio è in affari con qualche Sempronio che sta più in alto di lui e così via. Come in tutti i commerci ci sono compratori, grossisti e venditori al dettaglio. Damiano ha pensato di raggranellare denaro tagliando ulteriormente l'ultimo rifornimento ricevuto dallo Zio, una busta da 300 grammi di eroina che già conteneva più gesso che stupefacente. Risultato: un drogato in coma e un altro morto di overdose, trovato stecchito tra la rumenta del Parco delle Cave.

"Si credevano tanto furbi da tentare di fottere lo Zio. Hanno trattenuto un terzo della droga e tagliando la restante con qualche schifezza, avrebbero raccolto la quantità di soldi da rendere allo Zio, spacciando la restante per proprio conto."

"Invece un disperato si è iniettato quella merda e ci è rimasto secco!" esclamo senza entusiasmo.

"Già. Naturalmente adesso tutta la partita in mano a Damiano è sputtanata... Le voci fanno presto a girare. Se vendi veleno ti bruci i clienti, quelli cercano spaccio da altre parti e chi comanda il giro non è che sia contento, che dici?"

"E come va avanti la faccenda?"

Saverio assume la sua classica posizione alla John Wayne, con un piede poggiato alla seduta di una sedia e il gomito azzeccato al ginocchio. Tira un'infinita boccata dalla Marlboro e dopo una sbuffata di fumo degna di un drago medievale, conclude la sua prece.

"Va avanti che Damiano e soci sono fuori di qualche palo e in qualche modo devono recuperare la fresca da versare allo Zio. Non è tutto denaro suo, se hai compreso come gira il fumo. La sua parte sarà forse il cinque per cento. Il resto della grana deve risalire alla fonte, la famosa filiera di cui ti ho parlato." Altro tiro di sigaretta.

"In ogni caso se fossi lo Zio non mi fiderei più di questi deficienti."

"Stavo pensando la stessa cosa" rispondo.

"Degli scimuniti del genere hanno le ore contate, te lo dico io. Se conosco bene lo Zio, starà già pensando come levarseli dai piedi e recuperare quello che resta della roba."

"E la ragazza?"

"Quella? La mette a battere. Magari ci recupera qualcosa, scommetto che la proporrà a Ritàl. Quello non va tanto per il sottile, la sbatte nell'area industriale e quella zona è pericolosa, ci girella brutta gente."

"Di che tipo?" tartaglio a mezza voce.

"Maniaci, sadici, zingari... Gentaglia così, capito?"

Annuisco, mentre immagino Tatiana consumare il marciapiede e quel che resta della sua vita, alla mercé di quella teppa, e le asserzioni di Saverio mi lasciano l'amaro in bocca, come dopo avere sboccato.

ORDINARIA AMMINISTRAZIONE

Mustafà è il "nostro" marocchino. Da qualche anno sono apparsi questi esotici personaggi e Milano, che è avvezza alle novità, ha inglobato anche loro nel suo minestrone umano. Mustafà ha un largo sorriso da contadino, è mezzo stempiato e porta enormi baffi. Instancabilmente scavalca piazze e viali cercando di collocare la sua mercanzia e il negozio se lo porta appresso... la cassetta da frutta in legno d'ordinanza, messa a tracolla. Sistemata ordinatamente all'interno, la sua merce pare un campionario della futilità, eppure quasi ogni giorno, quando il marocchino entra nel bar e deposita su un tavolino la zavorra, frugando avidamente trovo dei tesori meravigliosi che non posso fare a meno di acquistare. Può essere un nastro di Bob Marley, un orologio al quarzo griffato Ferrari, un portachiavi con immaginetta sexy o un accendino col led luminoso; insomma, ce n'è per tutti i gusti. Quando ho iniziato a lavorare in questo postribolo di zanza Mustafà era già stato adottato come mascotte e nessuno si sogna di fare il prepotente nei suoi confronti, tanto meno di rubargli uno spillo.

"Vu' cumprà?" esordisce Mustafà, accaldato da abiti troppo pesanti per la stagione e dai chilometri macinati, e lo salutiamo tutti con lo stesso fervore di bambini annoiati a cui viene lanciato un pallone.

"Allora, come va la giornata?" gli fa Saverio, cercando nel contempo le sigarette.

"No ho vendutu niende, fratello, affari male, male."

"Che c'hai di nuovo?" con un cenno il mio capo mi ringrazia, mentre gli porgo il pacchetto.

"Fà vedere, va', quasi-quasi ti compro tutto l'ambaradam, così torni a Marrakech coi soldi e la pianti di lamentarti."

Il marocchino ride di gusto allettato dall'idea. Saverio si tasta le tasche dei calzoni, poi prende dalla cassa mille lire e le porge all'ambulante.

"Dammi un accendino. Non quello, non vedi che è quasi senza gas? Voglio quello verde... Minchia, li vendi senza gas perché ti comprino pure la bomboletta? Sei proprio un cornuto!"

E giù tutti a ridere, perfino Fortunato, che quando compila la schedina è più serio di uno stitico al cesso. "No, lascia stare soldi, io regala te."

"Vabbè, allora prendi un panino, dài, che è ora di pranzo. Tino, fagli un panino e dagli da bere che, pure se è africano, ha diritto di mangiare anche lui." Poi Saverio si dilegua in saletta per seguire il gioco e prendere eventuali ordinazioni. "Allora, Mustafà, come te lo faccio, 'sto panino?"

"Cosa è quelo?" biascica il nordafricano, come se le vedesse per la prima volta. "Cotolette, carne" rispondo allargando le braccia.

"Pollo?"

"Sì, pollo, come no..."

Rassicuratosi, Mustafà si siede e io attacco un francesino con il coltello dentato, pensando alle cotolette che quell'omaccione ingurgita quasi ogni giorno. Credo abbia inteso da tempo che la carne in realtà sia di maiale, ma alcuni musulmani sono laschi coi precetti e alla fine non gli ho mai sentito chiedere alla sua bocca se la birra che tracanna con generose sorsate sia alcolica o meno, se proprio vogliamo girarla sui tabù.

La giornata fila via liscia e, quant'è vero che il caldo troppo afoso è il preludio del temporale, la troppa calma è premonitrice di spaccamenti di palle. Il rompicoglioni a cui alludo ha nome e cognome, ma è chiamato da tutti Sisal, nome d'arte guadagnato scontando tredici anni di carcere, e facendo quindi "Tredici", per rapina a mano armata e tentato omicidio. Dimostrando che il programma rieducativo è un proclama da tromboni, mi dicono che è uscito di galera più pazzo furioso di come ci era entrato. Sisal è un biondo dal capello riccio e i baffetti sparagnini che si muove a scatti e parla strano, tanto che non afferri mai del tutto ciò che dice. Non bazzica spesso il bar, ma in questo periodo capita sovente tra i piedi a metà pomeriggio, quando Mustafà ha già ripreso il suo giro. Scende barcollando le scale che dalla saletta conducono all'ingresso del locale, poi si appoggia mollemente al bancone e mi fissa coi suoi occhietti velenosi.

"Te ne faccio un'altra?"

"Eh!", vale a dire che non gli spiacerebbe. Verso la sambuca fin oltre la tacca del bicchiere, aggiungo un cubetto di ghiaccio e mescolo dolcemente. Solitamente mi piace guardare quel liquido trasparente e vischioso diventare bianco mentre ne inalo il profumo d'anice, ma indugiare non è raccomandabile quando hai uno psicopatico che ti squadra come se tu fossi la sua prossima vittima. Così, bando alla poesia, servo Sisal e segno la consumazione. Il malvivente mi allunga un marengo e, in un idioma simile all'italiano, grugnisce un "Pàgati e cancella il mio nome da quel quaderno di merda." Tiro una linea che pare un solco e lo saluto. Non ci penso neanche, a imbastire un dialogo con una bestia simile, tanto meno oggi, che è stato a percentuale con Buttafuoco e hanno perso quasi un paio di pali a telesina. Inserisco l'ennesimo nastro nel mangiacassette in barba alla Siae e raggiungo la saletta. I ragazzi casinano, segno che le partite sono all'epilogo. I primi ad alzarsi sono i vecchi... Stavolta il Gamba de legn ha vinto, è di buon umore e sfotte gli avversari. Saluto il Bologna e il signor Giovanni, mentre Lanzoni, cui tocca pagare le consumazioni, tira giù qualche improperio in veneto, degli "Ostrega" e "fiòl d'on càn!", ma sempre col sorriso tra le labbra, benedetto vegliardo. Sono le 19.30 e i giocatori degli altri tavoli di chiusura sfilano davanti alla cassa e qualcuno paga le bevute, arretrati compresi.

Torno in saletta e raggiungo il tavolo di telesina, dove i quattro consumati giocatori sono attorniati da una pattuglia di spettatori più tesi e attenti di loro. È stato già chiamato l'ultimo giro e le puntate si impennano. Buttafuoco sta recuperando alla grande, da quando Sisal ha mollato il colpo, ed è quasi andato a pari. In ultima mano, tra lo stupore generale, Franco "Lisca", il cui nomignolo gli deriva dall'essere pescivendolo, serve l'ultima carta a Cip e Buttafuoco, che erano testa a testa fino alla quarta, avendo entrambi una coppia di jack. I due contendenti voltano la carta coperta e mentre Cip ha pescato una carta che non è buona manco per pulirsi il culo, Buttafuoco gira un dieci e, avendone un altro tra le quattro scoperte, realizza una doppia coppia e vince il piatto. "Eccola qua, la bastarda, ah! ah! Lo dicevo che era quel cornuto di Sisal, che mi portava sfiga!" esclama Buttafuoco, facendo onore al suo soprannome diventando paonazzo.

"Può darsi, però... Minchia, che culo" gli fa eco Cip, con una smorfia.

"Nel poker il culo non esiste, bello mio... È l'abilità strategica che conta" rintuzza Buttafuoco con una smorfia, mentre afferra la posta.

"Vuoi dire che quel cazzo di dieci è uscito grazie alla tua strategia?"

"No, no... Quello è stato culo, ah! ah!"

Così, tra i lazzi, l'allegra combriccola sfuma verso l'uscita.

Sto armeggiando con la ramazza quando riappare Saverio, che come sempre a quest'ora, si appioppa alla cassa per contare i guadagni.

"Com'è andata?"

"Neanche male. Sisal, Rocco e il Professore hanno saldato. Conviene aggiornare il quaderno, io intanto pulisco di sopra."

"Sbrigati, che vado a mangiare" chiude il mio boss.

La sala è annebbiata dal fumo acre di decine di sigarette e il pavimento è un'esplosione di mozziconi, cartacce e fiches inutilizzate. Raccolgo un bicchiere scheggiato il cui contenuto, schizzato in ogni dove, rende appiccicoso il suolo. Dopo avere aperto tutte le finestre, affinché il concentrato di veleno nell'aria si estingua, raccatto carte e bicchieri vuoti dai tavoli verdi, svuoto i portaceneri e passo lo straccio in terra. Quando il titolare mi lascia finalmente solo e finisco di rassettare sommariamente anche l'ingresso del locale e il bancone, ha inizio il momento più rilassante della giornata. Addento un panino, faccio qualche partita ai videogiochi e mi svacco a leggere la Gazzetta, tanto fino alle 21 è raro che qualche avventore porti il culo oltre l'entrata del bar.

Stasera m'ingegno nel tentativo d'inventare un cocktail e siccome un paio di amici miei sono passati prima di fare serata, li uso come cavie per i miei esperimenti. La base è sempre la medesima; Aperol, vermouth secco e gin, poi completo i dosaggi con le più svariate alternative, rendendo ora più dolci, ora più secchi gli intrugli che i miei compari trangugiano con sempre minore convinzione. Quando ormai sono ridotti a due scendiletto e telano per vomitare da qualche parte, il bar si anima così repentinamente che mi chiedo se tutti 'sti tizi fossero mai andati via. I primi sono Cupone e il Bagarino, che si giocano mezza gamba a concia, poi arrivano gli altri: Vito "La mamma", Stufa, Pez, Angelo "Becchino" e compagnia bella. All'esterno, nel pergolato, i miei amici stanno progettando di prendere le auto e andare a sbafarsi un gelato nella piazza Castello di Vigevano... Buon per loro, salutano e partono, a me tocca lavorare in questo buco almeno fino a mezzanotte.

La serata è di routine, servo caffè, birre e liquori e le partite di chiusura e poker sono avvincenti quanto un film scandinavo, quindi hanno vita breve. Quando anche l'ultimo tavolo di chiusura sta per passare alla storia e al bancone siamo solo io, Saverio, Pez e due ragazzi intenti a sfidarsi in un doppio ai videogames, si fionda nel bar, fatto come una scimmia, Sisal.

"Fammi una sambuca, giovane", mi comanda. Scambio un'occhiata con Saverio e Pez e tutti abbiamo inteso la medesima cosa... Stasera il biondo c'ha la carogna.

Scolatosi il liquore, prende a lumare i due ragazzi al videogame e uno di questi ha la sfortuna di girarsi e incrociare gli occhi dell'ubriaco.

"Che minchia hai da guardare, ricchione?" gli sbraita Sisal. Il ragazzo nicchia e torna a guardare il video. Pez tenta di distrarre Sisal, ma è inutile, il biondo è come in trance e la sua preda è all'angolo.

"Testa di cazzo, frocio di merda... Te la fai sotto?"

I due capiscono che tira una brutta aria e si voltano che già galleggiano nell'adrenalina.

"Cosa ho fatto?" balbetta inebetito quello col nasone, che si era taliato col malvivente.

"Mi prendi per il culo, finocchio? Mi prendi per il cuuulo, finooocchio?" bofonchia sghignazzando Sisal, mentre si appressa ai due poveracci.

"Insomma, che cazzo vuo..." Il nasone non riesce a dire altro, che una sberla gli tappa la bocca e d'infilata ne prende un altro paio. Il suo compare si becca un calcio sulla pancia e indietreggia. In seguito la scena diventa surreale... Scimmiottando Bruce Lee, Sisal si esibisce in una parodia di katà, avanza e indietreggia saltellando come un matto ed è inutile parlargli, che è in un altro film. Svelto come un gatto si avventa sui due spauriti giovanotti e gli mena una gragnuola di pugni. Il nasone prende a sanguinare e mentre Pez trattiene il pazzo psicopatico, io e Saverio riusciamo a far svicolare fuori la parte lesa. I due sbarbati fuggono a gambe levate e cosa migliore non avrebbero potuto fare. Sisal è sovreccitato e ridacchia istericamente.

"Avete visto come sono scappati, quei ricchioni?"

Noi abbozziamo, mica puoi dire al cognato di un capo bastone che è un povero stronzo, così lo serviamo nuovamente di sambuca e lo spediamo a nanna tutto felice. Tiriamo giù la serranda e, olé, la giornata va in prescrizione.

SOLDI FACILI

Ho scoperto una maniera per tirare su un po' di lira. Non che la clientela abituale abbia il braccino corto, ma le mance sono una risorsa mica male per rimpinguare il magro stipendio di banconista e permettermi qualche sfizio. Così, visto che nei bar è nata 'sta moda, chiedo a Davide, il mio collega, di passarmi una caraffa piena d'acqua.

"Fa' il piacere, Davide, allungami anche il Blue curaçao, va'."

"Pronto. Che ci vuoi fare?"

"Lo verso nella caraffa. Guarda che figata, sembra il mar dei Caraibi."

Più aggiungo liquore e più l'acqua si tinge di azzurro, ma lo sguardo del mio socio è ancora vagamente ebete. Prendo un limone e lo metto in ammollo. "Capita, la solfa?"

"Beh! È ... Coreografico!?" risponde sconcertato Davide.

A questo punto estraggo dal portafogli alcune monete e le lascio affondare nella caraffa." Sono tue se riesci a piazzare una moneta da cento lire in equilibrio sul limone."

"E che ci vuole? Spostati, che arriva il re degli equilibristi!" Spara il mio collega, per il quale sembra sempre tutto facile. Con la leggerezza di una farfalla depone lo spicciolo sull'agrume, che ruota immediatamente su se stesso facendo inabissare il pezzo di metallo. "Minchia!"

Ci riprova con una moneta da cinquanta, ma l'esito è identico. Gli dico di lasciar perdere, che proprio è impossibile fisicamente che l'alchimia abbia esito. Allora Davide spiega un ampio sorriso e sentenzia "Minchia! Altro che fontana di Trevi... Se i ragazzi la prendono per sport, 'sta cosa del limone e tutto, facciamo un sacco di soldi."

"Già. Comunque ogni tanto preleviamo parte del gruzzolo, vorria mai che per miracolo a qualcuno di questi speranzoni riesca il colpo e gratta via tutta la posta" chioso io.

Fortunatamente conosco i miei polli: gente dalla mente semplice, con soldi facili da spendere e un sacco di tempo libero, così il business del limone funziona alla grande. I clienti fanno la fila per provare la propria abilità e portarsi a casa il tesoro sommerso. Provano e riprovano, smoccolando o prendendosi per i fondelli, scommettendo da bere o litigando, ché al momento buono c'è sempre il pirla che rusa o tenta di deconcentrare il giocatore. Nei giorni successivi il gioco del limone è diventato una vera febbre, i più accaniti consumatori di monete sono Nerone e il Bèrgum, che si arrovellano escogitando i più disparati trucchi, invano.

Intanto io e Davide incassiamo, dividendoci quotidianamente in media un deca a testa. "Stavolta vi frego!" esordisce trionfale Nerone.

"Che ti sei inventato, questa volta?" lo abbocco con un sorrisetto salace.

"Tu statti zitto, che da quando hai messo su questa brocca del cazzo, non dormo più la notte. Guarda qua, se ci tieni tanto, ho messo della colla sulla moneta. Statti zitto e vedrai come ti fotto, sbarbato."

Rido meravigliato da cotanta ingenuità ma non mollo l'osso.

"Scommettiamo che la colla non serve proprio a niente?"

Non faccio in tempo a pronunciare la frase, che si forma un capannello di cristiani in attesa che si consumi il duello.

"La vedi mezza gamba?" butta lì Nerone.

"La vedo sì!" rispondo con enfasi, sicuro come il più secchione della classe. Con lentezza da bradipo, lo smilzo con la faccia sfregiata si avvicina alla caraffa e tenta il contatto con Base Luna. Appoggia delicatamente il pezzo spalmato di colla alla buccia dell'agrume, aiutandosi anche con le dita, mentre la folla trattiene il fiato. Nerone molla amorevolmente la presa e... pluf! Il limone si avvita come neanche una ballerina della Scala e la cento lire si stacca, raggiungendo i suoi simili, sul fondo del bricco.

Le madonne che tira Nerone. Lo scherno del crocchio di non belligeranti. Nerone fuori dalle grazie che mi allunga frettolosamente un biglietto da centomila.

"Si era detto solo mezza gamba." gli faccio.

"Cinquanta per la scommessa e con le altre cinquanta ci compro il gran cornuto del tuo limone!" Detto ciò, estrae il limone dalla caraffa, esce dal bar e lo lancia con quanta forza ha nelle braccia dall'altra parte della strada, schivando di una spanna un cane che portava a spasso un pensionato, o viceversa.

LA VIA CRUCIS DI TREMACÙA

A dispetto del suo nome, Fortunato non azzeccherebbe un tredici neanche se conoscesse in anticipo i risultati delle partite, eppure macina una schedina via l'altra con la mistica costanza di un amanuense. I momenti solenni della compilazione dei tagliandi del Totocalcio li trascorre in saletta, con la sola compagnia di un'aranciata amara. Lo guardo accartocciare l'ennesima scheda e mi viene da sorridere. Mi volto e mi rivolgo a Davide, intento ad asciugare i calici.

"Oh, Fortunato sta mettendo il record, guarda quante pallette di carta ha sul tavolo!"

"Mi sa che ha dimenticato un'altra volta a casa gli occhiali, eh?"

"È che gioca otto colonne... vorrei vederti, a copiare otto colonne di 1, X e 2, se hai la terza elementare e sai scrivere a fatica il tuo nome."

"Minchia, mi sa che sbaglia pure quello." Rido, lo penso anch'io.

Fortunato è sbarcato da un paesino dell'Abruzzo direttamente su Marte quasi quarant'anni fa e secondo me è uno di quelli che ha compreso solo da poco a cosa serva il bidet, se capite l'antifona... ma oltre all'indolenza, del contadino possiede anche la furbizia. Da quasi tre lustri raggira azienda e Inps, a causa di un incidente di fabbrica che lo ha reso leggermente zoppo, ma non inabile al lavoro. Da allora è a casa e ad ogni visita medica millanta insopportabili dolori, mostra referti, sventola cartelle cliniche, snocciola impegnative e dichiarazioni del medico della mutua, il dottor Rada, detto "Dueminuti" perché tanto durano le sue visite. Mal di stomaco? Prescrivo le pastiglie. Mi sono svegliato che non ci vedo? Ancora pastiglie. Mi fa male la gamba? A casa in malattia. Quanto vuoi starci? Veda lei. Tre mesi e poi ci rivediamo? Tre mesi. E pastiglie.

"Vuoi ridere?" e certo che voglio ridere, rispondo a Davide.

"Mio padre ha l'orto vicino al suo, alle cave..."

"Bè?", gli faccio, "Aspetti le calende per andare avanti?"

"Dice che uno sfaticato come lui non l'ha mai visto... Che zappetta un filarino di fagioli, si accende una sigaretta e sta lì a guardarlo crescere per un quarto d'ora... Poi annaffia quattro cespi di lattuga, si ferma ad ammirarli, si accende una seconda sigaretta, aspetta un altro quarto d'ora e così via."

"Che dire? È un tipo flemmatico."

"Di sicuro non si danna per la pagnotta."

"Puoi dirlo forte. Se aspetta di mangiare grazie al suo sudore, la famiglia di Fortunato diventa un club di anoressici. Tra qualche anno il furbo se ne va in pensione e lo lumeremo in posta a ogni inizio mese, fresco come una rosa, che batte cassa ..."

"E la pensione gliela pagheremo noi!" interrompe Davide.

"Be', in teoria dovremmo pagargliela noi" lo correggo "Ti risulta che Saverio ci abbia assunti regolarmente?" Aspetto che l'unico neurone del mio collega torni dal cesso e che beli un "Cioè coi libri, dici?..." Quelli, dico, che altro? Per antica tradizione nei bar della zona i banconisti lavorano in nero e chi siamo noi per andare contro certi tabù?

L'aria ha rinfrescato e per recuperare calorie i vecchi sbornioni, clienti fissi del bianchino, hanno ordinato un altro giro. Non sono ancora pieni ma già volteggiano con la leggiadria degli zombi, mentre discutono dei problemi mondiali, ovviamente con le soluzioni in tasca. Finalmente li risveglia dal torpore un diversivo a foggia di marocchino dall'occhio scaltro, che infila la porta trasportando in spalla un enorme tappeto dicesi persiano. Il magrebino appoggia il taroccume ricamato e dà il via allo show ridimensionando, in quanto ad arte del mercanteggiare, il buon Guido Angeli del "Provare per credere". Il Bèrgum diventa paonazzo dal gran ridere quando, dopo avere descritto il prodotto, il serafico venditore a domanda risponde che il tappeto vale cinquecentomila lire. Anche Mimmo, Tremacùa e Totò sghignazzano guardandosi in faccia come a dire "Bingo Bongo vuole metterlo in saccoccia all'uomo bianco?"

Tremacùa fa addirittura il ganassa.

"Mezzo milione per quella roba qui? Ma cos'è, un tappeto volante?" estrae il portafogli e tira fuori con la mano tremolante l'unico biglietto da cinquantamila contenutovi. "Te lo compro io per cinquanta franchi!" quasi urla, sventolando la banconota. Per una volta nella vita Tremacùa sembra sicuro di sé, il prezzo è troppo distante, è spalleggiato dagli amici, la sua spacconata lascia il tempo che trova, almeno questo crede l'ometto panciuto... Se non che, il marocchino accetta l'offerta.

"Va bene", dice soddisfatto, porgendogli il tappeto.

"Pota, che affarone!" dice pronto il Bèrgum, come a dire: "che pirla."

"Bravo Tremacùa" fanno gli altri e giù pacche sulla schiena. L'unico basito è il povero Tremacùa, che si è sparato nei coglioni.

"Minchia, che situazione", constata Davide, "Non può mollare il colpo, altrimenti perde la faccia con gli amici."

"E adesso?" pensa Tremacùa. Qua i casi sono due... Faccio la figura del cucù e metto via i soldi, o compro questo tappeto farlocco, che manco mi piace il colore, e quando torno a casa la Gisella me lo infila tomo tomo nel retrotreno? Ma sarò scemo, nè!?" Tutti pendiamo dalle sue labbra, sceglierà la padella o la brace? Suspance! Il pensionato imperlato di sudore sembra una termocoperta in funzione, tocchiccia maldestramente il tessuto seguendone la trama, infine sentenzia "Se l'è bèl, si vede che l'è propi vècc", nel contempo depone il denaro nelle mani del *vu' cumprà*, che silenziosamente porta le sue larghe vesti fuori dalla porta, quasi contrariato dell'avere gabbato senza il gioco della contrattazione un alquanto ingenuo cliente. I vecchiardi salutano l'impresa offrendo da bere al neo proprietario di cotanta intrecciata bellezza.

"Che c'hai da ghignare sotto i baffi?" mi chiede Davide, con tanto d'occhi.

"Sto immaginando Tremacùa mezzo ciucco che trasporta il tappeto fino a casa. Che dici, ce la può fare?"

Dopo avere squadrato il soggetto in questione, il mio collega scuote il capo "Lo vedo male, il vecchio Tremacùa, quel tappeto ha l'aria di pesare parecchio."

Nello stesso momento, trascinando il passo, Fortunato scende i tre gradini che separano la saletta dall'ingresso del bar, si appoggia al bancone con aria trionfale e ci mostra il frutto della sua scienza. Studio la schedina, la passo a Davide, ci consultiamo. "Che ti dobbiamo dire... Ci sono un paio di risultati che non ci convincono. La vittoria secca della Juve, per esempio..."

"Ma che dici!" — quando Fortunato non è d'accordo alza il tono della voce accentuando la parlata dell'alto Sangro. "Non c'è Maradona che tenga. Domenica sarà 1 fisso, non vedete che il Napoli è scoppiato? Forza, rendimi la schedina, incompetente. Non voglio sapere altro, se mi contesti Juventus-Napoli. E tu, Davide, sì nù ciucc' peggio del compare tuo. Non sapete nulla, del calcio. Pago un'aranciata."

Riattacco ironico. "A inizio campionato avevi pronosticato un'annata spumeggiante per l'Ascoli ed è ultima in classifica a cinque giornate dalla fine, ti ricordi?" Fortunato esce dal locale senza neanche rispondere, fa solo un gesto con la mano come a mandarmi bonariamente a quel paese.

Per immaginare in quali condizioni si trovi Tremacùa quando, dopo molteplici vani tentativi, finalmente i suoi compagni sono stati in grado di issargli in spalla il gravoso tappeto, figuratevi un alpino della Grande guerra che scollini in pieno inverno, curvo sotto la neve, sferzato dal vento gelido e gravato da un pezzo d'artiglieria da quaranta e rotti chilogrammi. Con passo incerto, il pensionato punta verso le case popolari distanti solamente pochi isolati, ma che non gli sono mai parse tanto lontane. Non pochi curiosi occhieggiano al suo indirizzo e tra questi una voce sgraziata, da cornacchia, lo apostrofa.

"Uè, testina di vitello, le fai tutte, le stazioni?" Da sotto la sua soma fa capolino il viso di un Tremacùa ansimante come una locomotiva a vapore, incapace di vocalizzare e reso ancora più miope dalle gocce di sudore cristallizzate sulle lenti degli occhiali. Intuisce la sagoma di Gamba de Legn, ed è una sagoma assai sarcastica.

"Sei un po' in ritardo, per la Via Crucis, Tremacùa." Il Gamba de Legn esplode in una rozza risata, abbandonandolo al suo destino.

Che ti si spezzi quella cavolo di gamba di legno, brutto babbione! Pensa la figura fantozziana mentre zigzaga evitando le cacche di cane sul marciapiede. Ma la protesi non si rompe affatto, così il claudicante settuagenario fa il suo ingresso nel bar con un ghigno di quelli che scoprono fino al più recondito dei molari. "Indovinate chi ho visto giusto un momento fa, che sembrava Gesù Cristo con la croce, poveraccio?" Lascia stare, vecchio, che lo sappiamo tutti!

POLPETTA E POLPETTE

Quando Gigi il cavallaro ha buttato la voce ai ragazzi, un tornado si è abbattuto sul bar. È bastato che urlasse: "Polpetta!" Nel giro di un minuto la saletta si è svuotata e una marea umana è tracimata dal locale in direzione della sala corse, adoperando i più svariati mezzi di trasporto... Ha avuto così inizio un carosello formato da auto stipate di picari casinanti, motorini con due o tre persone a bordo, biciclette rugginose guidate alla carlona da improvvisati ciclisti e, se non avesse le camere d'aria schiattate, sarebbe stato utilizzato anche il logoro triciclo dell'ormai defunto ferravecchio, che marcisce in un cantone della viuzza senza uscita attigua al bar. Be', mi dico, giusto all'ora del cambio turno. Non faccio in tempo a lasciarmi cadere su una sedia del pergolato, che appare Samsonella, il ragazzetto gracile e perennemente affetto da bronchite che si è meritato il soprannome a causa del suo gelato preferito, che puntualmente è venuto ad acquistare. Samsonella è uno di quei clienti che, come nei film, entrando nel bar potrebbe dire, rivolto al barista: "Il solito." Come accade spesso, quasi contemporaneamente, alcuni bambini dei dintorni, mandati in strada a giocare dalle madri indaffarate, passano e ripassano davanti al locale e salutano con larghi sorrisi o siedono composti nel pergolato e mi raccontano le avventure scolastiche, come fossimo parenti. Circondato da un allegro esercito di puffi, non vedo altra via che trarre dal freezer tanti ghiaccioli quanti sono e darli in pasto all'orda. Dopo i monelli cominciano ad affluire gli anziani, Gamba de Legn in testa. Servo il caffè e poi mi tocca ripulire la zuccheriera... C'è sempre qualcuno che puccia il lungo cucchiaio argentato nella bevanda e lo ripone zuppo di caffè, gli venisse un colpo!

"Dammi un mazzo nuovo, testina di vitello!" gracchia contrariato il Gamba de Legn.

"Le carte nuove le apriamo solo per il poker, me lo chiedi ogni pomeriggio, vecchio cialtrone. Lo sai quanto costano, no?"

"Sei un cornuto, come il tuo padrone!"

"Non metto la mano sul fuoco, Gamba, ma credo che a cercare il cornuto qua dentro, ce ne riempi una cesta. Beccati 'ste carte e vedi di vincere, sennò ci tocca tutti sentirti sbraitare e bestemmiare."

Gli metto in mano il mazzo da ramino, penna, carta e lo fisso sorridente salire i gradini mentre torna a darmi del cornuto. Il Gamba de Legn è un'istituzione del bar e sono orgoglioso dei suoi insulti.

"Alla buon'ora!" Davide si presenta al cambio turno con la puntualità della sposa all'altare.

"Minchia, perdonami ma mia madre ha preparato un monte di parmigiana, non ti dico la strafogata che ho fatto. Tanto che dopo pranzo mi è venuto sonno, sono crollato sul divano e mi sono svegliato tardi."

Il mio collega ha sempre una scusa per tutto, ma non mi lascio impietosire. "Vuol dire che stasera ti darò il cambio un'ora dopo."

Come uscito da un film di Mario Merola, Davide interpreta la parte del patetico implorante "Stasera no, dài, Tino, stasera devo uscire con la Piera, quella mi ammazza se arrivo ancora in ritardo."

"Davide, tu sei sempre in ritardo, vivi in ritardo... Per me sei pure nato in ritardo. Devi imparare a stare al mondo."

"Imparerò, sta' tranquillo. Cos'è 'sto mortorio, oggi?" Il suo cambiare discorso è strategico.

"I ragazzi sono filati tutti alla sala corse, credo che oggi beccheranno bene... Una bella polpetta, a parere di Gigi."

"Se è cosa di Gigi, più che polpetta sarà un polpettone" risponde Davide, facendo spallucce.

"Dici che è una soffiata farlocca?"

"Se 'sti poveracci avessero preso una volta su dieci, con le sparate di Gigi, a quest'ora girerebbero tutti in Ferrari, te lo dico io."

Ma quanto la sai lunga, fratello, che sei nato ieri? Se un cavallaro come Gigi non ha informazioni di prima mano, in quanto a corse truccate, che ci sta a fare da più di vent'anni a San Siro?

"Vedrai che stavolta prendono."

"Seee" replica il mio collega, sorseggiando un espresso, poi aggiunge che me ne posso pure tornare a casa, che ci pensa lui... Eccome, se ci deve pensare, chè mi sono sucato un'ora e rotte di lavoro straordinario e non retribuito. Mentre sciolgo il nodo del grembiule entra Saverio, seguito dalla scia della onnipresente Marlboro.

"Già te ne vai?" sussurra rivolto al sottoscritto, quasi fosse un'onta.

"Considerando che il mio turno è terminato alle tre, direi che è anche l'ora" ribatto, sottolineando l'orario con un tono più marcato.

"Fa' il favore, mi serve uno dei due per fare compere, non è che ti fermi finché io e Davide non andiamo e torniamo dalla Metro?"

Dire di no al mio capo è inutile, quando abbia preso una decisione, questo è il motivo per cui ho indossato nuovamente il grembiule e mi trovo dietro il bancone a pomeriggio inoltrato, invece che spassarmela coi compari miei o magari fare una scappata fino al Discomane, lungo i navigli, per acquistare qualche long playing a buon mercato.

Come fossero in cordata, i dannati della scommessa hanno fatto rientro a baita, scuri in volto e con la coda tra le gambe. Evidentemente Davide è stato profetico e del cavallaro non si vede neanche l'ombra, ma per i ragazzi la causa del fallimento è da attribuirsi alla presenza di Pasquale "Sfortuna" che, da sotto la coppola in giù fino alle unghie dei piedi, è la persona più jellata che la storia del mondo ricordi. Se scommette lui, anche un bolide potrebbe tagliare il traguardo dietro a un monopattino. Lo chiamano Sfortuna dalla volta in cui, al trotto di San Siro, il cavallo che aveva puntato come vincente stramazzò al suolo colpito da infarto... Un bel puledro di quattro anni, dice la leggenda, nero come la pece e dai garretti di fuoco.

"Be', Pasquale, com'è andata 'sta polpetta?" chiedo con un sorrisetto stronzo dipinto sulla faccia.

"È andata che Gigi è figlio e' ndrocchia. Ci ha rifilato una bella bufala... Ci ha fatto giocare un brocco, un ronzino di merda. Pensa che ha rotto alla partenza e pure sul rettilineo, quel bastardo!"

"Hai perso molto?"

"Lasciamo stare, erano pure soldi di mio figlio..." risponde a mezza voce. "Ma glieli rendo, appena riscuoto la pensione" aggiunge in un moto di orgoglio. Che un padre scialacquasse lo stipendio del proprio figlio per giocare ai cavalli non l'avevo ancora inteso e non lo trovo neanche troppo giusto, però non mi addentro oltre nella disquisizione perché vengo risucchiato da una sequela di richieste che fatico a soddisfare e anche perché, a dirla tutta, non sono affari miei. Nel tardo pomeriggio Saverio e Davide fanno ritorno, scarichiamo le provvigioni e, dopo avere portato i vuoti a rendere in cantina e riempito di acqua e bibite il frigo, è già tempo di stappare gli aperitivi ai giocatori di carte, che li ingurgitano frettolosamente accompagnandoli con manciate di noccioline o qualche patatina, prima di fare un fugace ritorno in seno alle famiglie, giusto il tempo di cenare con mogli e figli.

Il mio collega a quest'ora starà limonando con la Piera e a me tocca spararmi la chiusura assieme all'evanescente Saverio, che parlotta prima con tizio, poi con caio, facendo lunghe vasche su e giù per la via, come neanche in riviera d'estate. Ed è tutto un sussurrare, roba da confessionale, che i segreti della ligèra sono intimi assai.

In saletta si giocano partite tranquille, quasi tutti i ragazzi sono già stati scottati da Gigi e le puntate sono tutt'altro che da capogiro. Arriva Walter ATM, che con l'aria di chi è invitato a una gran festa mi fa il gesto delle corna, come dire "versami uno Jagermeister", essendo un cervo il logo di tale amaro.

"Come andiamo, ragazzo?" mi chiede cordialmente, dopo avere trangugiato il suo alcolico, tenendo il dito mignolo alzato.

"Alla grande!", rispondo, mentre preparo un Gin fizz. "E tu? Sei riuscito a stirare qualcuno, col tuo autobus?"

"Macché, è andata male pure oggi... Qua l'unico stirato sono io, lascia fare."

"Ma te li fanno guidare ancora, gli autobus?" interviene il mio istrionico principale, posando un braccio sulla spalla di Walter ATM.

"Uhè, zanza, prima di parlare chiedi in giro, chi è il Walter..."

"Un gvan covnuto!" interrompe la frase con tempismo scenico, dall'alto dei suoi centotrentasette centimetri, Emiliano. La miniatura d'uomo che avanza sorridendo è un trentottenne sarcastico e dalla erre moscia, con le guance irresistibilmente grassocce, che farebbero il paio con quelle del negretto televisivo Arnold. Walter ATM si avventa su quelle gote strizzandole all'inverosimile e sgranocchiandogli nelle orecchie un “Beeello, Emiliano!”; poi, aperte le chele e guardandolo meglio, aggiunge “Mizzega, che eleganza, stasera. Fai la comunione?”

“Aspetto Salvo, staseva mi povta al Night” risponde Emiliano, con gli occhi che gli brillano. Immaginiamo la scena del nano alle prese con qualche entreneuse dallo stacco di coscia pari alla sua altezza e ce la ghignamo sguaiatamente.

“Uno zabaione al bambino!”, zufolo, badando bene che tutti i presenti mi sentano.

“A-ah! Questa sera te la fanno assaggiare, porcellino” spara molto più prosaicamente il mio boss.

Salvo ha fretta e resta sulla porta. “Ciao, gente.” Poi si rivolge a Emiliano: “Dài broccolone, che gli amici ci aspettano in macchina...” ed è tutto uno schiamazzo: chi gli grida “Fatti onore!”, chi “Se non ce la fai, chiama!”; il più fantasioso gli consiglia di grattar via prima la ruggine. Infine, l’auto parte in direzione del centro città.

Mentre già sto pulendo la macchina del caffè, urtando Ciccio “Trombetta” fa il suo ingresso indesiderato, in piena scimmia, Sisal. “Sembra in preda alle convulsioni”, penso. Mi ricorda le luminarie natalizie, coi loro scatti intermittenti, o le rane di Galvani, che ho studiato, per così dire, alle medie.

“Dammi una sambuca. Veloce!”

“Ci vuoi la mosca?”, chiedo, giocando col fuoco.

“Sta’ zitto! Devi stare zitto. Riempi il bicchiere... Dammi qua e levati dalle palle. Questo non lo pago perché mi hai scassato i coglioni!”

Con Saverio e i pochi clienti rimasti ci scrutiamo preoccupati, che ’sto biondo è imprevedibile e magari porta il ferro sotto alla giubba. Rimbalzando come una palla impazzita, Sisal ha sondato la saletta per la terza volta in un minuto, ma evidentemente la persona che cerca non è presente.

Cip ha quattro quinti di colore serviti, ma l'andazzo che ha preso la serata gli puzza di guai, perciò chiama l'ultima mano.

Sbrigativamente i giocatori raccolgono baracca e burattini e si dileguano nell'oscurità di una notte senza luna. Dopo avermi squadrato malignamente, anche Sisal si accomiata e Saverio si appresta ad abbassare la saracinesca. Il biondo fa giusto in tempo ad attraversare la strada che due ombre gli si avventano contro. È un attimo, mentre Sisal latra come un cagnetto, una scarica di pugni lo abbatte al suolo.

Fulmineo, il principale ha già chiuso la serranda e alla mia muta domanda sibila "Non sono fatti nostri". Là fuori due energumeni stanno massacrando quel che resta del corpo di Sisal. Sono di quelli davvero cattivi, che picchiano per mestiere e uccidono per piacere personale. Dall'interno del locale sento il cozzare sordo dei pugni contro le ossa, quasi le sento sgretolarsi. Poi, il silenzio.

QUESTIONI DI NASO

Scarta il chewingum, lo butta e tiene il rivestimento di stagnola. "Ragazzo, dammi un diger selz!" Porgo la bustina a Pez, che ne versa parte del contenuto sulla stagnola, poi la richiude con cura. Sogghignando, senza manco guardarmi, mi narra che ha promesso a Lupo che gli avrebbe fatto provare un tiro di coca, di quella da leccarsi i baffi.

"Voglio vedere come reagisce..."

"Già, chissà la faccia, quando capirà che l'hai preso per il culo."

"Se gli piace, la seconda dose me la faccio pagare. Si è già fatto vivo?"

Domanda nuovamente senza alzare lo sguardo. È una sua peculiarità che mi manda in bestia, alla fine mica ha a che fare con un paria, 'sto tappo scappato da qualche buco del Tavoliere. Macché, gli rispondo, lo scemo del villaggio non ci ha ancora allietato con la sua presenza. Pez increspa appena i baffi e scatta in saletta, non prima di avermi ingiunto di avvertirlo quando la scarna sagoma di Lupo fosse apparsa.

Fuori, Davide è ancora svaccato su una sedia, nel pergolato, impegnato a leggere il giornale. Se la prende sempre comoda, quando è in pausa pranzo. "Oh, Davide! Vediamo se oggi riesco a mangiare pure io!"

Come se mi avesse visto per la prima volta, mentre digerisce, il mio collega mi richiama con voce compiaciuta. "Vieni, guarda cosa titola La Notte... BAGGIO COME IL FAR WEST! Due sparatorie in tre giorni e il tentato omicidio di un pregiudicato. Indovina chi è in fin di vita?"

"Cacchio, Sisal? L'erba cattiva è dura a morire... Leggi, dài."

"Non c'è scritto granché. L'hanno sderenato di brutto, l'altra notte... Fratture multiple, naso e quattro costole rotte, altre due incrinate, milza spappolata... Asportata. È in coma, pare che non ce la fa."

"Amen!"

"Per me c'entra con le sparatorie, per questo l'hanno menato." Sarà, Davide ha fiuto per 'ste cose, ma io non mi levo dalla mente i due tizi di settimana scorsa, quelli aggrediti da Sisal mentre cazzeggiavano ai videogiochi.

Magari il biondo ha pisciato fuori dal vaso con le persone sbagliate, che avevano qualche santo in paradiso pronto a vendicarli. A distrarmi dalle mie considerazioni riguardo la faccenda ci pensa il tipo che con andatura dinoccolata procede verso il bar. La conoscete la canzone del tipo che si crede bello come un Apollo e invece è un pollo? Ecco, il tizio in questione gli calza paro-paro.

"Ciao, lupetti!" Debutta con un pallido sorriso Lupo, mettendo in mostra denti tanto guasti da stare insieme giusto per abitudine.

"Uhè, Lupo. Come va?" Rispondiamo all'unisono, io e il mio collega.

"Male, ragazzi... Non si tira su una lira. Avete una sigaretta, lupetti?"

"Lo sai che non fumiamo. Ti va un caffè?" Gli domando.

"Mica lo fumo, il caffè."

"Mi sa che c'hai ragione." Sghignazza Davide.

"Prima bevi il caffè, poi cerchiamo la sigaretta, no?" rispondo a Lupo, strizzando un occhio.

"Grazie, lupetto. Uno di questi giorni vado a fare una rapina e vedrai che regali che vi faccio..."

"Lascia fare, amico mio, siamo a posto così."

Alle mie spalle avverto la presenza di Pez e Nerone, giocondi come frati trappisti. Pez deve essersela cantata col suo compare e i due non stanno più nella pelle.

"Lupo, è un'ora che ti aspetto, non volevi più arrivare?" e senza attendere la risposta gli fa un cenno, volta i tacchi e, seguito da Nerone e l'allampanato mentecatto, si avvia verso la saletta.

Davide, con occhi bovini e grattandosi la zazzera mi fa "Minchia, più che Lupo sembra un cane, è andato dietro a Pez quasi in estasi... Ma che, c'hanno uno sgobbo assieme? Ne sai qualcosa?"

"Uno sgobbo? Quello... Con Lupo? Figurati."

"Mi pareva."

"Fammi un panino, va', che finalmente pranzo anch'io."

"Allora gli fanno uno scherzo?"

Il mio collega è uno che non molla l'osso, ma voglio lasciarlo rosicare.

"E una birretta." Replico.

Intanto in saletta Pez e Nerone la tirano per le lunghe. Ma che fai, gli regali 'sta roba? Non la regge, è troppo pura. Ma sì che la tiene, certo che la reggo, lupetto, non sono uno sbarbato. Sei sicuro? È di quella Doc, capace che ti costa mezza gamba. E chi se ne frega, Lupo è un amico e ogni promessa è sacra, fidatevi che ce la faccio, e vabbè se hai proprio deciso mollagliela, grazie, grazie e in un lampo il ragazzo si chiude nel bagno. I due buontemponi sono piegati sulla pancia e hanno gli occhi lucidi; nemmeno gli improperi di Gamba de Legn riescono a frenarli.

"Dovevi arrotolargli anche un bigliettone, per farlo pippare alla grande", Blatera Nerone, paonazzo.

"Così, con la fame di soldi che ha, si sniffa via anche quello", ribatte ilare Pez, asciugandosi una lacrima.

I giocatori hanno da poco ripreso le partite di chiusura senza prestare più attenzione ai due, quando Lupo fa capolino dal bagno. Si strizza il naso e fa smorfie con la faccia, spavaldo e raggiante fende la cappa di fumo della sala fino a raggiungere Pez, per ringraziarlo accoratamente.

"Allora, ti ho trattato bene o no?" Gli fa Pez, menandogli un buffetto.

"Questa ti stura tutto, ragazzo... Ti fa pure digerire, te lo dico io!" interviene Nerone, ridondante.

"Sì, è capace che ti fa ruttare dal naso" conclude Pez, e col suo degno compare ridacchia di sottecchi, con una mano a coprire la bocca. Dopo di che si avvicina a un tavolo verde, al quale si sta svolgendo una partita di chiusura.

"Hai visto che la tengo, Pez? È forte, eh? Roba di prima classe..." Lupo dialoga sottovoce ancora un attimo con le scapole dello stempiato pugliese, poi schizza via, rimuginando tra sè come è buona la bamba e quanto è forte. Cazzo se è forte, quasi si porta via le narici, la coca che gli ha regalato Pez. Io e Davide lo vediamo uscire a passo spedito.

"Dove corri, Lupo?"

"Vado a fare una rapina." Sulla soglia del bar il pippatore di digestivo evita d'un pelo il buon Mustafà, che non entra ma fa il gesto inequivocabile che indica gli sbirri.

"Fatti un giro di sopra, avverti i ragazzi che ci sono in giro i rompicoglioni" dico a Davide, pronto a scattare.

CHI CONTROLLA IL CONTROLLORE?

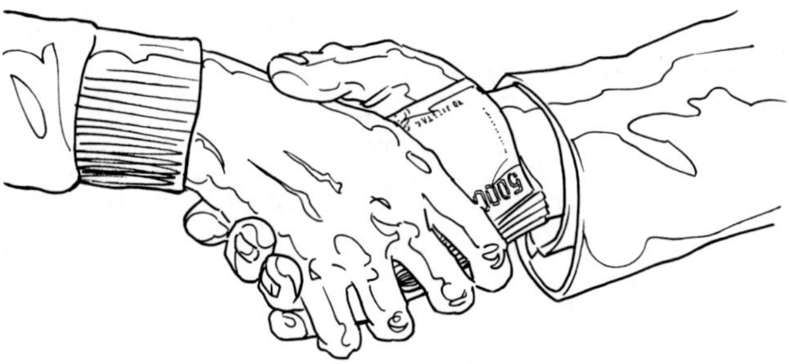

Se c'è una cosa che faccio di mala voglia, è pulire lo spremiagrumi. Mi dà fastidio rimuovere la pappetta melmosa che forma la polpa dei frutti premuti, il colare del succo residuo sulle mani, odoroso e appiccicaticcio, strofinare il corpo della macchina dagli arcigni brandelli essiccati. Ogni volta che qualcuno mi ordina una spremuta, ve lo dico schiettamente, spero che gli vada di traverso. Mentre formulo questi alti pensieri, fa capolino all'uscio del bar un omino di mezza età, esile e vestito di magro.

"È lei il titolare?" Butta lì, intuendo che non lo sia affatto.

"No" rispondo garbatamente, "Cosa desidera?"

"Sono un ispettore dell'Ufficio d'igiene, dovrei fare un controllo."

"Ah! Le chiamo subito il capo, è nel retro. Vuol bere qualcosa, mentre lo attende?"

Il mingherlino fa un cenno di diniego. Saverio sta armeggiando con il tostapane, che fa contatto e a volte va in blocco. Al mio apparire molla il cacciavite, facendo schizzare rondelle e minuscole viti filettate nei più reconditi interstizi del pavimento. "Sta cazzo di macchina mi ha rotto le palle. Mo' proprio ne vado a comperare una nuova!" brontola a muso duro, martoriando quel che resta di una Marlboro.

"C'è uno dell'Ufficio d'igiene che ti vuole, boss."

"Mmm..." sbuffa Saverio "Pure questo... Che giornata di merda. Incartami un Dom Perignon, fammi il piacere" chiosa, guadagnando il bancone. "Buondì, sono il titolare del locale."

"Piacere, ispettore Vitale Filippo, del..."

"L'ufficio d'igiene!" Lo interrompe Saverio. "Vuole dare un'occhiata ai documenti?"

"Più tardi, magari. Vorrei prima ispezionare il bar, il retro e i servizi igienici, per favore" risponde Vitale, pacato ma fermo.

"Come, no? Venga, il bagno è in fondo alla saletta."

È il primo pomeriggio e ancora non si è presentato nessuno dei clienti abituali, quando i due entrano nella stanza. Nella penombra e nel silenzio, Saverio fa scivolare una busta nella tasca della giubba del funzionario e gli domanda "Posso offrirle un caffè?"

"Non ho visto nulla" dichiara soddisfatto Vitale.

"È a causa del buio. Vogliamo tornare alla luce?"

"Sì, è fastidioso, non trova?"

Saverio annuisce e lo precede al bancone. "Prepara due caffè, va'" Mi comanda. Bevono chiacchierando del più e del meno neanche fossero fratelli di sangue e prima di congedare l'ispettore il mio capo gli porge la bottiglia di champagne con gli omaggi alla signora. Quando l'ispettore Vitale Filippo esce di scena, Saverio mi guarda e sentenzia "Era un uomo da poco, con una centomila e una boccia di Dom Perignon me lo sono levato di torno. Ricordatelo: ogni uomo ha il suo prezzo!"

Mentre ripongo le tazzine sporche nel cestello, penso che il mio prezzo è pari a ottocentomila lire al mese, in nero e più le mance. Vengo via a poco, dopotutto. Alzo la testa e guardo Saverio indossare il gilet, infilarsi in bocca una sigaretta e prendere la porta. Distrattamente mi spiattella "Vado a prendere un tostapane nuovo." Me ne faccio una ragione.

Accendo la radio e stappo una spuma nera, ma quando riesco a berla è bella che sgasata. Due Cittadini dell'ordine si sono catapultati dentro mentre versavo la bibita e hanno ordinato panini così abbondanti e tracimanti che avrebbero dovuto essere chiusi con la zip. Nel contempo hanno iniziato ad affluire i nostri assidui frequentatori e "Fammi il caffè", "Dammi le carte!", "Segnami un pacchetto di pistacchi." Alla fine della fiera mi hanno fatto ballare su e giù per il bancone per una mezz'ora sana. Poi, dopo avere baciato la Piera, fa il suo ingresso Davide.

"Ciao collega" esordisce giulivo.

"Benvenuto. Tanto per darti il buon giorno, sappi che Saverio è incazzato con te."

"Tanto per cambiare. Che vuole, 'sta volta, quel sant'uomo?"

"Ieri sera hai dimenticato di fare i vuoti."

"Chissà che mi credevo..." replica con sufficienza.

"All'ora dell'aperitivo non c'erano gli analcolici e i campari in fresco. Ti descrivo il boss... Hai presente una iena?"

Ora i lineamenti di Davide cominciano a farsi tesi. Deglutisce.

"Col culo che ho, il bar era invaso da clienti assetati. Li ho lasciati a bocca asciutta, eh?" Risponde affatto ironicamente.

"Fortunatamente hai un collega da baciarsi i gomiti. Ho salvato la situazione con qualche bianco spruzzato e un certo intruglio a base di Aperol che mi sono inventato."

Bravo, mi fa Davide, l'hai sfangata alla grande! Sfangata... Iooo? Ma se gli ho parato il culo!

Tornato dal giro in saletta, Davide deposita il vassoio traboccante di bicchieri vuoti, mi si avvicina con sguardo caustico e bisbiglia "Oh! Quasi mi scordavo. Ieri sera, ancora..."

"Ancora... Cosa?" mi sorprendo dire, pur avendo nel contempo compreso. Perché spesso la connessione tra bocca e cervello funziona allo stesso modo del fulmine col tuono; saetta e fragore partono insieme ma la prima giunge più in fretta.

"Intendi dire la moglie del Bérgum?"

"Già. È schizzata fuori dalla via che erano le dieci passate e si è infilata nel solito furgone rosso e mezzo scassato."

Quello di Rocco, il socio del marito, per intenderci. Da qualche tempo la scena si ripete almeno un paio di volte la settimana. Appena il Bèrgum si addormenta in preda ai fumi dell'alcool, 'sta tipa molla lui e i due figli per farsi inchiumare da Rocco. La moglie del Bérgum è tracagnotta e formosa, ha lunghi e vaporosi capelli castani e usa troppo trucco. Nel complesso è pure piacente e sfigura con quel bassotto calabrese che pare uno straccio strizzato, ma immagino senza sforzo quale sia la causa di tanto ardore in questo rapporto proibito.

"Prima o poi finisce male, da' retta a un pirla!" dichiara Davide, solenne, mentre affetta un limone.

"Ti ho detto che una notte li ho beccati tutti infoiati, nel furgone, che strombazzavano?" Gli rivelo.

"Sì, è storia vecchia. Del Bérgum mi fotte assai, ma per Severino e Giusy mi spiace... Avere un padre cornuto e la madre troia non è il massimo della vita."

"Direi di no. Beh, guarda l'orologio... Big Ben ha detto stop, caro mio. Il mio turno è terminato."

"Minchia, che fretta hai? Non puoi mollarmi da solo, con tutta questa gente..." guaisce Davide.

"Certo che posso, oggi tardare è vietato, fratello. Ho lezione di chitarra."

Rispondo mimando il gesto di suonare una Martin invisibile. E dico Martin perché, se posso scegliere, tanto vale scegliere il meglio.

"Ma Saverio dove si è cacciato?"

"Indovina perché il tostapane vegeta nello scaffale del retro?"

"Non mi dire che finalmente ci sbarazziamo di quella reliquia!"

"Esatto. Tornerà a breve, perciò non avrai troppo tempo per sentirti solo."

"Non ti preoccupare."

Quando Davide dice di non preoccuparmi, di solito sento un brivido freddo percorrermi la schiena. Varco la soglia del bar, saluto un paio di amici e mi avvio verso la fermata dell'autobus, spurgando l'aria viziata dal fumo che quotidianamente pitta due mani di marrone sulle pareti dei miei polmoni.

Dalla saletta chiamano il barista a gran voce, ma Davide è intento a darsi del cornuto reciprocamente con Emiliano mentre discutono vagamente di donne e aria fritta e non ha la minima intenzione di mollare il colpo. Poco tempo più tardi Saverio, con l'imballo contenente il nuovo tostapane tra le mani, apre goffamente la porta d'ingresso.

Dalla saletta qualcuno si sgola invano. "Davideeee!!!"

COME CI SI GUADAGNA IL PANE

Ogni volta che Maurone torna dall'aereoporto di Linate, gli zanza del bar gli si accalcano intorno, come ho spesso visto fare alle comari da mercato quando assediano la bancarella degli scampoli.

"Non è roba per voi" recita Maurone al crocchio incuriosito. "Tino, Davide. Guardate che ho portato, queste le ho ciulate apposta per voialtri." Così dicendo, il corpulento ragazzone fa scorrere le zip di due voluminosi borsoni col logo di una oscura società calcistica.

"Et voilà! Divise complete dall'uno al diciotto. Tre paia di guanti da portiere e una dozzina di paia di parastinchi." Io e il mio collega ci fissiamo stupiti. Intorno a noi, il capannello si dirada.

"Minchia, Tino... Va' che belle divise, con tanto di marchio pubblicitario. Ci vorrebbero proprio delle magliette ufficiali, per la nostra squadra."

"Quanto è vero, fratello! Anche i colori non sono malvagi, ce li vedo i nostri Rangers, giocare in biancorosso."

"E i calzoncini azzurri, come l'Atletico Madrid."

"Sono tutte vostre per una gamba!" irrompe Maurone.

Centomila lire per questo ben di Dio? Io e Davide non ce lo facciamo ripetere due volte. "Affare fatto!" esclamo, battendo Davide di un'incollatura. "Scusa, Maurone ma come ti è venuto in mente di sgraffignare delle divise?" gli domando incuriosito.

"Ero al check in, quello internazionale. Ho notato 'sto gruppo di ragazzi in tuta, coi dirigenti, allenatore e tutto, no? Allora chiedo a uno e mi fa' che stanno partendo per il Belgio, per disputare un qualche torneo..."

Maurone si accende una sigaretta, mentre noi pendiamo dalle sue labbra.

"... Allora ho immaginato la scena. Tutta la squadra in mutande negli spogliatoi, prima di scendere in campo..." Sbuffa via una zaffata di fumo. "... In Belgio, in qualche città del cazzo, no? 'Sti ragazzi che aspettano le divise, la faccia dell'allenatore e degli accompagnatori, quando si accorgono che le divise... Ah! Ah! Non ci sono... Pensate che figura di merda, Ah! Ah!" E noi giù a ridere tenendoci le pance.

Offro da bere a Maurone mentre Davide imbosca la merce nel retro, poi il ragazzone riccio si imbuca in saletta e attacca a confabulare con Salvo. Non passano cinque minuti che i due prendono la via della porta.

Letizia sta leggendo l'oroscopo, seduta nella semioscurità del cucinotto.

I bambini ancora a scuola e la noia da ammazzare tra un tiro di bionda e un sorso di birra. Sente il trillo del citofono e come sempre avverte un senso di vuoto allo stomaco, si alza straccamente e solleva il ricevitore, sussurrando ansia.

"Sì?"

"Sono io, amore." È Salvo, e tutto é okay.

La donna apre la porta blindata e fa accomodare il marito e Maurone. Sbrigati i convenevoli, stappa una Peroni da 66 centilitri e lascia soli i due uomini.

"Ti stai facendo un bel giro, eh, Maurone?" lo abbocca il quarantenne dai baffi spioventi, mentre riempie i bicchieri più di schiuma che di birra.

"'Azzo! Non pensavo che fare il buttafuori in quel buco di discoteca mi avrebbe portato una tale quantità di clienti" risponde Maurone, fissando con malcelato disappunto il debordare della schiuma.

"Scherzi? È un ruolo strategico, invece. Se ci sai fare, e tu sei in gamba, è la volta che tiri su un bel monte di soldi. Lasciatelo dire, sei sprecato come borseggiatore. Sei un uomo d'onore e hai sale in zucca... Cazzo, ogni giorno rischi di essere blindato, magari per una sacca di magliette puzzolenti, come quelle che hai soffiato oggi!"

"Non hai torto, Salvo... Sto giusto vedendo come gira il fumo. Magari mi tengo il furto con destrezza solo come hobby."

"Ti piace, eh?" replica Salvo, sorridendo di sbieco.

"Mi piace? Godo come un riccio se penso al turista che resta senza Pentax e sbotta: Per dindirindina, Judy, dove avere io messo mia macchina fotografica, please?" Maurone tracanna la bevanda gelida e guarda soddisfatto il suo interlocutore, che ridacchia scuotendo la testa.

"Va bene, parliamo di affari, adesso. Quanta te ne occorre?"

"Più del solito. Settanta grammi. Uno dei miei clienti ha bisogno di dare un senso a una festa di laurea." I due sono tornati seri, sul lavoro niente celie. Il siciliano baffuto si rizza con la grazia di un felino, apre il frigo, estrae dai visceri di un pollo due bossoli accuratamente sigillati e li porge al suo corpulento committente.

"È roba buona?" domanda Maurone, soppesando i pacchetti.

"Devo risponderti?" risponde secco Salvo. "Tu, piuttosto, sei coperto?"

"Devo risponderti?" scimmiotta Maurone, cavando di tasca un rotolo di centomila che neanche uno zingaro terrebbe nei calzoni. Un brindisi sancisce l'avvenuto affare.

Maurone esce dal portone dopo avere scrutato con perizia ogni angolo della via. Non si è mai abbastanza accorti e in ogni caso Hollywood insegna che l'agguato è sempre dietro l'angolo. Salvo sbuca dal retro del palazzo e fischiettando guadagna l'ingresso del bar, ordina un chinotto con ghiaccio e fetta d'arancia e riprende a cazzeggiare coi compari suoi.

Indossare le scarpe nuove quando si debba fare tanto cammino a piedi è una pessima idea e Maurone si maledice mentre fa andare le fette e le vesciche si fanno sentire.

"Quando mai non ho preso la moto!" Sta percorrendo la via Bagarotti sulla sponda selvatica, quella degli orti, e si tortura con questo pensiero, quando un clackson suona insistentemente alle sue spalle. Al ragazzone zoppicante salta la mosca al naso.

"Ma tu guarda 'sto imbecille del..." Voltatosi, cambia espressione. Alla guida di una scalcinata Giulia 1300 classe 1975, dal colore indefinito ma tendente al ruggine, siede tutto impettito il Duca.

"Vuoi uno strappo, alle volte?"

"Ehilà, Duca. Sei come la divina provvidenza, mi salvi la vita."

"Salta su... ma come cammini?"

"Lascia fare. Ancora un passo e queste scarpe sarebbero volate in un cesto dell'immondizia."

Il Duca sorride. Gli occhietti lucidi indicano che, a differenza della sua auto, lui ha fatto il pieno da poco. Ora è un sessantacinquenne alcolizzato, ma ai suoi tempi è stato un tipo brillante, bello come un attore, dal fisico asciutto e lo sguardo guascone. Si dice che le ragazzotte di periferia facessero la coda per uscire con lui, che era un vero dritto della ligèra, di quelli cui Giovanni D'Anzi o lo Svampa avrebbero certamente cantato volentieri le gesta.

"Sei pronto, sbarbato? Si decolla!"

Pronti via, appena dato gas, il sedile a fianco dell'autista schizza all'indietro, portando il malcapitato Maurone a cozzare contro il fondo dell'abitacolo.

"Porca vacca, che botta! Non c'è neanche la seduta posteriore... Ma che hai fatto, a 'sta macchina?"

Il Duca, concentrato sulla strada, non se lo fila. Maurone si ricompone ma si avvede che la portiera tende ad aprirsi, manco fosse il braccio di qualcuno che si stiracchia. "Porca vacca!" ripete sbigottito.

"Ah, quasi mi scordavo", avverte il Duca, "Devi tenere chiusa da te la portiera, che è difettosa."

"Grazie! Mi sembra di stare sulle montagne russe. C'è qualcosa che funziona, su questa caffettiera?"

"Questa berlina dell'Alfa Romeo ha i suoi acciacchi, ma ha un motore che scoppia di salute, te 'l disi mi, fioeu!"

"Secondo me scoppia e basta."

Per tutta risposta, il Duca intona una strofa di *Ma mi*, guidando col gomito fuori dal finestrino, naturalmente mancante del vetro.

Dopo avere tentato vanamente di domare la sua recalcitrante vettura, l'attempato autista si rende conto che tutto nella vita ha un inizio e una fine e, cacchio, immaginando che il suo passeggero abbia un punto d'attracco, gli chiede "Dove ti lascio, Teddy boy?"

"All'angolo con Via Nikolajevka, prima che mi ammazzi."

La Giulia, sbuffando e stridendo, giunge infine a destinazione e centodieci chili di cristiano si mettono in salvo sul marciapiede.

"Ciao, Duca... E grazie per il passaggio, mannaggia a te. Oggi mi hai fatto spuntare il primo capello bianco."

"Sempre a disposizione, caro, te saludi!" Così dicendo, l'anziano riparte sgommando come l'ultimo dei maranza, riattaccando *Ma mi,* stavolta dal ritornello. Ancora incredulo, Maurone lo vede allontanarsi in una nebbia azzurrognola.

Dopo essersi ripreso, Maurone si accende una Lucky Strike, controlla la tasca del giubbotto contenente i bossoli di cocaina e infine si avvia verso casa. Supera i portici, coi negozietti incastonati che tengono miracolosamente botta nonostante l'ingombrante vicinanza di un supermercato, infine l'omone vestito di nero varca la cancellata del civico 3. Il cortile è ampio, suddiviso in spiazzi di cemento circondati da pioppi e brulicanti di ragazzetti e in sezioni di manto erboso. Tutt'intorno, il blocco del caseggiato, suddiviso in dieci scale e due palazzi di dieci piani nel mezzo. Case popolari, bagasce di periferia ormai stremate, col trucco pesante, la pelle raggrinzita, che pietiscono una manutenzione lungi dall'arrivare.

IL RUFFIANO

Tump! La parete è scossa, facendo tintinnare le bottiglie di liquore sulle mensole. Il botto è seguito da sonore e sguaiate risate. "Che cavolo è successo in saletta... Qualcuno ha sbattuto le corna?" mugugno tra me seguitando a preparare le terrine degli snack che accompagneranno gli aperitivi.

Tump! E due... Di nuovo il coro sghignazzante. "Oggi i ragazzi sono più scemi del solito, sembra" gorgheggio in direzione di Saverio.

"Sarà la primavera, che cazzo ne so?" replica lui, col naso immerso nella Gazzetta.

Tump! "E dàgli!" penso, e squadro nuovamente il mio capo.

Saverio annuisce e sbuffa. Odia che lo si distragga mentre studia un qualche cavallo che inevitabilmente lo farà bestemmiare in sala corse. Il quarto Tump! ha come conseguenza un volo rompicollo di Lupo, che vedo ruzzolare dalle scalette e sbattere violentemente contro la sedia preferita del Gamba de Legn. Dalla saletta si ode un branco di iene ghignare da non tenersi più.

"Porca troia, Lupo! Che cavolo state combinando, si può capire?" Gli urlo, più sbigottito che arrabbiato.

"Tranquillo, lupetto." Mi risponde, rialzandosi e direzionandosi verso la saletta, con le guance color roastbeef. "Oggi faccio i soldi." Lo seguo in saletta, dove un capannello di guappi, capeggiati da Nerone, discute animatamente su chi debba essere il prossimo di turno. La disfida è vinta da Franco Lisca, un omone con mani grosse e callose e la simpatia di un plotone d'esecuzione. Porge a Lupo un biglietto da cinquemila lire che il giovane intasca avidamente, poi studia bene la traiettoria e fa partire una sberla tanto potente che il malcapitato Lupo sbatte contro la parete e crolla in terra col naso sanguinante.

"Alè, fine della storia." Ridacchia Franco Lisca.

"Coglione, ci hai rotto il giocattolo" replica tra il serio e il faceto Nerone. "Avrei voluto sparargli un altro manrovescio, a quello."

L'assembramento si scioglie, chi torna al proprio tavolo da gioco, chi preferisce farsi un aperitivo. Il povero Lupo non lo guarda manco il padreterno. Mi avvicino, gli offro il braccio per aiutarlo a rialzarsi e lo accompagno al bagno, affinché rimetta in sesto il setto nasale, che perde come un rubinetto rotto.

"Come ti senti, lupaccio?" dico e mi sento il re delle domande idiote.

"Sto bene, lupetto, sto bene. Se solo 'sta nasca smettesse di gocciolare..." mente, lo sto fissando attraverso lo specchio e vedo sgorgare lacrime, assieme al sangue. Gli sganassoni che ha preso fanno male, ma Lupo ha passato di peggio. È seguito dai servizi sociali e a suo dire, di tanto in tanto come molti psichiatrici, viene brancato da un'autoambulanza per un TSO, che sarebbe il ricovero coatto, e nel reparto neuropsichiatrico di chissà quale ospedale gli viene strizzato il cervello con l'elettroshock. Io gli credo, lo capisco dagli occhi, che sono di un nero inespressivo, di un vuoto carico d'angosce. Avete presente quel quadro famoso, *l'Urlo,* di Munch? Bè, è impresso nelle pupille di Lupo.

Torno al bancone e racconto a Saverio le vicende del gioco organizzato da Nerone.

"Povero Lupo un corno!" mi risponde il titolare "se è così idiota da farsi massacrare per uno scudo al colpo, non mi fa né caldo e né freddo. Ci vuole dignità, nella vita, ragazzo." Saverio si interrompe, ridacchia e poi seguita a dialogare. "Sai cos'ha fatto una volta, l'anno scorso? Questa me l'ha contata Pez." Beve un sorso d'acqua. "Era piena notte, tipo l'una e mezza, le due. Lupo non era così fuori che si è sdraiato in mezzo alla strada? Stava lì, disteso come un coglione, ripetendosi che voleva morire, che qualche stronzo di automobilista lo stirasse e la facesse finita. Era là, disteso con le braccia aperte, e aspettava di crepare..." Leva nuovamente il bicchiere, altro sorso d'acqua... Phatos. Io attendo a bocca aperta. "Aspetta che ti aspetta, passata una mezz'ora il demente si scoccia e si rialza, si guarda attorno e tra mille imprecazioni se ne torna a casa."

"Cacchio!" enuncio incredulo "Ha avuto un bel culo che non passasse nessuno, però."

"Già. In ogni caso decidere di suicidarti proprio durante la notte di ferragosto, aiuta, non trovi?" rispondo al suo sorriso ghignando sonoramente.

"Ah! Ah! Ah! Mi stai a dire che il deficiente aveva intenzione di farsi spalmare l'unica notte dell'anno nella quale Milano sembra tale e quale al deserto del Sahara? E magari si chiedeva pure: ma perché non passa manco un cane?"

Saverio approva con un cenno del capo, svuota il bicchiere d'acqua nel lavello e fa: "Capisci? L'avesse fatto a Riccione, l'avrebbero ridotto a uno scendiletto. Te lo immagini uno scendiletto con la testa di quel piccio di Lupo? Ti svegli al mattino, ti stiri, sbadigli e metti i piedi in terra, sulla morbida pelle dello scendiletto, con la testa di Lupo che sta lì con gli occhi sbarrati e i denti marci digrignati, come gli orsi o i leoni, ti dico... Te lo figuri?"

Do un'occhiata all'orologio e mi accorgo che l'ora di pranzo è imminente, quindi mi fiondo nel retro e friggo le cotolette impanate, espongo i salumi e le pirofile delle verdure e della pasta del giorno. I primi ad arrivare, affamati come minatori rumeni, sono un quartetto di Cittadini dell'ordine, precisi nelle loro divise verde-nero, coi revolver appesi alla cintola. Non danno confidenza e pagano coi ticket. Sbocconcellano i loro panini in silenzio, quasi fossero estranei, immersi nelle afflizioni delle loro vite tribolate. Non conosco la relazione tra il loro mestiere e la depressione, ma un nesso dovrà pur esserci se non ricordo uno solo di quei metronotte col sorriso stampato sulla faccia.

È la volta di Sugna, che ordina un sandwich farcito con, nell'ordine di apparizione: mayonese, cotoletta condita di sale, pepe e limone, foglia di insalata, pomodoro, patatine fritte, peperone, fontina e salsa tartara. Lui lo ha soprannominato "la Bomba" e vi assicuro che bisogna essere dei professionisti, per sopravvivergli.

"Cosa mi consigli di bere?" mi domanda Sugna, con la bocca piena.

"Il Niagara" replico sornione.

"Sei un cornuto."

"Così dicono."

"Sègnalo, pago la prossima settimana" e fila in saletta reggendo il panino grondante salsa e una pinta di birra alla spina.

Nel giro di un'ora e mezza riempio tutte le pance questuanti e poi penso alla mia. Allorché le mie mandibole attaccano a stantuffare meglio di un motore quattro tempi, arriva Davide per darmi il cambio, con l'aria di chi è stato appena strapazzato. Si lascia cadere sulla sedia come se avesse il culo di piombo e mi fissa con lo sguardo assente. Blocco il mio masticare e gli assesto un calcetto maligno sul polpaccio.

"Bè? Se hai intenzione di rovinarmi il pasto, dacci un taglio prima d'iniziare. La conosco bene, quella faccia!"

"Cosa intendi dire?" ribatte innocentemente il mio collega.

"Quello che ho detto."

"La tua era un'insinuazione, o sbaglio?"
"No, bello. Era un'affermazione" rimbecco, leccandomi le dita intrise di ketchup.
"Sei riuscito a offendermi."
"Okay, ne prendo atto. Ora scusami, vado a cambiarmi e ti saluto."
"Non t'interessa manco di sapere che mi è successo?"
È quella la mia paura, vecchio mio. Eppure mi risiedo e sintonizzo le orecchie.
"La Piera mi ha mollato." il suo è un annuncio funebre. Si alliscia le ginocchia e tiene lo sguardo basso. Fosse un vecchio film americano, non avrei lesinato le pacche sulla spalla e avrei estratto dalla cambusa una boccia di bourbon; il tutto sarebbe terminato con una sbronza colossale e la ragazza sarebbe tornata indietro nella sua avventata decisione, i due morosi si sarebbero sbaciucchiati tra il crescendo dei violini e la scritta THE END. Ma ben più prosaiche sono le love story milanesi e, dopo un istante di imbarazzo, gli faccio la domanda più semplice del mondo: "Perché?"
"È convinta che l'abbia tradita" dice con voce rotta, scrutandomi negli occhi per cercare complicità.
"E tu l'hai fatto?" domando, immaginando già la risposta, che tarda ad arrivare. Dopo avere ruminato quasi un minuto, Davide si lascia andare.
"Diciamo che sono uscito con una tipa."
"E... ?" faccio, con tanto di sorrisetto malizioso.
"Vabbè, me la sono scopata. Però non c'entra con la Piera, quello è amore, invece..."
"Alt! Torna su questa terra, marziano. Un giorno forse riuscirò a capire con quale piena sei sceso. Non passa

femmina, dai sedici ai cinquant'anni, che non ti faccia vibrare come il bastone di un rabdomante, riempi di corna la tua fidanzata e se quella mangia la foglia ti lamenti come un messicano ubriaco? Eh, no, ciccio, mica funziona così."

"Eppure ti assicuro che non ne ho colpa, Tino. La responsabilità è del testosterone."

È troppo. Anche per me.

"Davvero! L'ho letto su Cronaca vera. Hai presente la rubrica sul sesso, no?" L'ho presente, quella mezza paginetta era la più ambita da noi ragazzi, tra i rotocalchi letti sotto l'ombrellone durante le vacanze estive.

"Dai, spara la perla di saggezza" lo esorto divertito.

"È appurato scientificamente che i maschi che producono tanto testosterone siano inclini al tradimento, perché hanno bisogno di possedere molte più femmine di quelli che ne producono meno. È una roba di natura, capisci che non posso farci nulla?"

"Quanto sei paraculo" e aggiungo "Bè, ora ti mollo. Vado a farmi qualche vasca in centro, per una volta che c'ho il pomeriggio libero. E sta' tranquillo che sopravviverai al dolore, quindi tirati su e fila in trincea."

Davide non fa una piega. Una statua di cera sarebbe stata più espressiva.

"Beh, e adesso cosa? Lascia fare, hai sbagliato a capire."

"Dài, te lo chiedo per favore. Vacci a parlare, con la Piera."

"Scordatelo. In fondo non sono Cupido, bello mio."

Il tira e molla termina quando Saverio fa capolino dalla porta d'ingresso, richiamandoci all'ordine.

"Ahò! Ma che, siete in vacanza? Di corsa dietro al bancone, che c'è gente con la gola secca."

Scattiamo sulle zampe e prendiamo direzioni opposte. Saluto Davide con una smorfia e gli dico "Ciao collega, ci vediamo stasera per il cambio."

La voce spezzata di Davide mi colpisce alle spalle, "Vai da lei, ti prego. Come faccio, senza la mia piccina?"

Quanto vorrei rispondergli qualcosa del tipo: "Francamente me ne infischio!" parafrasando il Rett Butler di Via col vento... Allora perché i miei passi si dirigono senza scampo verso l'abitazione di quella bella figliola dai capelli corvini, le labbra magnetiche e il fondoschiena alto come quello che ha fatto la fortuna delle ragazze brasiliane?

Una volta, prima che si mettesse con quello scapestrato, sono uscito con lei ed è stato come mangiare un dolce per quattro ore. Cotto a puntino sono tornato alla carica il giorno seguente, coi fiori e agghindato a modino, ma la mia dichiarazione non ha sortito altro effetto che un sentito 'mi dispiace, ma l'articolo non interessa, grazie.'

Risponde lei al citofono e mi apre. Salgo due rampe di scale più cupe dell'androne e la trovo sulla soglia di casa, che mi aspetta. Non sembra afflitta, è sorridente e radiosa. Io mi sento semplicemente rimescolare le viscere e devo avere un sorriso beota stampato in faccia. La stessa espressione del tizio cui nello stesso istante è apparsa la Madonna, ha messo piede sulla luna e ha fatto tredici al totocalcio. Camminando a una spanna da terra, varco la porta del paradiso, saluto madre e nonna, infilo le pattine e replico che sì, mi andrebbe un bicchiere di sanguinella. In seguito Piera mi conduce nella sua camera, linda e netta come il resto dell'appartamento. La finestra illumina bene gli spazi di una ordinaria stanza da teenager. Il letto coi cuscini a forma di cuore, le mensole straripanti di peluches, la scrivania ordinata coi libri di testo ancora fumanti e i vomitevoli poster dei Pooh e di Baglioni appesi con le puntine alle pareti pittate di rosa pallido. Il tutto condito da foto incorniciate che la ritraggono sorridente con quel giuda del suo ex. Lei si lascia sprofondare tra i cuscini multicolore e finalmente cinguetta con la melodia di un pettirosso, andando subito al sodo.

"Ti ha mandato lui?" e, mentre lo chiede, mi sonda in profondità con espressione fiera e maliarda.

"No, anzi, quando gli ho detto che avevo l'intenzione di parlarti, ha tentato d'impedirmelo in tutte le maniere."

Non la beve neanche col bicchiere, ma abbozza.

"Sta male, sai? L'ho visto proprio disperato" aggiungo mentre mi frego nervosamente le mani.

"Ah! Lui sta male... Dopo quello che ha combinato? Scusa, ma il pianto del coccodrillo con me non attacca. Io, allora, come credi che mi senta?"

"Infatti, saperti in questo stato è la sua sofferenza maggiore."

Sento la temperatura salire a dismisura, devo essere arrossito di un carminio sincero e non reggo il suo sguardo di rimprovero.

"Piantala di fargli da lacchè, non sono scema" sbotta severamente, trafiggendo la mia ignoranza con 'sta parola dal significato oscuro. Che minchia è un lacchè? Perché deve affliggermi col peso della sua quinta superiore di liceo classico? Perché non parli come mangi, ragazza mia?

"Vabbè, Piera, il fatto è che Davide si rode il fegato perché si è reso conto di aver fatto una stronzata e non vuole perderti."

"Mi ha già persa" risponde la moretta, scandendo lentamente le sillabe. "Credi che non lo conosca? Davide è un immaturo e mi sono stancata di aspettare che cresca. Cioè, so di per certo che non è stato il suo primo tradimento, eppure l'ho sempre perdonato... Non mi chiedere il motivo, sarà stato l'affetto o il suo fascino, non so. Ma ha tirato troppo la corda e certe cose alla lunga fanno male..." rincalza con un velo di magone.

"Bè, diciamolo, Davide è un gran puttaniere..." la frase mi è uscita di bocca senza quasi che m'accorgessi, ma avrei fatto meglio a stare zitto.

"Cosa vorresti dire... Mi stai dando della zoccola?" sbraita Piera tirandosi su di scatto.

"No, che hai capito?"

"Chissà quanto ve la scialate al bar, quando vi raccontate le vostre imprese con le ragazze, eh?" Oh, si è incazzata!

"Ma va', cosa pensi? Tra l'altro mi addolorava, sentire come ti trattava e vederti malgrado tutto pendere dalle sue labbra. Quando uno ha tanto culo da averti, intendo dire... E se ben ricordi il sottoscritto un bel giorno si era anche presentato coi fiori..."

"Dunque questa è la ragione che ti ha portato qui. Cioè, appena hai saputo che ci siamo mollati, ti sei precipitato per... Provarci?"

Vorrei risponderle che è meglio se abbassa le penne, che ha frainteso, ma nel fondo del cuore ho sempre sperato che Piera si innamorasse di me, per cui il vigliacco istinto mi invita a parlare senza elaborare il modo di pensare femminile, e mi scavo la fossa.

"Bè, sì... Piera, la cotta per te non mi è mai passata, e..."

"Fuori! Fuori da questa casa... Non immaginavo quanto fossi viscido e opportunista. Pensare che il povero Davide ti crede suo amico."

La scheggia impazzita mi prende per un braccio e mi trascina oltre il corridoio, oltre l'uscio, oltre la sua vita, senza darmi il tempo di dare l'arrivederci a sua madre e alla sua povera nonnina. Sento sbattere la porta d'ingresso alle spalle e nel contempo ruggire un "Mi fai schifo!" rivolto al mio indirizzo. Esco dal palazzo con le orecchie basse, mentre lancio una sequela di maledizioni nei confronti di Davide, ma ad ogni passo in direzione della fermata del bus la rabbia si stempera e penso tra me che ho finalmente smesso di struggermi per quella ragazza. Poi mi sorprendo a immaginarmi trascinato da lei a un concerto di Baglioni, Pupo, o di qualche altro genio della canzonetta commerciale. Piera in preda a un indomabile delirio, io con una crescente orchite. E mi torna il sorriso... Cacchio, se mi torna!

DOMENICA È SEMPRE DOMENICA

Il turno d'apertura non mi dispiace affatto. Tralasciando la levataccia perché, quando la sveglia suona alle 5.20 e butti gli occhi oltre la finestra rimirando il buio, viene da pensare che questa non è proprio vita da cristiani. Quando hai la fortuna di lavorare quasi sotto casa e t'incammini vincendo il torpore nella frescura dell'aurora, però, l'umore muta e inizi a osservare il tuo habitat prima che lasci l'abito notturno per vestirne uno assai più rumoroso e pulsante. Nel silenzio irreale, rotto solo dal rumore dei miei passi e dal gorgheggiare degli uccelli, anche la luce gialla intermittente dei semafori è imbastita di poesia.

Entro dalla porta del retro e dopo avere acceso le luci, infilo nel forno le brioches, le cui paste sono scongelate e lievitate nel corso della notte e a breve emaneranno un irresistibile profumo. Accendo la macchina del caffè e appena raggiunge la giusta pressione, compio il rito impagabile del cappuccino e croissant ancora caldo di forno.

Non faccio a tempo a tirare su la saracinesca che sopraggiungono i primi avventori. Trattasi di due camionisti. Uno ordina caffè corretto a grappa, l'altro prende una vodka. E 'sti cazzi, alle sette del mattino? Probabilmente è pure quello che guida.

Mi allunga un biglietto da cinquantamila.

"Mi spiace ma non ho il resto, ho appena aperto e non ho ancora fatto cassa, capo!"

"Ostia, mi hai messo in crisi. Non c'ho spicci" nitrisce alitandomi distillato alcolico.

"Vabbè, non ci perdiamo per un cicchetto. Facciamo che mi pagherai se ricapiti da queste parti."

"Chi piacer fa, piacer riceve" mi fa' il camionista, porgendomi la mano.

"Buona domenica, ragazzi" gli rispondo, quando già stanno varcando la soglia.

Mentre il tir parte rombando, sento l'inconfondibile sgaracchio del Gamba de Legn, che entra inveendo contro i camionisti.

"Va a da' via i ciapp, vaca logia d'una logia vaca!"

"Che ti prende, Gamba?"

"Quel pirla col camion, non l'hai sentito? Guarda tu se deve fare tutto 'sto casino alla domenica mattina, quando la gente dorme."

"Va là, non te la prendere, to' il caffè bello fumante."

"Deficiente di uno" Continua il vecchiardo, ripetendosi. "Fare 'sto carnevale la domenica mattina, che la gent l'è indrè a durmì!"

"Se non li ha svegliati il camion, li svegli tu con i tuoi urlacci, nonno."

Gamba de Legn butta giù l'espresso guatandomi in tralice, poi si appizza una Nazionale e, con la Gazzetta in mano, si accomoda su una sedia, posa il roseo giornale sul tavolo e attacca a sfogliarlo per cercare la pagina dedicata all'Inter. Accendo la radio, controllo che i frigo siano a posto e servo i rari e frettolosi stakanovisti dell'alzataccia, per lo più attempati pesci lessi abbigliati con tute dai colori sciapi e col quotidiano sotto braccio. Ma lo sguardo sovente torna a focalizzare il vecchio tutto preso a borbottare perché persuaso che il modulo dell'Inter, il trainer l'ha sbagliato... Ché lui ha ancora in testa quella Grande di Herrera, Mazzola, Facchetti e Mariolino Corso e mica giocava a 'sta maniera.

Gamba de Legn è una leggenda, qua a Baggio, e la sua vita potrebbe essere incastonata in libreria tra i classici dell'avventura. Ha girato mezzo mondo come pirata e avventuriero, marinaio e contrabbandiere. Ha fatto la Seconda guerra nei Balcani, la prigionia e la borsa nera. Tra una parentesi e l'altra, tornava qualche tempo a casa, ingravidava la moglie e si dava nuovamente alla macchia. È stato uomo di malavita anche dopo che gli hanno affettato via la gamba sinistra, all'altezza del ginocchio. Che tempra, ragazzi. Di uomini a questa maniera hanno buttato via lo stampo e ancora adesso, che il vulcano è ingabbiato in un corpo macilento, se ne intendono i lapilli nella brace delle pupille.

Il buon giorno di Saverio è appena percettibile, ha gli occhi cerchiati e l'espressione di chi ha dormito poco e male. Gli spiattello un ristretto, che trangugia senza manco assaporare, prima di rivolgermi sguardo e parola. "Hai preparato l'ambaradam per gli aperitivi?"

"Lo sto giusto facendo" ribatto mentre riempio le ciotole di arachidi e patatine.

"Davide?" si informa.

"Non si è ancora visto. Di', boss, ti è passato addosso un carro armato?"

"Lascia fare..."

Penso che il dialogo termini ora, invece Saverio si accende una Marlboro e indugia, segno che è pronto a narrare al popolo la sua avventuretta da nottambulo.

Vengo così a sapere della cena a base di aragosta con Salvo, Johnny il Bello, Pez e Carrapipi, che è il fratello maggiore di Nerone, seguita da una puntatina alla pelota di via Palermo, dove hanno cuccato alla grande e del Night Club nel quale hanno bruciato più di un milione tra Champagne e pompini.

Ammicco e ridacchio, soddisfacendo l'ego del mio datore di lavoro. Poi inizia il carosello di gaudenti e affezionati clienti e non ho più tempo neanche quasi per salutare il redivivo Davide. In saletta non si va oltre a qualche stentato rebelot, non c'è modo di concentrarsi sulle carte, quando girano i palinsesti con le quote del totonero. A breve farà capolino l'inconfondibile sagoma dello Zio, pronto a raccogliere la ricca messe di quattrini dalle tasche degli scommettitori incalliti. Da parte mia, ho approntato un sistemino di quattro partite schiette come un vecio alpino e già mi sento i soldi in tasca.

Come si dice, "Parli del diavolo e ne spuntano le corna." Attratti come pezzetti di metallo verso una calamita, tutti si portano verso lo Zio, che finalmente è apparso come per magia. Lo zoppo, col solito sorriso stampato sulla faccia oblunga, sembra un agente di borsa, taccuino alla mano prende lire e giocate quasi in apnea e quando il branco finalmente lo molla, il bel tomo si appressa al bancone e mi ordina un analcolico.

Glielo servo con ghiaccio, limone e lo allungo con acqua gasata... Niente seltz, antico retaggio caduto in disuso da quando è stata imposta una tassa sul medesimo e l'obbligo di blindare la bomboletta in cantina. Fate un giro dei bar di periferia e troverete, tra gli aggeggi che figurano sulla maggior parte dei banconi, la famosa pistola a spruzzo collegata ... ormai al nulla: un affascinante quanto inutile reperto.

"Zio, mi giochi un deca su queste partite?" Gli faccio, allungandogli il bigliettino e la banconota.

"Bravo nipotino, vuoi sbancarmi?"

"Che dici, è tanto se ci esce una gamba."

"Pochi, maledetti e subito" esaurisce la conversazione il bookmaker, con un mezzo sorriso, dopo avere scolato il suo aperitivo, naturalmente offerto dalla casa. Masticando la fetta di limone contenuta nel bicchiere, lentamente lo Zio prende la via della porta e dispensa cenni di saluto ai ragazzi che affollano l'ingresso. Esce di scena, portando con sè le nostre speranze. Ah, i soldi facili...

Il rito della domenica mattina contempla l'abito buono, l'occasionale ingresso di mogli e figli di clienti altrimenti più avvezzi all'imprecazione che alla battuta scherzosa e l'esercizio atavico del pronostico delle imminenti partite di pallone ingollando aperitivi e noccioline, addossati al bancone. Anche gli sbornioni sono allegri e Tremacùa mi si avvicina con aria birbona e mi fa: "Uhè, ma se bevo un caffè, lo zucchero è gratis?"

"E certo, Tremacùa."

"Allora dammi un caffè e un chilo di zucchero" già si sganascia prima di concludere la frase, seguito dall'accolita di vetusti avvinazzati. Il Bèrgum intende tentare la stessa battuta al mio collega, che, sbuffando, sbatte pesantemente il vassoio carico di calici vuoti con l'aria di chi avesse inventato il lavoro.

"Senti me, scèt... Nel caso ti ordinassi un caffè..."

"Sarebbe un miracolo, Bèrgum, dato che non contiene alcool!" risponde prontamente Davide, facendo ghignare la platea e mutare in cremisi il colorito del Bèrgum.

MOGLI E BUOI...

"Lascialo perdere, il pelo fresco. Quando ti metterai in testa che le ragazzine puntano solo al portafogli?" Vito la Mamma catechizza a mani giunte, quasi stesse pregando, il povero Franco Lisca. Quest'ultimo rigira nervosamente un bicchiere di whisky on the rocks e fissa il vuoto con aria tormentata.

"Non so cosa fare, Vito. È una brava ragazza, le voglio bene."

"Ma che dici, non te l'ha portata Ritàl? Non è mica una che batteva, fino all'altro giorno?"

Franco annuisce e ribatte "È stata venduta dai parenti per fare la puttana in Italia, che cacchio poteva farci, poverina? Sai com'è quella gente: mezzi zingari che vivono in campagna, ignoranti e cattivi."

"E mo' fa la bella vita col gruzzolo che ti guadagni col sudore della fronte."

Franco Lisca inarca le sopracciglia e pensa che non avrebbe mai dovuto sbottonarsi proprio con quel rompicazzo. "Certe malizie non le aveva. Quando me la sono presa in casa era uno zerbino, lavava, stirava e me la dava quando lo comandavo, stesso che dalle parti sue. In Albania le donne sono sottomesse, se rompono la minchia i loro uomini le gonfiano di mazzate... Non scherzano mica, da quelle parti."

"E tu la meni?"

"La meno di brutto, quando fa la stronza, e dopo la castigo."

"E com'è che sta pisciando fuori dal vaso?" chiede Vito, ma dal tono la frase risulta piuttosto un assist.

"Com'è, Vito? È che ho quarantott'anni, Vania diciannove e che se ne fa di un vecchio babbione, dopo che ha mangiato e bevuto? Sicuro che le piacciono gli sbarbati, andare a ballare, e avrà voglia di farsi scopare da qualcuno che non odori di pesce. Io mi sto rovinando la vita, con questa troia, ma se la butto fuori di casa che cazzo faccio?"

"Il tuo problema è che hai il cuore troppo buono, la ragazza ti intenerisce e vuoi aiutarla. Però hai sbagliato a riempirla di regali e soldi fin da subito, capisci?"

"Lo so. Le ho fatto vedere l'America e ci si è abituata. Intanto però, invece di essere riconoscente con chi l'ha tolta dal marciapiede e l'ha sfamata, fa i comodi suoi credendo che il povero coglione qui presente sopporti le sue moine e eventualmente pure le corna!"

"Bravo!" replica Vito con enfasi "Hai visto che l'hai capito? Dai ascolto a un anziano che conosce la vita, fatti dare un consiglio..."

Irrompo nella saletta e strozzo in gola a Vito la Mamma la sua perla di saggezza, esclamando con voce tonante "Lavaggio della strada. Chi ha la macchina nella via si affretti, ché i ghisa stanno già passando a dare le multe!"

Franco Lisca guarda stupito l'orologio, poi mi si rivolge lanciandomi nel contempo la chiave della Volvo. "Ragazzo, fa' il favore, spostami l'auto, va'."

E te lo sposto sì, il tuo carrozzone, quando mi ricapita di guidare una bestia del genere? Sgambetto verso la strada, mi accomodo al volante e mi pento immediatamente di avere accettato la richiesta di Franco Lisca. L'abitacolo fete in maniera disgustosa di pesce rancido, neanche mi fossi infilato nel culo di un merluzzo, e le mie manovre sono accelerate, nel tentativo di evadere al più presto da questo incubo ittico. Il problema è ingranare la retromarcia. 'Sti cancheri di ingegneri svedesi dovevano avere dormito male, prima di progettare la meccanica delle marce. Costringono l'autista a sollevare una leva tra indice e medio, pigiare nel contempo verso il basso e infine spingere in avanti la leva del cambio... Capace che, se sei sprovveduto, due volte su tre fai cilecca e allora succede, come capita a me, che mentre dài gas scrutando il retrovisore il granitico automezzo schizza in avanti — in realtà hai inserito la prima — cozzando pesantemente contro la già sgangherata Panda color ruggine che qualche sfigato ha innocentemente parcheggiato dinanzi allo schiacciasassi scandinavo.

"Minchia, sono andato nel culo al catorcio di Stufa! È la volta che ho finito di beccare le sue mance..." ringhio stizzito, mentre bisticcio col cambio. Ingrano finalmente la retro, mi produco in una inversione a U da brivido e metto pesantemente alla prova i semiassi della Volvo scontrandomi letteralmente col marciapiedi. Dunque è fatta, la vettura è in salvo sul medesimo e io telo fuori come Giona, scongiurando il voltastomaco imminente.

Mentre raggiungo il bar ne vedo uscire proprio Stufa. Si accorge subito del misfatto e attacca a lanciar strali nei confronti del figlio di mignotta che l'ha speronato. Fortunatamente non può puntare il dito verso di me, quindi mi avvicino e gli offro tutta la mia immacolata solidarietà prima di riprendere le mie mansioni.

"Porco di quel Giuda porco!" impreca Stufa, col carnito che si fa cremisi. "Minchia, Stufa, t'hanno inculato alla grande. Hai visto chi è stato?"

"Macché, vacca merda! Guarda che m'ha combinato, quel cornuto, che a beccarlo gliele limo come dico io, quelle cornacce che tiene! Va' il fanale. Guarda il paraurti... Va' che disastro, quell'infame zozzo..."

Prima che l'affilato quarantenne butti altre secchiate di improperi, lo consolo con una faccia di bronzo che non sfigurerebbe tra quelli di Riace.

"Non ti fare il sangue amaro, Stufa. Appena capita il meccanico gli facciamo fare il lavoro. Il tempo di andare e tornare dallo sfasciacarrozze, sai quello calabrese, no? Ti sbriga il lavoro in fretta e a buon mercato, vedrai."

"Vabbe', fammi spostare 'sta benedetta macchina, va'!"

Mollo l'ammansito Stufa e mi infilo nel bar. Restituisco le chiavi a Franco Lisca e quello neanche ringrazia poiché intento a discutere sia con Vito la Mamma che con Saverio. Allora prendo le comande dai giocatori assetati e torno a riempire bicchieri e a spillare birra.

Alla fine della serata, allorché anche l'ultimo dei nottambuli ha preso la via di casa, Saverio mi si accosta, sigaretta in bocca, e mi spiattella borbottando quanto il concilio con Franco e Vito ha partorito.

"Franco Lisca ha un problema" esordisce il mio capo.

"Lo so, la puzza di pesce!" rispondo strizzando l'occhio.

"Quanto sei vastaso! C'ha problemi con la fidanzata."

"Che tipo di problemi?"

"Lei è troppo giovane e ha troppo tempo libero."

Resto di stucco. "Che tradotto in soldoni, cosa..."

Saverio ribatte divertito, soffiandomi una nube di fumo sulla faccia.

"Il pescivendolo teme che prima o dopo la ragazza riempia il famoso tempo sollazzandosi con qualche giovanotto. Questo succede quando vizi una ragazzina, quindi, siccome che..."

Attacco a ridere a quattro pance, l'enfasi del "siccome che" del mio capo mi scompiscia come quando scandisce la parola "coca cola" e l'inflessione biscegliese fa sì che dal profondo del suo diaframma fuoriesca invece qualcosa tipo "cuca cula". Quando mi riprendo, Saverio prosegue il pippettone.

"Vania, la ragazza in questione, deve mettersi in testa che la pacchia è finita e che deve muovere il culo... Insomma, deve guadagnarsi il pane."

"Sacrosanto."

"Infatti. Ho proposto a Franco di mandarla qui domani, giusto per vedere come si muove dietro a un bancone." Chiosa secco Saverio, in attesa della mia reazione. Schiaffare una muchacha in mezzo a un branco di cafoni arrapati non mi pare un'idea geniale, ma quando lo ribadisco, il mio capo non mi sta a sentire. Ha già pensato di affiancare Vania a me e Davide durante l'orario di pranzo, affinché cucini le pietanze, prepari i panini e poi lavi cabaret e padelle... Cinque ore al giorno oltre al mercoledì, che siamo di chiusura, per darci una mano con le pulizie.

"Che ti devo dire? Il boss sei tu..."

E già, puntualizza, il boss è lui. Uccide la cicca picchiettandola ripetutamente contro il portacenere e lentamente si porta alla cassa. Conta gli introiti della giornata due volte, come al solito, infila in tasca il malloppo e, dopo avere abbassato la saracinesca, ci diamo la buonanotte.

L'indomani ciondolo fino al bar dopo avere razziato l'edicola. Raggiungo il mio posto di lavoro con una mezza dozzina di fumetti sottobraccio e saluto distrattamente Davide, Saverio e i pochi clienti mattutini, prima di fiondarmi nel retro per mollare i miei albi e indossare il grembiule e mi imbatto in un'apparizione che farebbe gridare al miracolo!

Vania è di fronte a me, in carne ed ossa. Due seni dirompenti incastonati in un corpo che invita al peccato, una cascata di capelli mossi e corvini, il viso perfettamente ovale, labbra carnose e celesti occhi da fata: Michelangelo avrebbe esclamato "Perché non parli?" ma in questo caso siamo oltre, Vania parla... Parla eccome!

"Ciao. Tu sei Tino?"

È una musica angelica, che sgorga dalle sue labbra? Attonito, resto immobile come un camaleonte e forse, come quel rettile, cambio colore.

"Vania?" riesco a stento a borbottare.

"Piacere" mi fa, sorridendo e porgendomi la destra. Le stringo la mano col testosterone che già mi urla nelle orecchie, se fossi una seppia spruzzerei tutto il nero che avrei in corpo. Devo dirle qualcosa, mica posso fare la figura del ciula.

"Bè, Vania... Benvenuta a bordo."

La figliola mi guarda come fisserebbe un venusiano. "Cosa tu dici?"

"È... Un modo di dire, significa che lavoreremo assieme e che questa cosa mi fa molto piacere. Capito?"

A levarmi dall'imbarazzo ci pensa Saverio, che ci ha raggiunti nel retro.

"Vi siete presentati? Bravi, bravi. Mo', Tino, fila a lavorare, che devo istruire la ragazza, onde evitare che non capisca come rigirarsi in questo casino."

L'incantesimo è rotto e io eseguo l'ordine a razzo. Davide mi guarda sornione e si alliscia il mento con pollice e indice; il gesto intende "Hai visto che fica?" Porto gli occhiali ma non sono cieco, vecchio mio.

"M'attizza un sacco!" esordisce.

"Stacci alla larga, tanto non c'è trippa per gatti."

"Questo è da vedere, Tinuzzo."

"È la donna di Franco Lisca, non lo sai? E c'ha due anni più di te, pivello... Figurati se ti guarda in faccia!"

"Non le capisci ancora, le donne, eh? Quella è una zozzina."

"Macché, a me pare una brava ragazza." Il mio collega non si dà per vinto.

"È una zozza, lascia fare. "

La boccaccia di Davide sta coprendo di fango la candida immagine che ho già impressa nel mio patetico cuore, non reggo oltre l'attacco e mi defilo in saletta, vassoio in mano, lesto a sparecchiare bicchieri e a prendere ordinazioni.

Bagarino e Cupone si giocano l'aperitivo a concia e schiamazzano come selvaggi, più oltre il Lanzoni bestemmia col compare, al tavolo dei nonni.

Durante l'ora seguente io, il mio collega e il titolare facciamo la spola dal bancone al retro per assicurarci che Vania non abbia bisogno di niente... Un ragguaglio, un'aranciata o quanto meno una chiacchiera o un piccolo gesto di incoraggiamento. Sembriamo i nani attorno a Biancaneve. La ragazza è in gamba, non è il massimo dell'espansività ma in compenso il profumino che giunge alle nostre nasche bussa direttamente agli stomaci, segno che Vania gli uomini li sa prendere anche per la gola. Come fosse una bestia rara, appena nel locale si sparge la voce della presenza dell'avvenente moretta, anche i clienti più truzzi le fanno la posta e, dopo averla intravista, giurano che una meraviglia del genere starebbe meglio alla Porta d'oro che dietro a squallidi fornelli periferici. Allo stesso tempo, però, la legge non scritta del rispetto fa sì che si limitino ai commenti, poiché la ragazza in questione è proprietà di un amico.

Vania scodella vassoi di verdure, patate arrosto e cotolette impanate che non trasudano la minima goccia d'olio e la presentazione coi giusti accostamenti e gusto per l'effetto cromatico, la dicono lunga riguardo alla sua volontà di far bella figura.

"E brava Vania. Hai superato il battesimo del fuoco... Ora vediamo come te la cavi coi panini. Devi fare attenzione all'affettatrice, che ai primi tempi è traditrice." Si affretta a dire Davide, rubandomi il tempo. Nel mio film io, giovane cavaliere, ottengo l'amore della leggiadra fanciulla, che lascia l'orrendo antro del maturo pescivendolo per vivere felicemente la primavera della vita... Anche i nostri nomi, se li accosto, mi appaiono assonanti, mielosamente adatti a intersecarsi, li figuro avvinghiati l'uno all'altro.

"Ahò, Tino! Sveglia, ragazzo... Fammi due medie e un bianco spruzzato, quante volte te lo devo ripetere?" gracchia Saverio guardandomi di sbieco.

"Che?... Subito, boss, scusa..." rispondo, scattando e dandomi del fesso da solo.

"Hai fatto le ore piccole?" incalza il boss.

Faccio spallucce, gli porgo la comanda e, mentre passo un colpo di spugna sul bancone i miei occhi si catalizzano nuovamente sui riccioli di Vania.

Alle tre del pomeriggio Franco Lisca parcheggia la Volvo dinnanzi al bar e prima di entrare confabula con Saverio.

"Allora, compa', com'è andata, la ragazza?"

Saverio, prima di rispondere, con gesti larghi si accende una Marlboro.

"È a posto, è stata brava" confida poi, con un accenno di sorriso.

"Pensi che mi preoccupo per niente?"

"Beh, in ogni caso sgobbare un po' non le farà male. Sai com'è, quando stanno troppo tempo a casa da sole, 'ste straniere iniziano a fantasticare."

"Già" replica riconoscente Franco. "Ora me la porto a casa. Ho giusto il tempo per una sveltina, prima di riaprire la pescheria." Lo dice fregandosi le mani, segno che l'uomo c'ha proprio una gran voglia.

Il giorno successivo mi sveglio di ottimo umore e galoppo diretto al bar con mezz'ora di anticipo rispetto al mio orario di lavoro. So che tra breve giungerà anche Vania e ho studiato per tutta la notte strategie di approccio, grazie a un saggio di centottantaquattro pagine scritto fitto fitto. Se non dovesse funzionare mi dedicherò al Vodoo o a qualunque altro tipo di alchimia ma, per la miseria, quella ragazza dovrà essere mia, anche a costo di rischiare qualche coltellata da parte di quell'energumeno del pescivendolo. Nel frattempo mi godo il tepore marzolino seduto nel pergolato e sorseggio un caffè doppio. Lentamente. Davide mi si avvicina e poggia il deretano su una sedia mezza sgarrupata. "Mi spiace ma oggi te la devi sbrigare tu con Vania."

L'avrei abbracciato, ma mi do un certo contegno. "Che minchia ti è successo, stavolta?"

"L'avevo scordato, ma ho prenotato una visita dal ginocchiologo."

"Dal ginecologo? C'è qualcosa che devo sapere?" bercio ponendo le labbra a mo' di fungia.

"Macché ginecologo, parlo dello specialista delle gambe... Sai che ho le ginocchia deboli, no? La clinica sta dall'altra parte di Milano e credo che oggi non mi passerà più, farò la muffa sui mezzi."

“Vabbè, puoi mollare tutto e andare, socio, se comincio qualche minuto prima non è ’sto sacrilegio.”

Davide si sbraccia riconoscente e prima di svanire dalla mia vista fa in tempo a congedarsi con un *grazie, sei un amico, il numero uno e grazie ancora*. Sono io a ringraziarti, fessacchiotto... Mi lasci campo libero con la donzella che mi fa palpitare. Corri e fatti riparare le ginocchia, che ti mettano un tutore, ti iniettino cortisone, ti martellino chiodi per irrobustirti le gambe... Che diventino forti tali e quali a due tronchi di sequoia, amico mio, purché ti levi di torno e mi lasci ronzare intorno al mio miele.

“Buongiorno.” Il cinguettio mi prende alla sprovvista, mentre sono ginocchioni alla ricerca di un succo di frutta all’ananas, nel marasma del frigo. Evidentemente qualcuno di cui non faccio il nome si è dimenticato di rimpiazzarli.

“Ciao, Vania...”, Dio, ma quanto è bella!

“Oggi insegni me tante cose? Voglio imparare capucinno!”

“Si dice cappuccino, sei albanese, mica sarda, no?” Ribatto col tono più allegro e leggero che mi possa inventare. Sorride, leggo nei suoi occhi che ha lasciato a casa la diffidenza.

Sembra una stronzata, la cosa più facile del mondo, ma provate voi a montare la schiuma del cappuccio come si deve. Bisogna farci la mano, i baristi più impediti vi porgeranno una broda ustionante come una colata delle acciaierie Dalmine, gli esagerati serviranno una massa solida che non riuscirebbe a inumidire il più tenero e arrendevole dei croissant. Ci vuole applicazione: è arte!

Ci sono delle volte che le ore passano più in fretta del dovuto. Ci siamo divertiti, io e Vania. Abbiamo scherzato, lavorando gomito a gomito, creato un'intesa palpabile e quando Franco Lisca si è presentato per rapirla, lei mi ha salutato con un bacio sulla guancia... Non uno di quelli formali, algidi. Quando il bacio di una donna è prossimo alla bocca è quasi un invito, il segnale che è probabile sia interessata a ridurre certe distanze, non so se mi spiego. Sta di fatto che la farfalla svolazza leggiadra oltre la soglia dopo aver caricato una palata di carbone nella mia caldaia.

Il terzo giorno, mentre miscelo un Negroni, noto che Vania mi sta osservando con un'espressione intensa. Le strizzo l'occhio e lei mi fa cenno di seguirla nel retro.

'Fanculo al Negroni, penso, mentre la raggiungo.

"Finalmente soli" proclamo in tono scherzoso ma neanche tanto.

Vania non presta bada al mio esordio e, dopo un attimo di silenzio, attacca.

"Tino, cosa tu pensa di me?" e lo dice quasi con sofferenza.

"In che senso, scusa?" Dove vuole andare a parare, la tipa?

"Tu sai io sere fidanzata di Franco e credi sai la mia vita, forse pensi male di me, questo non mi piace."

"So che stai assieme a lui, de gustibus, e so anche che sei una ragazza... Beh..."

Avrei voluto gridarle "Sei una ragazza bellissima e sono stracotto di te!" invece lo strozzo in gola e il terrore di fare una magra figura mi rendono afono. Pensa lei a colmare il mio vuoto, indicandomi le vettovaglie appena spadellate e allargando le braccia con un gesto involontariamente solenne.

"Vedi che abbondanzia? Io vista solo da quando in Italia. Ogni volta che cuocio tutto questo, mi viene da piangere" — afferma ciò e nello stesso tempo una lacrima le riga il viso.

"È per via della cipolla?" Ribatto, e devo avere proprio la faccia da scemo, mentre do fiato alla bocca.

"Non capisci. Io vengo di Albania, di un paese piccolino che chiama Haraj, nelle montagne, lontano da Tirana. Paese povero, mia familia contadini. Noi mangia cavolo, rapa e... Come dici laker... Queste nel piatto?" Vania indica le patate al forno. Patate, rispondo, lei annuisce e prosegue. "Mia vita è dura, lì, troppo lavoro e poco mangiare. Dopo viene mio cugino Gjorgji e dice che a Italia c'è tanto lavoro e che lui mi porta. Baba e mamma sono contenti, loro convinti che io diventa ricca e fai stai bene tutta la familia..." si blocca e abbassa lo sguardo. La esorto a continuare il racconto. Sospira. Riprende a narrare.

"Arriviamo a Italia e mio cugino cambia suoi modi. Niente lavoro, tutti i miei sogni sono finiti. Gjorgji prende miei documenti, picchia me, poi con suoi amici viene sopra me..." Piange sommessamente.

Avete mai provato la sensazione di avere un branco di piranhas che vi rosicchiano gli organi interni? Beh, è quanto sento adesso. Allo stesso tempo provo una tenerezza infinita nei suoi confronti e una gran voglia di abbracciarla.

"Vania, se non te la senti, non sei costretta, sai?"

"No! Voglio che tu sai." Beve un sorso d'acqua e, stavolta fissandomi con espressione grave, mi sciorina le sue vicende, passando dalla costrizione a battere il marciapiede sulle statali lariane alla sua fuga a Milano. Continua senza pausa con il cugino che la rintraccia e la vende a Ritàl per tre milioni, il gentiluomo la sbatte sulla via Novara e qui incontra Franco Lisca che diventa cliente fisso, si innamora di lei e la riscatta per sei pali. Insomma, la tipa ha passato una vita di merda, a dirla tutta.

"Franco mi vuole bene, ha fatto me molti regali... Gioielli, vestiti, tutto quanto voglio. Lui protegge me, capito?"

"Scusami, Vania, ma se lui ti mantiene a caviale e champagne come dici, perché minchia ti ha schiaffato in questo buco di bar a lavorare?"

"Questo no lo so, tu conosce il motivo?"

"No." Bugia bianca. "E non capisco nemmeno perché mi hai narrato tutto questo."

"Davvero no capisci?"

"Giurin giuretta" Rispondo occhieggiando da un cantone all'altro e scongiurando che non pronunci l'orripilante parola che temo abbia in punta di lingua.

"Perché mi fido di te, hai gli occhi buoni. Voglio noi siamo amici."

L'ha detta, la famosa parola di cui sopra, cazzo! Quando una donna vede in un uomo solo un amico, un confidente di 'sto par di ciufoli, mentre il bipede in questione la brama come un cervo in calore e la spaccherebbe a metà a forza di sbatterla, ebbene, allora è finita, meglio levarsi il pensiero. Ad ogni modo incasso il colpo con l'aplomb degno di un baronetto.

"Okay... Amici." Mento a me stesso prima che a lei.

Smanettando alla macchina del caffè, Davide mi lancia un acuto. Gli rispondo che arrivo subito, che mica siamo assediati dagli indiani e che, essendo munito di un buon paio di mani, qualche espresso capace che magari riesce a farlo da lui, senza balia né caddy. Ora Vania sorride e il suo viso riacquista luce e con taglio giocoso mi fa un'ultima confidenza.

"Sai, Davide mi ha chiesto se potiamo vederci fuori dal bar?"

Strabuzzo gli occhi. "Ti ha chiesto un appuntamento?" Annuisce beffarda.

"E tu, insomma, cosa..."

Ridacchia. "È ancora un bambino. Io sono fidanzata e lui è così... Come dice voi budalla? Sciocco." Anche di più, cocca, il mio collega è proprio un minchione.

"Lui no come te, Tino. Tu no pensa che io può tradire il mio uomo, vero?"

Se tu sapessi, Vania, ma ormai... Quanta acqua hai buttato sul fuoco!

L'indomani Vania prepara delle polpette di ricetta albanese dal nome improponibile, ma dannatamente buone. Hanno un successo strepitoso, tanto che Davide è costretto a correre al market per acquistarne nuovamente gli ingredienti. I clienti si accalcano per ottenere le proprie porzioni e per ammirare a una spanna di distanza le procaci forme dell'avvenente cuciniera e avrebbero assaggiato volentieri anche lei, se la giovane balcanica non fosse stata in grado di mantenere le distanze.

Quando, puntuale come il rincaro della benza ad agosto, Franco Lisca entra nel bar preceduto da una folata rancida per portarsi via la sua femmina, nei confronti di

Vania ci sono solo complimenti sperticati. Saverio prende il pescivendolo sottobraccio e commenta la novità del giorno.

"Buone? 'Sti cazzi, erano squisite quelle polpette, ti dico. Dobbiamo parlare di Vania, Franco." L'interlocutore strofina le mani sui jeans nuovi di pacca e si appresta ad ascoltare con un'anticchia di ansia.

"A mio parere ti stai agitando per niente. La sbarbata non è la gatta morta che immaginavo... È seria, pure troppo."

"Speravo me lo confermassi, compa'. Ci tengo tanto, alla Vania, e come ti ho detto mi fa crepare di gelosia, con tutte quelle telefonate nella sua lingua da zulù. Chissà con chi parla, la stronza... Mi sono fissato con l'idea che qualche cayenna le scorrazzi intorno e mi faccio 'sti pensieri."

Saverio ordina due caffè e li servo prontamente, con le orecchie tese, avido di informazioni concernenti la mia beniamina. Franco spala mezza zuccheriera nella tazzina e sbatacchia il cucchiaino facendo schizzare gocce ovunque, il mio boss invece lo sorbisce amaro. Consumato il caffè, si appizza una bionda e riprende il discorso. "Quindi cosa vuoi fare, seguiti a mandarmela o preferisci lasciarla a casa a grattarsi la pancia?"

"Cosa mi consigli?"

"Questo devi deciderlo tu. A me pare sveglia e cucina anche bene. Facile comunque che a breve si scocci di stare in mezzo a 'sta accolita di cialtroni e allora te lo farà capire. Io le darei ancora qualche giorno di tempo perché si faccia un'idea di come gira il fumo... Che ne dici?"

"E diamole qualche giorno." Commenta Franco, affatto persuaso. Si congeda da Saverio e reclama la sua musa, che ha appena terminato di asciugare un monte di stoviglie. Vania ripone il grembiale che le cingeva i fianchi torniti prima di abbracciare il suo metro e settantacinque di virilità. Non posso sopportarlo; perché l'invidia deve fare bella mostra di sè tra i peccati capitali?

Scantono nel retro a caccia di zucchero, voglio metterci del tempo, prima di trovarlo. Tanto tempo quanto è necessario a Vania per accomodarsi sul sedile della Volvo e sparire dalla mia vista.

"Mallkim! La borsa!" esclama la ragazza dal corpo esplosivo, svicola dal suo attempato moroso e con aggraziate falcate raggiunge il retro. Avrà notato il mio trasalire non appena appare?

"Scusami, stavo andare via senza salutare."

"F-figurati, tanto domani è giorno di chiusura, abbiamo da vederci fino alla noia" Replico gesticolando scompostamente.

"Già, mio primo mercoledì." Branca la borsa e mi si avvicina per accomiatarsi col solito bacio sulla guancia. La mia azione è più veloce dell'intenzione ed è tutto frutto dell'istinto. Volto la testa mentre le sue labbra raggiungono la gota e le stampo un bacio sulla bocca, prendendola alla sprovvista. Vania arretra respingendo il mio corpo proteso e, sebbene l'istinto la induca a urlarmi maledizioni e fatture a morte, tiene a freno le sue corde vocali e, squadrandomi come fossi Giuda in persona, sibila la sua amarezza a voce bassa.

“Perché l’hai fatto? Io mi fidavo di te, credevo tu persona buona, un amico. Ti ho raccontato mia storia e tu credi che io sere ancora puttana?”

“Scusa, Vania, la verità è che mi piaci, e tanto. Io vorrei...”

“Tu no vuoi niente, stronzo. Da questo momento per me non esisti più!”

“Eh, porca miseria, fammi parlare, no?”

“Hai tutto già detto!” chiude il discorso la moretta, e furiosa nell’incedere, mi molla come un bamba.

“Alleluja! Quanto ti ci vuole per tirar su una borsetta?” ironizza il greve pescivendolo, che smorza il ghigno rimarcando la maschera iraconda di Vania.

“Ho perso il rossetto.” Butta lì la giovane.

“Cazzo... ’sta faccia per un cacchio di rossetto, figurati se ti era morto il cane!” Ribatte l’uomo, richiudendo la portiera della Volvo.

Qualche ingenuo potrebbe pensare che il giorno di chiusura sia sinonimo di riposo, per l’affaticato barista. Niente di più sbagliato: ogni fottuto mercoledì in questo bar dell’angolo che si erge fieramente nell’anonima periferia milanese, troverete delle industriose formichine intente a lustrare, lavare, smacchiare con cura bicchieri incrostati di calcare, mensole sghembe e ostici pavimenti. L’olio di gomito si spreca a fiumi e le ore trascorrono all’insegna dell’eterna lotta tra lo sporco e il pulito. Davide assilla Vania con la pietosa storia delle sue fragili ginocchia che gli hanno impedito di coronare il suo sogno più recondito: diventare ballerino. Il sottoscritto, ormai reietto alla giovane albanese, al ritmo di un nastro Reggae combatte con alcune tazze pittate di rossetto delle più svariate tonalità, che viene via a fatica, quando si sente qualcuno bussare contro la saracinesca.

"Uhè, tirate su la serranda, sbarbati."

È il principale, avvolto in una sahariana caki, calzoni bianchi di lino e mocassini.

"Ho bisogno di un volontario, giovani. Chi mi accompagna alla Metro a fare la spesuccia? Cerco braccia gagliarde e spirito d'iniziativa. Dài, chi muove il culo?"

Senza esitare ripongo l'ennesima tazza nel cestello della lavastoviglie, scanso Vania, per la quale sono più evanescente di un fantasma e dopo avere richiuso la saracinesca glisso in auto di fianco al mio capo. Il motore della Golf nera romba e sgommiamo via alla grande. Che spunto notevole. Purtroppo ci fa compagnia l'autoradio Pioneer, sfavillante di led, che pare un albero di Natale. Non è tanto la gamma di colori, quanto la musica che vomita... Oggi la fantasia di Saverio l'ha fatto optare per uno sfigatissimo nastro di Pupo e preferirei di gran lunga un mal di denti. Batte il tempo sul volante, Saverio, poi gli viene in mente che esisto anch'io.

"Che cosa è accaduto tra te e Vania?" Butta lì distrattamente.

"Niente, che doveva succedere?" Rispondo col tono di voce tremulo, quasi fossi stato sorpreso con le mani affondate nella cassa.

"Ma come, niente, se fino a ieri eravate culo e camicia e mo' neanche vi guardate. A osservarvi, prima, mi sono venuti i geloni, da quanto eravate freddi" tallona l'infingardo pugliese.

"Che ti devo dire, c'avrà le sue cose... Pare che non ci intendiamo più. Sai come sono 'ste straniere, no?"

"Perché, come sono? Sentiamo" Eh, come sono... Mi sarebbe piaciuto saperlo, boss, ma m'è toccata l'onestà fatta persona e ho fatto una figura di merda tale che rivaluta l'Italia dei Mondiali di calcio del '66.

"Certo che quella Vania è proprio un bel tocco di manza, eh?" Insiste il boss, passandosi una mano sulla chioma. "Peccato che sia cosa di Franco Lisca. Non ti credere, ne ho ripassate, di gnocche, ma una donnina come quell'albanese, ti dico... Non so. C'ha qualcosa, che...'azzo, Tino! Apri mo' il cruscotto, fa' il piacere." Il boss cambia registro.

"Che, ti devo prendere un'altra cassetta? Guarda che sono già alle cozze con 'sto nano ululante."

"Macché! Guarda se c'è dentro la tessera della Metro" gracida preoccupato.

Rimesto con attenzione tra il composto quasi compatto formato dalla collezione di multe non pagate, raccolte di pacchetti di chewing gum scaduti da tempo immemore e un vasto assortimento di musicassette bisunte e sfibrate, firmate da artisti di grido come Mimmo Cavallo, Mario Merola e l'incontenibile Toto e le Tate.

"Non c'è per niente, in questo casino. Mi sa che l'hai scordata da qualche parte"

"Ma sì, che coglione! L'ultima volta l'avevo lasciata nella cassettiera, al bar."

"Vuoi dirmi che dobbiamo tornare indietro? Cribbio, siamo già sulla Vigevanese." Saverio non si scompone e fa una inversione da galera sulla provinciale.

Dopo un giro sulle montagne russe, durante il quale Saverio riesce a commettere più infrazioni di quante io riesca a contarne, parcheggiamo in prossimità del bar.

"Mi è venuta un'idea. Entriamo dal retro, voglio far cagare sotto quel fessacchiotto del tuo collega." Sogghigna e mi esamina soddisfatto, pregustando la burla.

"Che faccio, grido: POLIZIA!?" rimbecco con scarsa enfasi, trovando affatto geniale il progetto del mio boss.

"Naah! Lo prendiamo alle spalle fingendo una rapina, vedrai che come minimo si becca un ictus."

"Sei sicuro che vuoi fare 'sta cosa? Se Davide si prende un colpo davvero, chi glielo dice a sua madre? Signora Gina, le riporto quel che resta del suo prezioso bambino... No, non è schiattato, ma è rimasto tra noi in qualche maniera. Male che vada, può sempre fare il picchiatello in giro, con tanto di cane e sedia a rotelle. Vuole ridere? Stavamo facendogli uno scherzo..." replico mimando una specie di Frankestein.

"Quanto la fai lunga! Sai qual è il tuo problema?"

"Ah, c'ho un problema, adesso?"

"Non sai ridere, ecco cosa. Sei troppo serio, vivi di seghe mentali... E lasciati andare, lambaciàun cà si'."

"Va bene, diamoci un taglio, facciamo 'sto tiro mancino." Concludo sbuffando.

Silenziosi come ninja, raggiungiamo la porta del retro. Saverio gira la chiave nella toppa con lentezza esasperante, poi la scosta quel tanto che basta per dare un'occhiata all'interno e..." Cazzo!" mormora incredulo.

"Che c'è? Fammi vedere" sussurro, curioso come una portinaia. Spalanco l'uscio e quella che mi appare è una scena surreale, un dannato colpo basso. Davide sta seduto sul congelatore con le braghe abbassate e gli occhi chiusi, si mordicchia le labbra in piena estasi. China su di lui, Vania è intenta a succhiargli energicamente il pisello e ogni volta che la sua testa si abbassa, una pietra frantuma la vetrata del mio cuore. Cosa mi fa esplodere è a scelta, ragazzi. La squallida risata di Saverio, la minchia penzoloni del mio collega, o la maschera agghiacciata di Vania, che molla la presa e incrocia colpevolmente il mio sguardo?

"Vaffanculo! Brutta zoccola che non sei altro! Troia di merda! Facevi la ragazza seria, puttana che non sei altro?! Mi hai messo in croce per un bacetto e poi ti ficchi in bocca la prima minchia che ti passa davanti? Schifosa!" Sto male nelle viscere, la nausea mi assale. Mi volto senza dire altro e piangendo rabbiosamente, vado via. Caracollo tra la gente senza pensare né vedere. Il mondo è ovattato, adesso, e i passi si riproducono senza sosta. Le mie gambe mi portano fino alle cave. Mi acquatto tra i giunchi e quando una biscia o un ratto, nuotando sinuosi nelle acque melmose, mi passano a tiro, gli lancio sassi a manciate. Infine il sole cala danzando e il cielo si tinge di porpora.

L'indomani all'incontrarmi la gente scantona. Lo specchio stamane ha riflesso un'immagine che non mi compete. Carnito pallido, occhiaie, espressione sbattuta... Un cencio logoro. La sola idea di incontrare quella stronza al bar e lavorarci al fianco, mi fa venire male. Ho voglia di licenziarmi, invece ho preso il coraggio a due mani e varcato l'ingresso del locale.

"Dov'è quella?" esclamo rivolto a Davide.

"Non c'è... A quel che dice Saverio, non verrà più."

"Meglio così. O lei o me" sfiato, con un filo di voce. Mi preparo un caffè corroborante. Il mio collega si avvicina e dà aria alla bocca.

"Te lo avevo detto, o no, che Vania era una zozzina?"
Lo squadro senza rispondergli.
"Ieri mi avete rovinato il miglior pompino della mia vita" mi rimprovera.
"Il miglior pompino..." ripeto. Ci guardiamo in viso per qualche eterno istante, poi esplodiamo in una fragorosa risata.

STORIA DI NICO

Nico corre ansimando tra i cumuli di macerie. La Beretta che stringe in una morsa serrata pesa quanto la colpa e nelle pupille ancora è impressa l'espressione grottesca dell'uomo cui ha esploso tre colpi in pieno petto. I pensieri si sovrappongono e si aggrovigliano in un intrico opaco e intanto la corsa si muta in fuga disperata e vorrebbe tornare bambino, per tuffarsi tra le braccia di mamma a piangere, e farsi consolare.

"Stai calmo, respira... È fatta, dài. Ce l'ho fatta. La pistola, merda... Che devo fare con 'sto ferro? Ah, gettarla nella cava... Questo..."

Il lungagnone dal naso aquilino raggiunge la riva del bacino, strofina le mani sudate sui calzoni e, dopo una breve occhiata intorno a sè, per assicurarsi che nessun impiccione abbia modo di lumarlo, scaglia l'arma con tutta la forza che ha in corpo. All'impatto con l'acqua la Beretta lo saluta con un tonfo sordo, si inabissa e si posa sul fondo limaccioso, come farebbe una caduca foglia di pioppo in autunno.

"È finita... Okay. Devo sedermi e darmi una calmata, adesso. Missione compiuta. Ora riscuoto, mi rollo una canna per rilassarmi e, 'fanculo, chiudo la faccenda."

Dopo essersi ripreso dalla sbornia di adrenalina, Nico si rimette in cammino con fare circospetto, ma con la mente lucida. Ha seguito le istruzioni alla lettera e superato la prova, oggi ha passato uno step, è entrato nel giro grosso. Non aveva mai ucciso in precedenza e l'unico rammarico, ben presto sedato da un paio di strisce di buona bamba gentilmente offerte dalla casa, riguardava il destinatario delle pallottole: Damiano. Il destino ha voluto che il primo omicidio del ragazzone col tic agli occhi fosse compiuto ai danni di un amico d'infanzia. Quante volte avevano giocato insieme, lui e Damiano? Stessa classe per cinque anni alla scuola elementare e mai un litigio. Una volta cresciuti, però, come le belve, ci si guarda in cagnesco e la vita ci indirizza verso strade diverse e sconosciute. E la legge del menga vige sovrana, non puoi farci niente, bello, così è la vita, ognuno si guadagna il pane come può.

"Ecco il nostro uomo." Sbotta Elmo, soffiando una nube di fumo, al volante della Visa azzurra parcheggiata in via Milesi, dove si ergono le scuole medie Catullo e

Mazzali. Seduto di fianco a lui, il cisposo e mingherlino compare gli fa eco. "Il battesimo del fuoco, ih! ih! ih!" Il mingherlino si porta appresso il soprannome "Nano" da sempre. È figlio di Ritàl e di una delle sue squaw, ed è l'unico guappo della zona capace di non offendersi se qualcheduno gli desse mai del figlio di puttana. Perché tutto il mondo conosce la professione della sua genitrice. Tornato alla civiltà da quella specie di terra di nessuno popolata di pensionati pescatori lungo la riva dei laghetti, ma per il resto della sua vasta area regno di drogati, zozzoni i cui resti sono oscene riviste pornografiche lasciate a marcire, guardoni e filibustieri di ogni sorta, Nico raggiunge l'auto, fa un cenno d'intesa nei confronti degli occupanti e fila via.

Elmo e Nano lo guardano allontanarsi e il primo dei due nota una macchia scura tra le gambe dei suoi jeans.

"Oh, dà un'occhiata, Nano... Se l'è fatta addosso."

Nano risponde con una risatina da topo e, grattandosi la zazzera, risponde al compare "Metti in moto, che dobbiamo avvertire lo Zio."

Riuscire a parcheggiare davanti al bar a quest'ora del pomeriggio è un'ardua impresa e l'autista della Visa che si accosta al marciapiede è costretto a inventarsi una "spina di pesce" assai improbabile. Vedo scendere Elmo e Nano e dirigersi festanti verso il mio bookmaker di fiducia. Lo Zio, pigramente adagiato su una sedia di plastica bianca nel pergolato, li accoglie con noncuranza, come un re farebbe coi suoi cortigiani. Li ascolta distrattamente, poi mi fa un cenno. Gli vado incontro.

"Dimmi, Zio."

"Fai bere qualcosa ai nipotini, qui... È cosa mia, mi raccomando" mi risponde senza degnarsi di guardarmi. I due galoppini mi seguono fino al bancone e ordinano due Glen con ghiaccio.

"Ci si vede, ragazzi! È dai tempi del pallone che non scambiamo due parole" gli faccio, ricordando i bei tempi. Sapete, le sfide domenicali tra cortili, no? 'Sti due erano mediocri calciatori, di quelli che puntavano più alle gambe che al pallone, quindi li rammento come avversari sgradevoli. Altri non avrebbero sfigurato tra i professionisti, ma sembra che i piedi buoni siano stati irrimediabilmente abbinati a teste matte, dalle mie parti. Elmo non si degna di rispondere, Nano annuisce svogliatamente.

"Beh, ci sono alcuni che non ho più visto da allora. Marino, ve lo ricordate? Chissà che fine ha fatto?"

Come svegliatosi dal torpore, Elmo gorgoglia "Da mo' che è in vacanza, quello."

"Dì, ma a te che te ne frega, di saperlo?" protesta Nano.

"Tanto per parlare, mica me lo voglio sposare. Se è un segreto, tientelo" ribatto.

"Macché. È che non mi sono mai piaciuti, i chiacchieroni."

"A chi lo dici! Però non stavo mica facendovi il terzo grado, porca troia. So anch'io com'è la gente e che una cosa è meglio tenersela che spifferarla, non si sa mai. Mi è venuto in mente così, a babbo morto..."

"C'hai ragione, hai solo chiesto" borbotta Elmo con la sua voce nasale, dopo aver scolato il liquore. S'accende una paglia e mi volge le spalle. "Ti saluto" accenna, uscendo dal locale, seguito dal suo partner striminzito.

Davide fa capolino dalla saletta proprio in quel momento e mi chiede chi fossero quei ciddoni. Gli rispondo che erano solo due sfigati con troppo Al Pacino nella zucca... Poveracci che studiano da gangster con le videocassette e che, invece di cavalcare sfavillanti Cadillac, gironzolano la periferia con un fetentissimo scassone francese.

Una voce metallica ordina un caffè: è Ciccio Trombetta. Ciccio è uno dei miei clienti preferiti. Un gentiluomo del sud, sempre di grigio vestito e con l'espressione di un cane bastonato. È afono da anni, ormai, e la sua voce aliena, attribuibile a quella con la quale parlano generalmente i robot nei film di fantascienza, è dovuta al marchingegno che ricorda un piccolo microfono, capace di tramutare in sonoro le vibrazioni di quello che rimane delle sue corde vocali. Non facciamo lunghi discorsi, né recitiamo barzellette, ma quando incrociamo gli sguardi, sui nostri musi si stampano enormi sorrisi empatici, e gli leggo negli occhi tristi tutte le fatiche di una vita.

Nico entra nel caseggiato e raggiunge la scala G, fa fuori i gradini tre alla volta fino al quarto piano senza badare alla sporcizia né ai tocchi di intonaco sbrecciato e infila la porta di casa. Tre stanze male illuminate, un tempo brulicanti di figliolanza, ora monumento alla solitudine. Nella sua stanza all'epoca dormivano in quattro, ma Guglielmo è morto di overdose già da un lustro, mentre Luciano si è gettato nel vuoto da pochi mesi, in preda ai suoi deliri di depresso cronico. E Bruno, beh, lui da anni ha lasciato la casa paterna. Ha occupato un appartamento sito nello stesso civico e si è fatto un nome nel giro dello spaccio. I fratelli gli hanno lasciato per ricordo giusto i letti vuoti, qualche nastro smagnetizzato e miriadi di buchi alle pareti, fino a qualche tempo prima costellate da poster e estemporanee fotografie.

Strizza gli occhi, Nico, e fa una smorfia di disappunto, levandosi i calzoni. Non si pisciava sotto da quando era pischello. Si spoglia e si immerge nella vasca, illudendosi che il puzzo della morte possa venire annullato stando in ammollo nell'acqua calda.

Giù al bar, intanto, ferve un'alquanto animata discussione. Vito la Mamma, Sugna e Saverio sono ai ferri corti per cause equine. Parlasi di trotto, a essere precisi. Vito afferma che Gubellini sia il "number one" del palinsesto nostrano, mentre Saverio attesta che Vittorio Guzzinati abbia più metodo. Dal canto suo, Sugna propende per la destrezza del mitico Baldi. Non venendone a capo, i tre mi interpellano quale ago della bilancia, giocandosi l'aperitivo.

"Ascolta, giovane. La questione è delicata..." comincia Saverio, lasciando un tempo indefinito per la suspense, "Tra questi drivers, qual è il più grande?" E passa in rassegna i nomi di cui sopra. Tre paia di occhi da gorilla mi fissano subdoli, pronti a sbucciarmi come una banana. Non sto a pensarci troppo.

"Secondo me, il re del sulky è Guzzinati. Lo dico perché, per quanto frequenti da poco l'ippodromo, l'ho sempre visto piazzarsi o vincere alla grande, anche contro gli altri due. Ricordo una corsa in particolare, aveva un baio agli attacchi, un castrone di cinque anni, che pareva un ronzino buono manco a farci salsicce..."

"Me lo ricordo, lo davano 8 a 1, o qualcosa del genere." Interrompe Vito.

"Beh, Guzzinati l'ha tenuto fin quasi all'ultima curva e io già stavo per stracciare la puntata, poi improvvisamente l'ha mollato dando di frustino e il cavallo è partito in progressione come uno Shuttle a Cape Canaveral e mangiandosi gli avversari come pedine... Li aveva tutti avanti, vi dico, e i drivers non capivano cosa stesse capitando."

"Sembrava un missile, avreste dovuto vederlo!" interviene nuovamente Vito.

"In testa c'era proprio Gubellini... Sulla retta finale il baio s'è bevuto il Pennati, che guidava Cigno del Lago, il favorito... E infine, con l'ultimo slancio, ha battuto Gubellini su Chepewa, di un'incollatura. Mizzega, ho beccato un'accoppiata da quasi due gambe. Pure Pasquale Sfortuna avrebbe cuccato, se solo avesse racimolato i soldi per la scommessa" chiudo il discorso con enfasi.

"See, avesse puntato Pasquale, come minimo il cavallo avrebbe rotto ancora nel paddok" commenta sardonico Sugna.

"Vi dirò di più..." aggiunge Saverio picchiettando la sua Marlboro con una falange per farne cadere la cenere. "Vittorio Guzzinati, che è amico mio, mi ha confidato che quando Sfortuna è presente alle riunioni, lui si dà malato o fa ritirare il cavallo." E batte pesantemente la mano sul bancone, ridacchiando tra sè, ma imitato dalla combriccola. Poi, indicandomi con un ampio gesto, risolve la tenzone da signore. "Dichiaro Guzzinati Vittorio miglior driver di ippolandia, per acclamazione! Il barista favorisca tre pinot spruzzati per i contendenti, offre la casa. Ah, Tino... Bevi qualcosa anche te, per l'aneddoto."

Mentre i tre cavallari brindano, Sugna mi fa "Come si chiamava quel baio?"

"Quale... Ah, il cavallo che guidava Guzzinati?" gli rispondo, strizzando l'occhio all'indirizzo del mio boss.

"Quello, sì... Come cazzo si chiamava, che sono curioso di cercarlo?!"

"Si chiamava Alì, mi sembra... Alì qualcosa..." rimbecco svelto.

"O forse Simbad? Un nome arabo, c'aveva" esplica Vito, grattandosi una guancia e concentrandosi come uno studente sotto esame.

"Boh! In ogni caso, non si è più piazzato neanche sul cesso, ve lo dico io" concludo, poiché richiesto in saletta per le comande. Al tavolo di chiusura Ciccio Trombetta non ne imbrocca una e il Trumbè gli chiede se per caso abbia imparato a giocare alla Radioelettra, così l'anziano dallo sguardo sofferente si alza, chiede venia nel suo idioma metallico e cede il posto a Buttafuoco, che non stava nella pelle per cominciare a girare le carte. Prima di andarsene mi cerca, paga l'espresso consumato anzitempo e mi saluta appoggiandomi delicatamente una mano sulla spalla. Lo vedo scendere i gradini trascinandosi stancamente e capisco che qualcosa si è rotto dentro di lui.

Nico ha sonnecchiato nella vasca finché l'acqua non si è freddata. Un brivido lo percorre, si alza e cerca il conforto di un asciugamano. Forse è stato solo un sogno, dopotutto. Probabilmente Damiano è vivo e vegeto, intento allo spaccio in qualche angolo di via Cabella o strafatto e buttato chissà dove. E lui, ha mai sparato, in definitiva? Impossibile, non era Nico... Era un altro...

Sicuramente. Ma in camera da letto nota i jeans ancora bagnati di urina. E realizza.

Il Trumbè e Buttafuoco hanno asfaltato Stufa e Walter Atm, dividendosi poi le piotte della puglia. Trumbè gongola tra il vociare dei cristiani che erano intenti a seguire la partita e ora commentano con tono eccitato ogni singola mossa dell'ultima mano... Lo scarto sbagliato, la pescata di culo, la chiusura fatale. Non faccio in tempo a preparare il conto a tutti che, tra stridore di pneumatici e laceranti urla di sirene, vedo sfrecciare dinanzi al bar alcune gazzelle della pula e un'autoambulanza. Gli avvinazzati si accalcano alla vetrina, sparando a casaccio le più strampalate ipotesi, che partono dalla "Strage in famiglia" proposta dal Bèrgum ai "terroristi mediorientali", tesi gettonata da Tremacùa, che, giunto al quinto bianchino, sarebbe in grado di vedere apparire anche la slitta di Babbo Natale. Non passa che una manciata di minuti e già la voce si è sparsa: hanno fatto il far west alle cave e un tizio è stato sforacchiato per benino, tale e quale che in un film di cowboys.

Ciccio Trombetta varca il cancello del civico 9. Saluta con un cenno del capo alcuni coinquilini vestiti da cerimonia e pensa che, beati loro, hanno ancora qualcosa da festeggiare. Col passo incerto, l'uomo aggredisce le scale e a stento raggiunge la sua abitazione, con un fiatone tale da poterci gonfiare una squadriglia di Zeppelin. La porta è aperta. Entra, chiude a doppia mandata e appende la giacca all'attaccapanni. Per un attimo scruta l'immagine riflessa dallo specchio e istintivamente la rifugge. Negare se stessi è sciocco, eppure quel vecchio dallo sguardo perso e i radi capelli grigi che gli appare inevitabilmente è un esito che non gli appartiene, il risultato di una vita spesa inutilmente, di tanti progetti sfumati. Quattro figli maschi venuti storti come pampini senza sostegni, che al posto di grappoli zuccherini hanno fruttato solo amarezza e patimento.

Non provengono odori dalla cucina, questo significa due cose: che sua moglie non è ancora rientrata dalla spesa e che la sua progenie è in casa.

"Nico?" ronza il timbro monocorde dell'anziano.

"Ciao pà" lo saluta il lungo, mentre si ravviva la chioma folta e crespa. Poi aggiunge: "Sto uscendo. Dì a mamma che non mi lasci la solita mercanzia, per cena, non so a che ora rincaserò."

Col microfono ben piantato in gola, Ciccio ce la mette tutta, per avere uno straccio di tono autoritario, ma chi darebbe credito a una larva di pensionato con la voce da automa?

"È possibile che te ne esci tutte le sante sere?"

"E tu è possibile che c'hai sempre qualcosa da dire? Che vuoi dalla mia vita?"

Ciccio guarda il ragazzo con lo sguardo più abbacchiato di cui dispone.

"Cosa voglio... Non vedi che fine hanno fatto i tuoi fratelli? Voglio che tu non segua quella strada. Sei il più piccolo, l'ultima speranza per me e tua madre, vuoi farci morire di crepacuore? Resta a casa, ti scongiuro."

"A fare cosa, a guardare il muro? Devo fare la muffa per farti piacere o devo scontare qualcosa per via di Guglielmo e Luciano? Mica mi buco, pa', e manco penso di ammazzarmi, se è di questo che hai paura. Ti chiedo solo di lasciarmi vivere, sta' buono" replica il figlio, fissando il genitore come farebbe con un ebete, mentre indossa la giacca nera in finta pelle.

"Nico, non sono nato ieri. Mi domando solo come ti guadagni i soldi. Che io sappia il lavoro non lo vedi neanche da lontano, denari ne chiedi raramente, dunque cosa fai per tirar su la lira?"

"I cazzi miei!" abbaia a muso duro il picciotto, scartando di lato e prendendo la porta. Il ragazzo sèguita a bofonchiare scendendo le scale e si scontra letteralmente con due borse stracolme avvinghiate alle mani di una anziana signora dal corpo e volto tanto segnati e macilenti, che paiono una tragedia. Nella penombra delle rampe Nico decifra la sagoma di sua madre.

"Cazzo, ma', dovresti andare in giro con la lucina rossa, come le biciclette."

"Mi hai fatto male, Nico, e guarda che hai combinato... Hai fatto rompere tutte le uova."

"Scusa, ma sono di fretta. La prossima volta non le comprare, le uova, tanto lo sai che non le mangio."

"Mi aiuti a portare su la spesa?"

"Ma che, parlo arabo? Ho fretta, ti ho detto."

"Ti faccio gli involtini" lo prega la madre.

"Mica cazzi, eh?" commenta Nico, già nell'androne. Quando l'ombra del figlio è ormai svanita, la donna si sorprende a lacrimare, quindi si asciuga il viso con la manica dello sformato cardigan amaranto e guadagna il quarto piano, con dei tempi non esattamente da qualifica. Maddalena Nucera in Jodice si addentra nel disimpegno e trascina le sporte fino alla cucina, dove trova quel rimasuglio di marito intento a rimirare alcune foto incorniciate e ingiallite, arenate da secoli sulla credenza, tra souvenir di gusto pacchiano e confezioni di medicinali. Vi sono raffigurati una coppia di giovani sposi dall'aria moderatamente felice e una schiera di marmocchi in posa ingessata, un futuro gravido di promesse. Maddalena ha ricominciato a frignare, mentre tenta di salvare qualcosa dal pasticcio bavoso che ha preso forma nel sacchetto contenente le uova. Ciccio, che ha lasciato il microfono in camera, urla un grido silente, straziante.

Sono al mio sesto caffè quotidiano e fortuna vuole che abbia preso gusto a berlo amaro, altrimenti a forza di menarci zucchero dentro, avrei attirato il diabete con la velocità di un'anatra all'udire un fischietto da richiamo. Mi sono sfamato con un paio di panini e mi godo la tranquillità dell'ora di cena. Le uniche presenze in saletta sono un quartetto di ragazze che iniziano a familiarizzare col luogo. Appaiono due volte a settimana, bevono tè o camomille e chiacchierano fino allo sfinimento. A volte chiedono di poter telefonare e io, prego signorine, servitevi. Delle quattro, va detto, l'unica passabile si chiama Patty. Ha capelli corti e corvini, il nasino dritto e dei bei fianchi floridi, una pacchia a poterla pastrugnare. Faccio il carino perché, sebbene la squinzia mi sembri tanto stordita quanto le sue amiche, crepo dalla voglia di... Beh, ci siamo intesi. Le fantastiche 4 fanno parte del movimento Umanista e hanno aperto una sede proprio nella via attigua al bar. Il locale in cui Patty mi ha trascinato per indurmi a unirmi al movimento non fa una settimana da oggi, era in precedenza un piccolo magazzino, un negozietto di 15 metri quadri con una sola vetrina, ma alto tanto da poterlo tranquillamente soppalcare. La luce la fornisce una lampada al neon, di quelle che i detectives dei film americani sparano negli occhi ai ganzi cui intendano far sputare il rospo. Niente telefono né riscaldamento, pareti scrostate che rigettano zaffate alla muffa e con il pavimento più butterato delle guance di un adolescente.

Interrompo le farneticazioni della bella morettina intenta stoicamente a convertirmi al suo credo, poiché un uomo sifulo dalla capa grossa si è appena seduto al solito posto nel pergolato e due bulli gli si svaccano ai lati. I cattolici hanno Gesù Cristo e i ladroni, quaggiù a Baggio siamo di più basse pretese e ci becchiamo lo Zio e, a latere, Elmo e Nano. In un lampo sono pronto a servirli, ma quelli non desiderano niente. Attendono qualcuno, fumando come le ciminiere dell'Ilva. Il tempo di andare e tornare e mi sono giocato l'attenzione di Patty, risucchiata dal gruppo in alte discussioni circa la salvezza del pianeta o giù di lì.

Camminando di buona lena, Nico raggiunge il bar dopo avere intessuto mille chimere riguardo il suo compenso per il servizio di barba e capelli all'amico Damiano e già si figura nel gotha della mala milanese. Debutta con un "Buonasera, signori" mentre si piazza su una sedia allo stesso tavolo del terzetto.

"Uhè, Nico. Sei puntuale, bravo nipotino" gli ritorna lo Zio, gli scagnozzi fanno giusto un gesto con la crapa, come a dirgli ciao bello, ma occhio alla penna e vola basso. Nel contempo, lo Zio propone "Ci scoliamo una birretta? Da bravo, Nano, va' a ordinare quattro medie." Non ponendosi il dubbio se Nico avesse mangiato. Poi il mezzano squadra Nico, che contrae gli occhi con maggiore frequenza del solito, causa nervosismo.

"Dovresti mettere gli occhiali, secondo me."

"Macché, Zio. È un tic, già ce l'avevo da bambino, figurati" risponde, schernendosi, la pertica dalla capigliatura crespa.

"È vero" si inserisce Elmo, come raggiunto dalla luce celeste. "Ricordi il soprannome che ti avevamo appioppato? Mitraglia, così ti chiamavamo, perché strizzavi gli occhi in continuazione. Minchia, Mitraglia... L'avevo quasi scordato."

"Nessuno te l'ha chiesto" esclama stizzito Nico, che allo sfottò in presenza dello Zio avrebbe preferito di gran lunga un calcio negli attributi. Elmo vorrebbe replicare ma lo Zio lo fulmina con un'occhiataccia. Dopo si alza in piedi e commenta: "Andiamo a fare un giro in macchina, che abbiamo da parlare lontano da orecchie indiscrete."

"E le birre?" chiede Elmo, che già pregustava la sua spina fresca e amarognola.

"Lascia perdere le birre, chiama coso... Nano, che abbiamo tutti fretta" replica secco lo Zio.

"Il lavoro l'ho eseguito, con tutti i crismi, no? Ci sono problemi, Zio?" dice Nico, che non si caga ancora in mano ma un paio di film se li sta facendo.

"Stai tranquillo, nipotino, il lavoro è a posto, che ti stai a preoccupare?" gli risponde l'uomo di mezza età, accennando un sorrisetto da Jago.

Il tempo di spillare l'ultima bionda e voltarmi e il quartetto di malfattori è già alle prese con le portiere della Visa. Non mi scomodo a mandarli al diavolo, tanto a momenti si riattacca coi clienti serali e quattro birre le smercio in un amen.

Dopo un breve tragitto, Elmo posteggia nel centro di un ampio parcheggio completamente vuoto, ad esclusione di un paio di vetture cigolanti che vi stazionano ai bordi e contenenti coppiette intente alla camporella urbana. Il segreto è puntargli i fari. A breve sbucano le capocce degli amanti infastiditi e tempo un paio di minuti li si vede filar via a razzo, a caccia di un'altra tana in cui infrattarsi. Elmo e Nano sono invitati a godersi l'aria fresca ché, se pure non indiscrete, anche le loro sempre orecchie sono. Nano offre una sigaretta al compare e i due fumano stando all'occhio. All'orizzonte niente di nuovo, la piscina comunale ormai serrata per la chiusura notturna e l'ospedale San Carlo che troneggia, con le file di luci tutte uguali che illuminano le sue camere grigie, ospitanti poveri infelici colpiti per sorte dalle sfighe più o meno feroci che la vita riserva agli umani.

Nico è alle prese con l'alito pesante dell'omone che gli siede a fianco. Il sedile posteriore dell'automobile è uno spazio angusto che la corporatura dello Zio copre per i due terzi, sarebbe stato più facile per un minatore trarsi in salvo a Marcinelle, che evitarne il contatto e le sue calde esalazioni.

"Devo dirti bravo, nipotino. Damiano andava ammazzato perché aveva tirato troppo la corda. Gli sgarri a... certe persone... hanno un prezzo e lui l'ha pagato. Sei stato in gamba e... Quelle certe persone, hanno apprezzato assai. Bravo, ti ripeto."

"Ho fatto il mio. Ora rimane aperta la questione del pagamento."

"Ecco, di questo dobbiamo parlare."

"Di questo dobbiamo parlare" gli fa eco Nico, mentre tenta con scarso successo di tenersi fuori tiro dalla mefitica fiatella.

"Si era detto cinque milioni, giusto?"

Nico annuisce. Lo Zio estrae un rotolo di centoni e li consegna al giovane.

"Eccoli, non ti innervosire, non ti fidi più dello Zio, mo'?"

"Mi fido, mannaggia, eccome se mi fido, Zio, che ne parliamo a fare?"

Mentre il giovane killer rigira tra le mani il malloppo, l'altro lo incalza smettendo di girarci intorno.

"Cinque sacchi non ti cambiano la vita e ti aspetta molta gavetta, prima di salire di livello. Cosa mi rispondi se ti dicessi che hai la possibilità di investire il gruzzolo e accorciare i tempi?"

"Di quanto stiamo parlando?" chiede bramoso il giovane Jodice.

"Cinquanta milioni" ribatte lo Zio, scandendo le sillabe come fossero l'inno nazionale.

"'Azzo! E che sgobbo devo fare, per tutti quei soldi, una strage?" dice Nico, incredulo, strizzando gli occhi più che mai.

"Macché, si tratta di una cosetta di tutto riposo... Un po' di vacanza tranquilla" fa il vecchio marpione, mentre gli pizzica confidenzialmente una guancia. Una proposta del genere, Nico non l'aveva immaginata. È come un pugno nello stomaco, di quelli che ti lasciano senza fiato. Il ragazzo ammutolisce e sente lo stomaco accartocciarsi con lo stesso rumore che farebbe un foglio di cartone. Quando realizza, sbotta.

"Non se ne parla! Cristo, Zio... Mi stai proponendo il gabbio?" Il giovane d'istinto tenta di aprire lo sportello dell'abitacolo, ma prima che i due gorilla all'esterno possano accorgersi del suo scatto, la pressione di una mano vigorosa sulla spalla della giubba nera lo blocca.

"Fermati, che ti piglia? Non fare cazzate e stammi a sentire, che ti conviene..." dice lo Zio, lievemente alterato.

"Perché dovrei farmi la galera? Non ne abbiamo mai parlato. Io ho fatto tutto come stabilito. Gli ho sparato, a quel deficiente, o no? Non ci sono testimoni, il ferro l'ho gettato nella cava e i cinque pali eccoli qua, siamo a posto. Da dove è uscita 'sta faccenda del gabbio?"

"È per tenere buona la madama, Nico. Dopo il casino dei tossici in overdose si sono ritrovati uno spacciatore sforacchiato, gli sbirri non sono dei geni ma due più due lo sanno fare. Se vengono a rompere la minchia è una rogna nera per tutto il movimento, nella zona. Le persone... Ti chiedono un piccolo sacrificio, ma ben ricompensato."

"Cazzo, piccolo sacrificio? Con l'accusa di omicidio? Mi fate invecchiare dietro le sbarre, porca di quella..." latra il giovane.

"Devi stare tranquillo..." lo interrompe lo Zio. "Per tutto l'ambaradam ti fai meno di due anni."

"Eh, la madonna... Possibile?" bercia incredulo Nico.

"Fidati. Intanto, sei incensurato. Ti costituisci, quindi sei pure reo confesso. L'avvocato, che è un tipo in gamba, ti farà ottenere tutte le attenuanti possibili...Poi c'è il patteggiamento, gli sconti di pena... Vedrai, le persone ti assicurano una pena minima e, quando sarai uscito, ti beccherai 'sto tredici al totocalcio."

Nico Jodice fissa un punto indefinito e ragiona, in apnea, mentre gli occhi bovini dello Zio lo fissano con lo stesso magnetismo che mostra il mago Silvan, durante i suoi numeri di magia.

"E se rifiutassi la proposta?" domanda poi, con un alito di fiato.

"Ti infili i cinque pali in tasca e amici come prima. Chiaramente, però, hai chiuso col giro. Definitivamente, intendo" lo avverte l'uomo dal capoccione, col timbro grave della voce.

"Diventerei un infame?" gli rimanda Nico, che si sente mancare la terra da sotto i piedi.

"L'hai detto tu."

"Cosa mi consigli, Zio?"

"Io ti ho fatto solo l'ambasciata, non sono mica un prete confessore. Devi decidere tu, nipotino" risponde l'uomo dall'alito venefico.

"Non so cosa dirti, sono confuso. Se avessi saputo prima che m'infilavo in un vicolo cieco, avrei mollato il colpo, questo è sicuro."

"Su questo non ci piove, ma cosa fatta..." controbatte lo Zio, con uno scoraggiante, freddo sorriso. "Tu pensaci, Nico, non devi rispondermi subito. La notte porta consiglio. Ci diamo appuntamento al bar di Saverio. Domani a mezzogiorno, che vado a consegnare le quote, eh?"

Nico fa un cenno di assenso, niente affatto persuaso.

Senza perdere altro tempo, lo Zio richiama i suoi mastini, riluttanti a buttare le paglie a mezzo, quando ci sono giorni in cui si fumerebbero anche i filtri.

La Visa macina alcuni chilometri e inchioda in prossimità del caseggiato ove dimora lo spilungone pallido, il cui cognome figura al numero 31 del casellario.

Nico, fermo come un tronco, guarda la vettura sfumare nella semioscurità e ci vuole del tempo, prima che i neuroni comincino a bussare disperatamente alla saracinesca serrata del suo cervello. Non è esattamente una giornata uguale a tante altre, quella che sta passando. Tirare a un tizio, farla franca e riempire il portafogli sembrava un'equazione semplice, invece ora si trova con le spalle al muro e pronto a salutare la libertà e a marcire oltre settecento giorni in qualche merdosa cella, sbattuto in mezzo a chissà quali raffinati elementi.

"E mo', che cacchio faccio?" pensa tremante. "Devo parlarne con qualcuno che mi consigli da che parte voltarmi, in questo incubo fottuto..."

Bruno, perdinci, il fratello maggiore fa avanti e indietro in continuazione, dal terzo raggio... Conosce gente e pure lo Zio e la cricca che lo affianca. Lo spilungone raggiunge l'appartamento occupato da Bruno con passo veloce, quasi correndo, per la verità, e bussa insistentemente. Chi gli apre la porta è una giovane donna non molto alta e piuttosto carina, i cui occhi acquei e i denti marci dichiarano apertamente l'uso assiduo di eroina.

"Ah, sei tu" sussurra Lidia, con la voce impastata.

"Cerco mio fratello, è in casa?" debutta frettolosamente Nico.

"Non sprecarti a salutare, eh? Che, sono un fantasma?" protesta la donna.

"Sono nella merda, Lidia."

"Da come strizzi quegli occhietti da sorcio, lo sei anche parecchio. Accomodati."

L'appartamento è un puttanaio disadorno. Indumenti, riviste sexy, bottiglie vuote e scatoloni straripanti mercanzie d'ogni sorta giunti in loco per chissà quali maneggi ingombrano le stanze. Il lavello è ricolmo di stoviglie incrostate e l'aria è talmente viziata da sembrare quasi densa. Tra tutto quel casino, Nico distingue la figura del fratello, svaccato sul divano beige-sciorda-di-cammello, con un sorriso ottuso come neanche Kerouac avrebbe avuto dopo aver fumato un centinaio di copie del suo *On the road.*

"Ciao, fratellino. Come butta?" dice Bruno, con tutta la lentezza del mondo. "Prendi una sedia, vieni qua e raccontami qualche novità."

Il giovane libera uno sgabello da un'intera annata di Caballero e si pone di fronte al fratello. Lidia apre il frigo, stappa due Amstel e le serve ai due.

"C'hai fame, Nico?"

"E che, solo Nico ha uno stomaco? Non chiedi pure a me se c'ho una straminchia di fame?" l'aggredisce Bruno che, quando è fatto, va in scimmia di brutto.

"Era giusto una cortesia per l'ospite, Bru', quanto sei materiale. E certo che ti chiedevo pure a te. Che, non ti ho mai nutrito nella vita?" ribatte lei, facendo un gesto che vale a dire "Non ti preoccupare, Nico, è ordinaria amministrazione."

Poi si avvicina al suo uomo, lo abbraccia e gli chiede, con fare suadente, se per qualche recondito caso avesse fame pure lui e le si sovrappone il mormorìo avvilito di Nico.

"Lascia stare, Lidia... Tanto ho lo stomaco chiuso, non riuscirei a buttar giù un boccone neanche se me l'infilassero a forza."

"Se non mangia mio fratello, non mangio neppure io" sentenzia Bruno e prende a rollare una canna. Nel mentre, guarda di sottecchi lo spilungone triste e immagina che stia per vuotare il sacco.

"Domani finisco in gattabuia" butta lì Nico, spiazzando la coppia di fattoni.

Dinnanzi al bar, gli ultimi nottambuli analizzano l'andamento della cruciale partita di poker che ha tenuto tutti col fiato sospeso e del piatto che s'è intascato Pez quando ha chiamato il buio in ultima mano e gli è entrata una scala, c'è chi opta per culo, chi sostiene per sottile calcolo. Poi, distolto il forum causa muratore del secondo piano iroso alla stregua di uno Zeus con tanto di tuoni e fulmini, perché "Domani devo andare a lavorare, manica di rompicoglioni!", il crocchio si scioglie dandosi appuntamento per l'indomani, in sala corse. Saverio dà uno sguardo all'orologio, è già l'una passata e mi domanda se gradisco uno strappo. Gli rispondo che preferisco fare quattro passi e godermi la tentacolare notte baggese. In realtà, più della sgambata, mi eccita l'invito rivoltomi da Patty, prima di zampettare via lasciandomi in dote il suo profumo, che ancora sento soave nelle nari. Per una volta sarò io a imporre un cambio di turno a Davide, perché domani accompagnerò la ragazza dal suo vate... D'accordo, non saremo soli, un paio di dozzine di fresconi saranno presenti all'evento, ma per salire sul treno bisogna pur mettere un piede alla volta, no? Cammino a testa bassa, dando corpo a pensieri bellicosi riguardo ogni zona erogena della mia prediletta, quando, all'altezza del giardinetto che fa angolo con via Cabella, sento una voce che mi chiama. Mi volto e scorgo il grugno di Nico Jodice, che mi raggiunge trafelato.

"Ciao, bello. Com'è?" gli faccio.

"Si tira" mi rimanda, secco.

"Anche a te piace contare le stelle?" dico, mostrandogli un accenno di sorriso.

"Me ne vado in vita."

"E ci vai a piedi?"

"Macché. Raggiungo una cabina telefonica e chiamo un taxi... Mi prendi per scemo?" risponde, aiutandosi con ampi gesti sgraziati. Strizza gli occhi, solo adesso mi accorgo di quanto sia pallido e sudaticcio. Mi squadra pensoso, cava fuori un pacchetto di Lucky Strike, si serve e me ne offre una.

"Grazie, ma non fumo" vorrei fargli una battuta, tipo dirgli che alle bionde preferisco le more, ma evito, tanto sono sicuro che non la capirebbe.

"Ti devo chiedere un favore" mi spiattella, di punto in bianco.

"Che tipo di favore, vecchio mio?"

Per tutta risposta, il lungo dalla chioma crespa estrae un rotolo di centoni, ne sottrae dieci banconote e mi porge il denaro restante.

"Questi sono quattro milioni. Domattina consegnali alla Tonia Mancuso..."

"La madre di Damiano?" lo interrompo sbalordito.

"Proprio lei. Dalle 'sti soldi, ma non te la cantare che glieli mando io. Raccontale una palla... Che hai fatto una colletta, che te li hanno dati i preti o che li hai trovati sotto al cuscino. Inventa una puttanata qualsiasi, ma devi giurarmi che Tonia non verrà mai a sapere da chi è arrivato il denaro." Il tono di Nico è imperativo e sbatte i suoi occhietti sorcini a raffica. Mi persuado ad accontentarlo ma, non essendo il suo galoppino, gradirei prima soddisfare la mia curiosità.

"Posso almeno chiederti il motivo di questo tuo gesto?"

"Il perché sono fatti miei!" si blocca, esita un istante, infine prosegue. "In quella casa si puzzano dalla fame, fanno una vita di merda dacché li conosco. Con quei soldi potranno almeno organizzare un funerale decente, con la bara, le corone di fiori e una bella lapide di marmo. Me lo fai 'sto favore, o no?"

Trasalisco! Funerale? Lapide? 'Sto ragazzo dev'essersi fumato l'intero manto erboso di San Siro. "Perdonami, Nico, ma che, è morto qualcuno?"

"Come, non lo sai? Damiano è..." Le parole fuoriescono tanto pesanti che sembrano cadere al suolo prima di raggiungere le mie orecchie.

"Morto?" termino la frase, incredulo. "Overdose?" chiedo, dando poco spazio alla fantasia.

"No. Sì... Beh, non lo so, com'è successo. Càpita. Tò, dai, prendi 'sti cazzo di soldi e dalli alla Tonia. Non ci vuole una laurea, no?"

"E portiamoli, va', che qua facciamo l'alba." Gli strappo quasi il malloppo dalle grinfie, lo intasco e giro i tacchi, lasciando il lungagnone alla sua nottata di bagordi. Quando non sei abituato a girare con quattro pali nelle tasche, tenti di raggiungere casa senza intoppi, così eviti di passare nei dintorni dei rari locali ancora aperti, ti mantieni a distanza dai capannelli di balordi ubriachi e dalle auto in sosta con lo stereo a manetta, habitat della microcriminalità più becera. Non mi è mai stato simpatico, Damiano, e che abbia tirato le cuoia non mi cambia la vita. Tuttavia penso alla sua famiglia, a suo fratello, che ne sta seguendo le orme e al dolore che in casa Mancuso devono patire in questo frangente. Poi mi dico che la miseria è quel che è e che c'ho abbastanza casini io stesso, quindi a commiserare non c'è sugo, la situazione non muta e quel che rimane è solo un gran mal di testa.

Se fosse per Nico, stamane il gallo avrebbe potuto strillare fino a schiantarsi le coronarie. Si sveglia che sono quasi le undici, con la cispa agli occhi e la bocca impastata. Quella passata è stata una nottata da leoni e chissà quante volte avrà modo di riviverla, dietro le sbarre... Un carosello di emozioni cominciato nella complice atmosfera del Club privé e culminato con la felice chiavata a tre che gli è costata ogni energia residua, oltre che mezza dozzina di bigliettoni da cento. I soldi meglio spesi della sua vita, senza ombra di dubbio.

"Beh, sarà meglio tirarsi su. Un'ora passa in fretta" pensa, rimembrando il puntello con lo Zio. "Chi cazzo me lo doveva dire, che sarebbe andata a 'sta maniera? Incomincio adesso a vivere e mi tocca ammuffire in una cella sgangherata assieme a chissà quanti rottinculo" rimugina tra sè, mentre barcolla verso il bagno. Suo padre è sul balcone, con le mani serrate alla ringhiera, e fissa il vuoto senza vedere nulla. È davvero così difficile volare e seguire Luciano, che il salto lo ha fatto, e che Ciccio sogna quasi tutte le sante notti vedendolo libero e felice?

Ma il pensiero corre anche a Maddalena: che ne sarebbe, poi, di lei? D'improvviso sente un brivido gelido attraversargli la schiena, un attimo prima di sentire la voce.

"Ciao, pa'... Che stai facendo?" dice Nico, insolitamente dolce.

Ciccio si volta lentamente e si schermisce, facendo cenno al figlio di essere sprovvisto di microfono e mima qualcosa del tipo "Niente, niente, pensavo..."

"Vieni dentro, che devo dirti una cosa."

Seduti al tavolo della cucina, Nico e Ciccio si osservano in silenzio come non facevano da tempo e quando dalla chiesa il rintocco delle undici e mezza li coglie impreparati, sciogliendo l'incantesimo, Nico prende la parola.

"Senti... A farla breve... Vado via per un po'."

Simultaneamente alla frase, i nervi dell'anziano si tendono con un percettibile tremito. Attivato il microfono, Ciccio intona una nenia monocorde.

"Ho già capito, non serve che tu aggiunga altro."

"Hai capito, dici?" osserva il figlio, strizzando gli occhi increduli.

"Sì. Sapessi quante volte ho vissuto scene simili, coi tuoi fratelli. Bruno, poi, sembra che si diverta a fare dentro e fuori dal carcere. Non ti chiederò neanche cos'hai combinato, non mi interessa saperlo. Ti perdono... Sono tuo padre." conclude il vecchio, abbassando il capo.

Nico si alza, abbraccia commosso il vecchio, poi afferra il giubbotto in similpelle ed esce di casa.

BARANDO SOTTO LA PIOGGIA

Tra i vari odori che permeano i bar giusti (mica quelli fighetti del centro, intendo), uno dei miei preferiti è senza dubbio quello della segatura, sia nella versione asciutta che bagnata. Oggi non ho di che lamentarmi, con la costanza di un monaco shaolin, il cielo sta pisciando secchiate d'acqua da prima dell'alba e ho seminato sul pavimento e raccolto in un sacco nero dell'immondizia un pistolotto di macinato di legna da cinque chili. La pioggia cade sferzante e le nubi corrono veloci, trasportate dal vento impetuoso e frizzante e sono cupe, incombenti, segno che ancora non ne hanno abbastanza... Hanno tutta l'aria di non avere prescia, quasi a proclamare: "Spiacenti, ragazzi ma questo sappiamo fare, gocciolarvi sulle capocce, e ce la prendiamo pure comoda."

D'altronde, nel locale il pomeriggio scorre ozioso e i ragazzi stentano a formare qualcosa che somigli a un tavolo di chiusura, solo i nonni hanno dissotterrato l'ascia di guerra e pare che il tempo influenzi anche i loro caratteri, già solitamente alquanto arcigni. I dannati del bianchino, menando il torrone con la trita solfa dell'umidità che lambisce le ossa, tracannano quantità di bicchierate di bianco che farebbero gioire qualsiasi vendemmiatore nostrano. Salvo è seduto al tavolino adiacente al bancone. Ride e scherza, attorniato da un paio di ragazzetti e da Emiliano, che dà del cornuto a tutti quanti sono. D'un tratto, ci volgiamo verso l'ingresso, dove il Bèrgum si lamenta bestemmiando come un turco perché qualche genio gli ha zanzato l'ombrello.

"Che ti strilli, porca boia, dovresti saperlo che gli ombrelli sono del primo che se li piglia, no?" commenta Saverio, intento a sgranocchiare una manciata di pistacchi, perché è incline a pensare che un tizio che di mestiere fa il fuochista non dovrebbe infuocarsi a sua volta.

"Me la prendo eccome, pota, chi ha le mani lunghe bisognerebbe che gliele taglino, a t'al digh me!"

Salvo millanta che il vero problema del Bèrgum è che l'acqua, e questo è indiscutibile, sia analcolica e l'avvinazzato la teme come la peste... Piovesse Barolo, andrebbe in giro con l'imbuto, senza strepitare a quella maniera.

Anche tale misero cicaleccio costituisce un diversivo, così, mentre servo un paio di whisky baby con ghiaccio, grugnisco per soffocare la risata che, partita dalla pancia, non trova sbocco. Mentre poso i tumbler sul bancone, entra in scena un individuo che frequenta il bar solo sporadicamente. Di lui conosco solo il nomignolo, "Pigliatutto", e il mestiere, perché l'ho visto all'opera nel mezzanino del metrò, alla stazione Centrale. Stava lì con almeno un paio di compari, anche loro vecchie conoscenze, e spennava polli alla grande operando il gioco delle tre carte. Appena entrato, Pigliatutto si leva il piumino e il cappello e accenna un vago saluto in direzione incerta, poi accosta al bancone il suo grugno piatto e ovale, evidenziando un naso a patata butterato e sormontato da un paio di occhiali tondi e con le lenti appannate a causa dell'escursione termica.

"Fammi un caffè corretto, ragazzo... Porca puttana, possibile che con tutta quella gente che crepa di sete nel deserto, tutta qui la deve fare, 'sta pioggia di merda?" attacca, voltando poi il capo in direzione di Salvo, come volesse cercargli approvazione alle sue parole.

"Ancora un po' e ci spuntano le branchie, vedrai" gli ritorna il baffo.

"Il primo ad annegare sarà Emiliano, eh?" fa Pigliatutto, alludendo all'altezza del nano e guadagnandosi dal medesimo un "vaffa" bello tondo.

"Allora, arriva 'sto caffè?" mi interpella Pigliatutto.

"Ce l'hai davanti che si fredda" gli rispondo a tono.

"L'hai corretto grappa?"

"Siiine!"

Il tomo occhialuto butta in gola il caffè senza neanche gustarlo, si passa il dorso della mano sulle labbra dopodiché postilla: "È così che correggi il caffè a un cristiano? Hai contato le gocce?"

"Ognuno ha i suoi trucchi, Pigliatutto!" esclamo col tono più affabile che mi riesce. Il mio interlocutore accenna un sorriso, poi si dirige verso Saverio. I due confabulano circa il cambio d'indirizzo di una certa Ines, il messaggio è per Pez, e ho già capito cosa c'è sotto. La tale Ines è l'amante di Pez, il quale cornifica la moglie senza ritegno dai tempi remoti in cui comprese che per fare i soldi avrebbe dovuto mollare il modesto lavoro di spazzino e intraprendere l'attività di giocatore professionista e altre cosucce che, arrivassero all'orecchio di qualche sbirro mal disposto, gli aprirebbero le porte di un qualsiasi penitenziario sul suolo nazionale. Al termine del conciliabolo, Saverio e Pigliatutto si stringono la mano, poi quest'ultimo mi si appressa nuovamente.

"Quanto pago, per il caffè?"

"Mille lire, capo."

"Scommetti mille lire con un marengo?" mi chiede sornione. Ci penso.

"Andata. Che mi proponi?"

Pigliatutto mi chiede tre tazzine e una moneta da cento lire. Quando gli porgo la mercanzia, volta le tazzine e sotto una di esse posiziona lo spicciolo. I curiosi si fanno vicini per godersi lo spettacolo, intanto Pigliatutto attacca a mischiare lentamente le tazzine, facendo apparire di tanto in tanto la moneta. Io ammiro le sue evoluzioni seguendo con attenzione i fluidi movimenti. Infine, il professionista allinea le tazzine. Io, sicuro del fatto mio, alzo quella di centro, scoprendo che l'uomo mi ha fatto fesso... Misteriosamente, il centino stava in panciolle sotto la tazzina di sinistra.

"Per la miseria! Giravi così piano le tazzine che mi sembrava palese che la cento lire fosse nel mezzo. Ma come cacchio hai fatto?" gli domando sconcertato.

"Ognuno ha i suoi trucchi, sbarbato" mi risponde lui, con un ghigno salace.

La scena ha entusiasmato il pubblico raccolto intorno al bancone e, sono pronto a giurarci, nessuno ha azzeccato neanche col pensiero la posizione della moneta.

Senza badare ai commenti, Pigliatutto chiude la zip del piumino, calca il cappello dalle falde larghe sul capo, arraffa un ombrello tra i tanti e svanisce nella cortina di pioggia fredda e pungente.

"Sei un pollo!" mi apostrofa il boss, con tanto di gesto a mani giunte. "Non avevi la minima possibilità, con lui. Non lo sai che fa, di mestiere?"

"Certo che lo so, ma non riesco a resistere alle sfide. In fondo avevo una possibilità su tre e con un po' di fortuna avrei intascato un ventimila fresco-fresco."

"Invece la figura del frescone l'hai fatta tu e mi devi un millino, che sconterai facendo mezz'ora di straordinario, eh! eh! eh!" scherza Saverio. Tento di protestare poiché non credo che trenta minuti della mia vita valgano tanto poco, quando Salvo interviene sulla questione.

"Perdonami, Tino, ma devo dare ragione a Saverio. Con Pigliatutto non avresti avuto bisogno di fortuna, ma di un miracolo. Dammi retta, quell'uomo ti avrebbe messo nel sacco anche se ti fossi portato appresso come sponsor i santi di mezzo paradiso."

"Okay, non parlo più" dico, rassegnato.

"Spiegagli come funziona il gioco delle tve cavte" borbotta Emiliano, con la sua inconfondibile erre moscia e un sorrisetto stonato.

"Beh, non ci vorrà una scienza, no?" esclamo, con tono supponente.

"Qua casca l'asino. La questione è scientifica, invece. L'avresti capito se invece che limitarti a fissare le tazze avessi alzato gli occhi su Pigliatutto... Lui sì che ti squadrava, mentre faceva andare le mani, e ti ha portato dove voleva. Non è solo questione di tecnica, capisci?" mi dice pazientemente Salvo.

"Se l'avessi azzeccata, però, staremmo a parlare di un'altra storia, dà retta a un pirla." Insisto, con la caparbietà dello stolto.

"Lascia fare, con le tre carte non si vince mai, mettitelo in zucca."

"Mi stai a dire che anche, puta caso per puro culo, nessuno ci prende a 'sto gioco?" faccio all'esasperato Salvo, mollando lo straccio sul bancone e avvicinandomi a lui, che nel mentre sta estraendo dal mazzo due figure e un asso.

"Può capitare, infatti, di tanto in tanto... Ma in ogni caso sta' sicuro che il pollo, di fresca, a casa non ne porta comunque" ribatte lui, e con un cenno mi invita a sedermi al suo tavolo. Per tre volte mischia le carte e me le pone dinnanzi, e per tre volte cicco l'asso, sempre più incarognito.

"Hai visto, sbarbato?" mi ridacchia in faccia da sotto i baffi Salvo, seguito dai belati di Emiliano, Biagio Oldani e Niddu, un ragazzo più largo che alto, con le dita così storte che quando indica qualcosa non sai mai dove diamine stia puntando.

"Vabbè, mi hai convinto. Ma fai conto che avessi indovinato..."

"Esistono parecchi modi, per non pagare. Innanzi tutto l'esecutore del gioco non è mai solo, sul lavoro. Vicino a lui stanno sempre un paio di compari pronti a intervenire. Li riconosci subito, sono quelli che attirano i gonzi simulando facili vincite. Se il pollo becca l'asso, loro puntano una posta maggiore sulla carta a fianco, in modo tale che la giocata accettata non sia la sua. Oppure urtano il tavolino, mandando l'ambaradam a carte quarantotto. Poi c'è il palo..."

"Minchia, pure il palo?" esclamo sbigottito.

"Già. Se il pollo di cui sopra acchiappa, al brucio il palo attacca a gridare: "La pula, la pula!" affinché tutti fuggano a gambe levate, cliente compreso, arrivederci e grazie."

"Per la miseria! Più cinema che a Hollywood balbetto, finalmente conscio del movimento che sta intorno a quel basilare gioco d'azzardo.

"Pollo!" mi perseguita Saverio, urlandomi nelle orecchie.

"E covnutello!" rincara la dose Emiliano.

Dalla saletta discendono i nonni del tavolo di chiusura, chi smoccolando e chi, tipo il Gamba de Legn, mostrando un sorriso beffardo che la dice lunga circa l'esito della partita. Il Lanzoni gli paga la consumazione, guarda fuori con l'aria perplessa, poi scuotendo la testa commenta. "Con un tempo così infame, anche Noè si sarebbe chiuso in casa." Quindi si dirige verso il portaombrelli e lì rimane quasi fulminato.

"Ma va' in mona, boia d'un can!" inizia a ululare, rammentandosi la sua radice veneta. Preoccupato per le arterie dell'arzillo settuagenario, mollo tutto e gli vado appresso. "Che c'hai, Lanzoni?"

"Ho che qualche fiol de 'na bona dona mi ha preso l'ombrello, ecco cosa!"

Usti, la legge dell'ombrello ballerino ha colpito ancora... Ora capisco anche perché il tale delle tre carte viene chiamato "Pigliatutto".

LE PENE DEL DRITTO

Sono incline a pensare che gli studi antropologici resteranno carenti e inesatti fino a che non comprendano un'esaustiva indagine a riguardo di Alfio Catania. La sua molliccia figura fa capolino al bar nel tardo pomeriggio e, essendo capace di due sole espressioni facciali, è facile intuire quale sia il suo stato d'animo. Oggi mostra in bella vista i suoi giganteschi incisivi e si avvicina al bancone, segno evidente che dispone di qualche foglio della zecca da sprecare in consumazioni gravide di zuccheri.

"Uhè, Alfio... Butta bene?" gli faccio, aprendomi in un esagerato sorriso.

"Hai fatto tombola, fratello! Stavolta ho fatto il pieno, se hai voglia di uscire, stasera offro io."

"All'anima... Son contento che ti gira alla grande. Ti servo il solito?"

"Regolare" mi risponde, poi si volta a salutare Emiliano e un paio d'altri membri della ciurma.

Da quando lo conosco, Alfio porta il medesimo taglio di capelli, effettuato, sospetto, previa scodella in testa e con la frangetta sulla fronte, non sia mai detto che prenda freddo al cervello. Sopra al mento glabro, una peluria bruna e fine incornicia i dentoni, gli stessi baffetti che campeggiano sui volti di sua madre e di sua sorella Ornella, a dimostrazione che la genetica è una scienza esatta.

"Oh, oggi mi sono sparato il curvone di Fulvio Testi a novantacinque all'ora! Non ti dico la macchina come si è imbarcata."

"Nuovo record, finché non ti ribalti" rispondo rammentando la volta che mi ha scarrozzato in una gimkana sulla tangenziale est a 220 km all'ora, facendomi vedere la morte in faccia.

Alfio mostra la panoramica facciale e prorompe in una goffa risata, che gli muove le cicce alla maniera dei motori delle vecchie Fiat 500 in accensione.

Quando si riprende mi chiede se ho visto passare la Piera. No, che non l'ho vista e no, non sta più con Davide e sì, anch'io penso che sia un bel pezzo di sgnacchera. Terminato il terzo grado, Alfio postilla le sue sagaci strategie per fare breccia nel cuore della ragazza che mi accende come una miccia ancora adesso, dopo che mi ha scacciato di casa e dalla sua vita.

Davide appare dalla scala che porta in saletta, è stato lì a far cagnara con un paio di zanza così a lungo che mi ero scordato della sua presenza.

"Lo state a sentire come starnazza il Gamba de legn?"

"C'ho le orecchie, no? Sputa il rospo, va'" gli rimando appresso.

"Pare che oggi sia morto un pugile famoso, tipo Ray qualcosa... E i vecchiacci si stanno azzuffando per stabilire se fosse meglio di Moammed Alì. Però, a mio parere, Tyson li metterebbe in fila come barattoli del Luna Park!"

Non ci credo, paragona Tyson a quelle icone della boxe. Probabilmente perché da quando King Kong è sulla piazza, non fa che stendere al tappeto gli avversari entro i primi due round... Ma quelli sono mezze calzette, Tyson non riscuoterebbe lo stesso successo con Alì manco coi ferri di cavallo nei guantoni, ve lo dico io.

"Io non so chi sia meglio, della boxe me ne fotto alla grande, ma quello che è sicuro è che 'sti pensionati hanno proprio tempo da buttare in chiacchiere" decreta Alfio, dall'alto del suo pulpito. Poi punta il mio sgusciante collega.

"Davide, mi dai qualche consiglio per corteggiare una ragazza?"

"Quale ragazza?" chiede Davide.

"Piera" ribatte Alfio, secco.

Davide scoppia a ridere e il viso del povero marpione si fa scuro.

"Bè, che ho detto, adesso? Non state più assieme, no?"

"Aspetta, Alfio. Non vedi che gli ha preso la ridarola?" intervengo prontamente e contemporaneamente faccio spallucce a Davide, come a dire: che ci vuoi fare, non vedi che questo è un mentecatto?

"Non ci stai più, assieme, vero?" insiste Alfio, alimentando la crisi di sghignazza del mio collega.

Nello stesso momento, Maurone ha inforcato la Vespa, dopo essersi congedato da Many Buqua, il titolare dello show room di tappeti persiani che da più di un decennio offre ai milanesi l'opportunità di portare a casa e calpestare l'eccellenza della tessitura mediorientale. L'ometto gracile e stempiato, che dimostra malcelata irritazione, fulmina la corpulenta sagoma del centauro mentre viene avviluppato dalle spire fameliche del traffico cittadino.

"Giuro che lo appendo per le palle, quello stronzo." Pensa Maurone, denti digrignati, fronte corrugata, le ampie froge fumanti rabbia.

In quanto ad aneddoti, Alfio non si è mai fatto mancare niente. La prima immagine che mi appare è relativa a quando passavamo il pomeriggio tra amici, al campetto, a correre dietro a un Tango di gomma. Il lungagnone in questione posava il suo solito sacchetto di plastica viola, contenente l'armamentario completo da portiere: maglia e calzoncino accartocciati e incollati dalla sporcizia, pulsanti muffe e atavici sudori — mai lavati, MAI!!! — ginocchiere artigianali in polistirolo e guanti Vileda giallo canarino. Famose erano le sue uscite scomposte che lo hanno reso benemerito al San Carlo, l'ospedale che si è lungamente prodigato con gessi e bende per rammendare le carni straziate delle sue vittime.

Divisi dal bancone, Alfio mi è dinnanzi con tanto d'occhi, che tamburella dita nervose contro il bicchiere ormai vuotato, in attesa di un responso da parte del mio collega latin lover. Davide si ricompone e sgrana la tesi per cui, a suo parere, sarebbe più probabile che Lupo diventasse Papa, piuttosto che una sguinza come Piera possa prendere in vaga considerazione l'idea di mettersi assieme a un tizio che, nella sua testa, in quanto a scala gerarchica, potrebbe occupare una posizione di poco precedente lo scemo del villaggio.

"Non ho nessuna possibilità, dici?" lo esorta Alfio, con un alito di fiato.

"Te l'ho detto, quella ragazza non è boccone per te" ribatte Davide, scuotendo il capo." Faresti meglio a puntare un bersaglio più facile. Tipo la figlia del Bèrgum, magari... Non è poi così male."

"See, quella non c'ha il cervello. Un nocciolo, c'ha, al posto del cervello..." risponde deluso il cuore infranto.

"Vedi, allora, che hai una possibilità?" lo sferza Davide.

"Te l'hanno mai detto quanto sei stronzo?" esclama Alfio, risentito.

"Affermativo, capo. E tutti hanno sempre sbagliato per difetto."

"Ma va' a cagare, va'" chiude Alfio, mentre mi porge il bicchiere, facendomi cenno di preparargli un secondo Cuba Libre.

"Lasciamo perdere le smorfiose, Alfio, prima hai detto che butta bene, col tuo nuovo lavoro... Ma che, si fanno così tanti soldi, coi tappeti orientali?" lo abbocco con sincera curiosità.

"Macché. 'Sti iraniani hanno le braccine corte e pagano in nero, poi è gente strana. Però non ce la fanno a essere più furbi di un italiano, così mi sono detto che era il caso di arrotondare... Non so se mi spiego" dice, tirandosela, il mio interlocutore. Poi aggiunge "Alcuni giorni fa ho cominciato a grattargli i tappeti. Non ti dico quanti ce ne sono, stipati in magazzino."

"Minchia, gli stai fottendo i tappeti? E se ti sgamano?"

"See, e quando se n'accorgono? E poi devono solo provarci, a incolparmi. Dove sono le prove?"

Anche Davide, attratto da qualsiasi forma di business e dimentico di avere appena terminato di strapazzare il dentone, entra in subappalto nel discorso. "Dì, ma come li organizzi, i colpi?" chiede.

"Questo è il meglio. Ho fatto un doppione delle chiavi del magazzino e so disattivare l'antifurto. Mi intrufolo di notte, carico in spalla un tappeto già adocchiato in precedenza, inserisco nuovamente l'allarme e buonanotte ai suonatori. Al mattino, quando quei babbi aprono il negozio non possono accorgersi di niente e quando arrivo al lavoro, ai loro occhi sono più candido di una vergine" cinguetta Alfio, narciso.

"Perdona la domanda, Alfio. Putacaso che, come dici, fregare i tappeti a 'sti iraniani è un gioco da ragazzi, il difficile viene dopo. Mica puoi andartene a zonzo col tappeto in spalla come fanno i marocchini, giusto? Bisogna avere dei clienti interessati all'affare: come li smerci?" osservo.

"Non ho una strategia. Ne ho venduti due al benzinaio dell'angolo, glieli ho quasi regalati, a dire il vero. Ci ho fatto trecentomila lire, che sono meglio di un calcio in culo."

"E gli altri?" lo incalza Davide.

"Nella mia cantina. Mio padre m'ha già minacciato, dice che li butta nella monnezza se non spariscono alla svelta. Però tra il dire e il fare... Sapete cosa ho pensato? Mi presento dalla Piera con un tappeto! Meglio che il solito mazzo di fiori, no? Sono sicuro di farle effetto, chi cazzo se lo aspetta di vedermi apparire con uno di quei cosi tre metri per due tutto arabescato, fresco di qualche bazar di Isfahan?" enuncia Alfio, entusiasta, come se nominarne la città di provenienza potesse conferire più prestigio a lui e al tappeto stesso.

"Come farà a resisterti?" esclamo all'indirizzo del tapino masochista.

"Vorrei assistere alla scena, giuro che dopo sarò pronto a credere anche ai marziani" sillaba lentamente Davide, guardandomi come per dire "Ma questo è pazzo!"

"Sapevo che vi avrei convinti. Ci vado in questo stesso istante. Sapete come si dice, no? Femmina stupita, femmina concupita."

Ah, si dice così? Neanche il tempo per obiettare, che Alfio è filato via come una lippa, lasciando un deca a svolazzare sul bancone.

Una frazione di secondo più tardi subodoriamo la sensazione di un bisonte in piena carica. La sagoma che varca l'ingresso di slancio, affannata e sudacchiata, dopo avere parcheggiato la Vespa con scarso senso civico, non è altri che Maurone, che quasi si aggrappa al bancone con l'espressione più arcigna di una maschera irochese.

"Dov'è?" riesce a bofonchiare, ansimando come un mantice.

"Dov'è... Chi?" domando.

"Quella faccia da culo del vostro amico Alfio! Ha già mostrato il suo muso da topo, quel cornuto, o no?" tuona l'omone.

"È appena uscito. Non l'hai incontrato?" gli rispondo vago, avendo mangiato la foglia. Tutto il mondo sa che è stato proprio Maurone a procurare il lavoro a Alfio.

Dopo avere scosso il capo con un'energia tale da staccarselo quasi, da quel collo taurino che desta impressione e intimidisce anche il più erculeo dei suoi avversari, affatto soddisfatto Maurone esclama: "E dov'è andato, lo sapete?" e poi aggiunge "Non fa niente, ragazzi, tanto lo becco ugualmente. Non fatene parola, con lui, mi raccomando... È una questione nostra, okay? Voi non c'entrate" e, detto ciò, porta le sue fasce muscolari fuori dall'esercizio e si dilegua sgasando con lo scooter sul marciapiede, seguito dalla mirata assassina di un paio di pensionate.

Davide mi scruta severo e mi abbocca "Oh, non te la cantare, eh?"

"A che pro? Tanto, quando Maurone lo becca, farà di Alfio un puzzle."

Corazzato nel suo completo grigio, con tanto di cravatta e profumato come una troia, Alfio si ammira nello specchio e, quant'è vero che la bellezza è soggettiva, si trova alquanto travolgente. Salutata poi la madre, intenta a sminuzzare verdurame nel cucinotto incrostato di unti antichi, esce di casa, scende le scale e, una volta raggiunta la cantina, si rolla una canna e sceglie con attenzione il tappeto più sgargiante, che fungerà, nei suoi candidi propositi, da lasciapassare verso il cuore impaziente della mora fanciulla cui deve le sue notti insonni.

"Coraggio, o la va o la spacca" si ripete come un mantra il pingue ragazzotto, reggendo il manufatto esotico, quando una voce raggelante lo raggiunge da tergo.

"Dove minchia stai andando, eh?"

L'espressione contratta in una smorfia, Alfio si volta lentamente.

"Dove pensi di andare a quest'ora, ti ho detto!" ripete con voce ferma l'uomo massiccio e incombente.

"Pa'. Sei già tornato a casa?" mugugna Alfio.

"Ché, mi devo fare un giro? È troppo presto, secondo vossia?" ribatte il genitore, cantilenando col suo accento catanese.

"Non intendevo questo, dai..."

"Allora, non mi hai risposto ancora."

"Vado da una ragazza. Torno subito, pa'", pigola timidamente il figlio.

"Vedi di tornare per cena. Se non sei rincasato tra mezz'ora, meglio che stai lontano da 'ste mani, ci siamo capiti?" sentenzia il padre, contraltare di Alfio nell'abbigliamento, lui che indossa la bisunta tuta blu con il logo dell'officina, di un giallo sparato.

"Seee, sta' tranquillo" replica Alfio, girandogli le spalle.

"E ricordati che la fimmina è comu li muluna: mmenzu a centu ci nn'é bona una" gli ingiunge il padre, divertito e quasi intenerito dall'idea che quel salame, di riffa o di raffa, prima o dopo riesca a ficcare!

Ripreso il cammino, tra un volo pindarico e un castello in aria, Alfio sorpassa l'angolo del bar tirando dritto e si addentra nella via ove dimora Piera. Il cuore palpita impazzito, le mani sudano, gli occhi scintillano mano a mano che il lemme incedere lo avvicina al fatidico portone.

Quante volte ha immaginato il momento della dichiarazione, Alfio non le conta più. Con la colonna sonora o senza, con calde lacrime di commozione, con il bacio sul portone, addirittura con annessa trombata. Papale, che il finale sia sempre il medesimo: la ragazza cade rapita dal suo sguardo maliardo e gli dona il cuore. Certo non avrebbe fatto lo sbattimento se avesse saputo che a rispondergli al citofono sarebbe stato il timbro sgraziato della voce della madre.

"Mi spiace" lo fulmina, "Guardi, Piera è uscita col fidanzato."

Avete mai visto qualcuno soffrire per amore? L'emblema, il caposaldo della patetica situazione è il tragico ragazzotto benvestito e singhiozzante, col deretano poggiato alla ringhiera e piegato su un già umido tappeto finemente arabescato.

Il piedistallo sul quale aveva delicatamente deposto la procace Piera si è sgretolato alla velocità di un lampo e la creatura delle sue brame è balzata dallo stato di santa a quello di bagascia con la stessa celerità.

Mestamente, dopo avere versato ogni lacrima, il nostro campione del due di picche fa la strada a ritroso fino al tetto natìo e, mentre pesca le chiavi di casa dalla tasca della giacca, un fischio acuto e netto lo cappotta.

"Minchia... Maurone?" pensa, agghiacciato.

Maurone lo squadra idrofobo e gli molla uno schiaffone sul coppino di tale potenza, che avrebbe spiaccicato come un brufolo la gobba a un dromedario.

"È un po' che ti cerco, pezzo di merda! Bello, il tappeto che ti porti appresso... È tuo?" il marcantonio gli mena un secondo sganassone. Alfio cede come un sacco vuoto ma non fa in tempo a fiatare né a toccare terra, che il suo aggressore lo acchiappa per la collottola e lo trascina fino alla strada e, incurante degli uggiolati del bamba, lo sbatte contro la fiancata della sua automobile e ruggisce potente. “Ma che ti dice la testa, eh? Ci ho messo la faccia, per te, lo capisci? Mi hai fatto fare la figura del pagliaccio, deficiente!” e intanto sbatacchia il miserando Alfio come fosse una banderuola al vento.

“Scusa... Scusami tanto...” riesce sommessamente a dire Alfio, riparandosi il volto con le mani.

“Scusa ’sto cazzo, infame!” sèguita Maurone, “Entra in macchina. Dentro!” gli grida, aprendo contemporaneamente lo sportello posteriore.

L’afrore emanato dal malmenato sa di paura, ma muta in terrore quando si trova faccia a faccia con l’uomo seduto sul sedile del conducente... Dimitri, detto lo Zingaro.

“Sei tu il dritto?” esordisce lo Zingaro, guardando Alfio con l’espressione disgustata di chi ha appena vomitato la bile.

“È lui” gli fa eco Maurone. Voltosi poi verso il giovane sanguinante, continua: “Sai chi è quest’uomo, vero? È il re del ricamo con il coltello, lo fa di mestiere e sta’ certo che gli piace da matti, il suo lavoro.”

“Nooo! Ti prego, Maurone, lasciami andare, non mi rovinare... Restituisco tutto...”

“Rovinare? Ti dovrei ammazzare, pirla, così vediamo se poi mi calmo... Il sangue agli occhi, mi fai venire!” esclama rabbiosamente l’omone, e gli parte una centra che fa stramazzare la sua vittima.

“È uomo da niente, Maurone. Anzi, non è neanche un uomo. Perché mi hai scomodato? ’sto rotolo di merda mi fa schifo solo a guardarlo e farebbe schifo anche alla mia lama, ma se lo vuoi a tocchi non hai che da dirlo, lo porto nel solito posto e festeggiamo" fa lo Zingaro.

Maurone ammira per un attimo eterno lo spettacolo grottesco del pappamolla che gli frigna addosso, poi, senza volgere lo sguardo, risponde alla figura abbronzata dalla quale non traspare un minimo atomo di umanità. "No, hai ragione, non vale la pena sporcarsi le mani con questo pupazzo." Nello stesso istante agguanta il muso equino di Alfio, serrandolo con tale veemenza che solo le solide ossa mascellari sicule lo salvano dalla frattura.

"Ora capisci bene le mie parole, stronzo. Non so che cosa hai fatto dei tappeti, ma giuro che se domattina non sono tornati al loro posto, ti faccio fare una brutta fine..."

"Ti prego, io..." implora Alfio.

"Zitto! Non fiatare o ti apro la pancia qui, ora! Fa' solo quello che ti dico. Se domani il signor Buqua, entrando in magazzino, non ritroverà la merce che hai trafugato, sei finito. Non ti ammazzo adesso perché sei un ominicchio, non vali un cazzo. L'ha detto, lo Zingaro, e io lo sottolineo. Hai fatto una mancanza grave, per un uomo di rispetto, ma tu sei solo un pisciasotto, un'ameba senza cervello manco buona a farsi le pippe. Hai inteso o te lo devo ripetere?" ringhia infine Maurone, storcendo il naso già ammaccato del Catania, che lancia un acuto, strozzato dalla mancina del suo aguzzino, sotto lo sguardo apatico dello Zingaro.

"C'è... Ci sarebbe un problema, Maurone..." borbotta Alfio, asciugandosi le lacrime.

"Non c'è nessun fottutissimo problema!" interviene piccato lo Zingaro.

"No, davvero. Il problema è che ho... Ne ho venduti due..." replica balbettando il sanguinaccio con la frangetta, giusto in tempo per guadagnarsi l'ennesimo sganassone. Maurone cava poi fuori il pacchetto di Camel, ne offre allo Zingaro e se ne appizza una lui stesso. Sbuffa via una nuvola di fumo, squadra Alfio assumendo l'espressione più drammatica del suo repertorio e perentoriamente enuncia "Questi sono cazzi tuoi!" Infine fa un cenno all'ammaccato ragazzo come a dirgli "adesso fuori, sparisci e non sbattere la portiera, che mi urta i nervi."

Quando dell'auto di Maurone è rimasto solo l'olezzo del carburante, Alfio smette di fissare la strada e, accortosi di essere male in arnese dalla reazione di alcuni passanti frettolosi, si rassetta alla meglio, afferra il tappeto che fortunatamente nessuno ha avuto la prontezza di grattargli, e guadagna l'ingresso del palazzo.

Appena messo piede in casa, il progetto di sgattaiolare in bagno nascondendo lo stato in cui versa, fallisce miseramente. Ornella, affaccendata proprio nel vestibolo, si imbatte nella figura del fratello, che si direbbe appena stato masticato, e caccia un urlo non proprio di gioia.

"Alfio, ma come sei conciato! Hai fatto un altro incidente?" esclama la ragazzina, coi lucciconi. Prima che il fratello possa replicare, viene circondato anche dai genitori, attoniti e gementi. Il padre, ciondolando la testa da destra a manca, sentenzia "Altro che fimmine, le chiavi dell'auto ti devo levare, minchione!"

"Ma quale auto, papà..." riesce a dire il giovane, prima di scoppiare in un pianto a dirotto. Tracimando lacrime grosse come fagioli, il nostro eroe se la canta cacciando balle degne del politico più in forma del momento. La ricostruzione di Alfio comprende un qui pro quo da parte del principale iraniano rispetto la distrazione dei tappeti, stivati momentaneamente nella cantina dei Catania come campionario di Alfio stesso, in parola con fantomatici acquirenti della zona. Prosegue con l'aggressione subìta da parte di una gang di malviventi, gente di via Scanini, ingolosita dal valore della merce — il tappeto che il minchione stesso stava per donare alla sua fiamma — che lui ha vigorosamente difeso, subendo l'affronto di qualche buffetto in pieno volto, ma sgominando l'intera banda a mazzate sulle orecchie.

Per quanto riguarda la ragazza, infine, Alfio narra al suo trepidante pubblico di un amore corrisposto ma troppo impegnativo per uno sciupafemmine del suo calibro, quindi la sofferta decisione di troncare sul nascere una storia ingombrante. Alla fine del racconto l'intera famiglia gli si stringe commossa. Mammà solfeggia una nenia infarcita di "Povero figlio mio" e anche Ornella, di solito più sveglia, si fa condire dall'insalata del fratello e il padre, grattandosi il capoccione, giunge alla grave conclusione: "Domani riconsegneremo tutti i tappeti a quel signore e gli spiegherai la verità."

"Quale verità?" domanda Alfio.

"Il malinteso, no?"

"No, pa', ormai ho perso la faccia, ho vergogna a mostrarmi. Io i tappeti li riporto stanotte, al negozio."

"È giusto", riflette il padre, "prenditi il furgone, così fai un viaggio solo." Alfio sospira di sollievo, papà ha abboccato e gli facilita la vita.

"C'è una questione ancora, pa'. Due di quei tappeti li ho già venduti."

"Beeene! Questo dimostrerà al tuo principale buona volontà e competenza. Bravo, figlio mio" squittisce solerte la madre, interrompendo il suo silente occhieggiare. Non è affatto un bene, invece, le risponde il figlio.

"Ho fatto un pasticcio. Devo avere equivocato nel leggere il listino prezzi, così li ho ceduti a trecentomila... anziché..."

"Anziché?" risuonano all'unisono le voci di casa Catania.

Be'... manca uno zero al totale..." sussurra esitante Alfio.

"Tre milioni..." dice con voce tremante Ornella.

"Già." Risponde Alfio, abbassando lo sguardo.

"Minchia!" aggiunge il padre. La madre accenna un fiato, poi ci ripensa e chiude la bocca, meglio votarsi ai santi, che proteggano il suo bambino.

"A chi li vendesti, meschino?" fa il padre.

"A uno che è pure amico tuo; Pietro, il benzinaio."

"Pietruzzo? Ci parlo io, non è un problema, vedrai che i tappeti te li torna."

Pronti via, Catania senior alza la cornetta e convince il compare benzinaio a restituire, seppure a malincuore, i manufatti. Ciò però non basta a mutare la mestizia che affligge Alfio.

"Certo che Pietruzzo aveva fatto un affare, eh? Non mi figuravo che valessero tanto, quei tappetuzzi della minchia, che finalmente mi levi di torno, eh? E mo', cos'è questa faccia che vai facendo, Alfio?" chiede il padre, scandendo lentamente l'ultima frase, come fiutando il pericolo.

"Veramente, pa'... c'è un problema..." balbetta il figlio.

"Minchia, 'n autro?" sbuffa il padre.

"Cos'altro c'è? Sta diventando una telenovela, Alfio!" esclama Ornella.

La madre muove sconsolata il capo.

"Capita che ho speso una parte dei soldi che ho incassato dal benzinaio, ecco..."

"Alfio, cosa stai dicendo, sei uscito pazzo?" brontola il padre.

"Contavo sulla fine del mese. Avrei coperto l'ammanco con lo stipendio, era tutto calcolato, pa', devi credermi. Ma per via di questo intoppo, è andato tutto a putt... Si è incasinato tutto" prova a giustificarsi l'erede, e mai ragno si inerpicò su più scivolosi specchi.

"Dimmi la verità, Alfio... Mi stai prendendo in giro? Credi che stai parlando con un minchione oppure ho fatto un figlio così imbranato che riesce solo a combinare pasticci?" ringhia il padre, fissando imbronciato il giovane. Alfio per tutta risposta china oltremodo il testone e si tinge di rosso Ferrari.

"Lascia stare il ragazzo, Carmine, non ti accorgi quanto è dispiaciuto, meschino?" interviene la madre, scossa e dimessa, ma in cuor suo pronta a difendere la sua creatura con la stessa aggressività che potrebbe avere una femmina di grizzly. Poi si rivolge al figlio, tesa e ansimante, incredula del proprio coraggio.

"Quanti soldi ti sono rimasti?"

"Ottantamila lire, ma'" risponde Alfio, al culmine della vergogna.

"Minchia, tanti ne hai spesi, disgraziato?" esclama il padre, incredulo.

"Dagli i soldi, Carmine" ordina la genitrice.

"Cosa?"

"Ho detto: dagli il denaro che gli serve!" replica la madre, perentoria. Carmine Catania fa la bella statuina. Mai si sarebbe aspettato uno scatto tanto audace dalla sua signora, facendo il paio con Ornella, che contempla lo spettacolo incredula, a bocca aperta.

Un paio d'ore più tardi, Alfio è stato in grado di saldare, a seguito di molteplici scuse, il benzinaio. Caricati sul furgone i due tappeti recuperati assieme agli altri, il nostro eroe mette in moto e si avvia verso il magazzino del signor Buqua, consapevole di avere avuto più culo che anima a risolvere la camurria che avrebbe potuto costargli dannatamente cara.

Guidare di notte ad Alfio è sempre garbato. Il fascio di luce dei fanali che taglia le tenebre e sorprende le cose rese misteriose e vaghe dall'oscurità, lo figura come un rimando ancestrale, sedimentato nel suo dna, forse relativo addirittura al momento della scoperta del fuoco. Fantasie. Cose di scuola. Più probabile che il ragazzo apprezzi l'esiguo traffico notturno, che gli dà modo di pigiare sul pedale dell'acceleratore nelle sue spericolate scorribande. Il furgone morde strade e viali, supera piazze e slarghi, fino a imboccare lo sterminato viale Zara, nei quali controviali timbrano il cartellino una quantità di prostitute sculettanti.

Mille pensieri gli affollano la mente, il film della giornata è pregno di stress e adrenalina, e Alfio tenta di scacciarne le opprimenti sequenze accendendo a manetta l'autoradio. Distratto dall'operazione di ricerca della sua stazione preferita, il Nostro non si avvede all'istante del posto di blocco. Troppo tardi per svicolare in una qualsiasi viuzza laterale, il giovane capisce al volo che potrebbe essere risucchiato di nuovo nella merda. Se la fortuna lo assiste, il carruba ritto all'esterno della pantera non se lo filerà neanche di striscio... Ma quando mai! Il maledetto agita la paletta con frenetica decisione, neanche fosse un figurante del carnevale di Rio.

"Accosti, prego" gli fa il carabiniere, un baffetto tarchiato e pingue, sui cinquanta.

"Questa però è sfiga, puttana di quella Eva!" pensa Alfio, mentre allo stesso tempo tenta di darsi qualcosa che assomigli a contegno. "Buonasera, agente" esclama sollecito, celando malamente il nervosismo.

"Buonasera. Favorisca patente e libretto, per favore, e si ricordi che il limite di velocità va rispettato anche di notte" formula il carruba, come da routine.

Prontamente il ragazzo gli consegna i documenti. Il baffetto raggiunge la volante senza fretta e li passa al collega che, altrettanto pigramente, ne comincia il controllo, contattando la centrale. Per Alfio scorrono immoti minuti di apprensione. Si farebbe volentieri una paglia ma, considerata la situazione, non sarebbe molto igienico. Suda freddo. Ne ha tutte le ragioni. Che anche il secondo agente spalanchi lo sportello e fuoriesca dall'abitacolo non è affatto un segnale beneaugurante.

Alfio tuttavia mostra buon viso a cattivo gioco.

"Qualcosa che non va, agente?"

"Lo appuriamo subito. Scenda dal veicolo" replica il baffetto, guardingo. Il secondo sbirro circumnaviga il furgone e si accosta ad Alfio. Odora di lozione mista a sudore e ha l'incedere tronfio di chi si sente fin troppo a proprio agio nella divisa. "In che qualità lei è alla guida di questa vettura?" chiede poi.

"In che senso?"

"Non faccia lo gnorri. Il furgone è intestato a una carrozzeria. È lei il titolare?"

"No, agente, adesso le spiego..." risponde Alfio, vacillando.

Il ragazzo racconta che suo padre lavora come meccanico presso la carrozzeria in questione e gli ha prestato il furgone e che forse, a causa del proprio ritardo all'appuntamento con la fidanzata, potrebbe avere inavvertitamente superato di un paio di chilometri il limite di velocità. Hai voglia a spremere le meningi, quando devi inventare balle lì per lì, al cospetto di due agenti in divisa d'ordinanza che ti squadrano torvi. Per tutta risposta, lo sbirro sbruffone indica il portellone posteriore dell'automezzo e ordina al ragazzo di aprirlo per ispezionare l'interno del mezzo. Alfio armeggia con le chiavi, ha le mani sudate e tira un filotto di santi e madonne chiamando in causa i dieci decimi di vista della sfiga, poi le ante si spalancano.

Mentre la storia partorisce un nuovo giorno, Alfio si desta di soprassalto, col mal di testa che lo prende a martellate e una fame boia. Mai avrebbe immaginato di passare una notte in guardina, e che fosse tanto scomodo. Pensa e ripensa alla scena del posto di blocco, al sorrisetto sardonico dello sbirro tronfio, nello scoprire i tappeti accatastati sul pianale del furgone, alla rudezza dei modi del baffetto quando ha compreso di non avere a che fare con un delinquente ma con un ginetto qualsiasi. Si passa una mano tra le chiome rese gnucche dal gel e inizia a occhieggiare d'attorno. Sulle panche della cella comune stanno, piegati e infagottati, una mezza dozzina di balordi. Sbornioni, tossici e teppisti il cui denominatore comune è l'essere stati pizzicati e sbattuti tra le fatiscenti mura della questura.

Compare un madama dal passo svelto e le palle girate già di primo mattino, che con voce da megafono chiama il suo nome. "Catania Alfio. Chi è di voi Catania Alfio? Sei tu? Dài, faccia da pirla... Tira su le chiappe, che devi seguirmi" dice semplicemente, mentre il clangore della chiave sveglia le bestie all'interno della gabbia, che borbottano un vaffanculo o un "Qua c'è gente che dorme, cristo."

Alfio fatica a stare al passo con l'acido carceriere, che è costretto a fermarsi ogni due per tre per non perdersi il cliente. Al pingue baggese l'incolore tragitto sembra non avere fine, analogo a un girone infernale, quando il suo caronte imbuca un corridoio ai cui lati stanno diverse porte, uffici nominati con cartigli scritti a macchina. L'olezzo di stantìo è il medesimo che nella grande cella dalla quale è stato prelevato, ma Alfio lo avverte solo ora. D'improvviso lo sbirro si blocca dinnanzi a una porta e fa cenno di fermarsi al dimesso ragazzotto, quindi bussa lievemente, e una voce imperiosa risponde "Avanti", coronata dal veloce mitragliare di una vetusta Olivetti lettera 22.

Socchiuso l'atrio, con voce affettata l'antipatico poliziotto annuncia: "Ecco il detenuto, dottore"; introduce Alfio nella stanza, dopo di che, silente, si congeda. L'ufficio nel quale il nostro martire viene proiettato è sopraffatto dal caos. Vi soggiornano da intere decadi una serie di sciapi scaffali, ingolfati di schede, verbali, circolari e quant'altro macchine da scrivere o ciclostili abbiano prodotto dal dopoguerra fino ad oggi. Il lato destro del vano è occupato dalla scrivania sgombra, a parte la Olivetti, una lampada da tavolo di quelle a buon mercato, il portacenere traboccante di cicche e una bic nera, senza tappo. Il magistrato Antonello Spadaro, un cinquantenne segaligno e autoritario, ha appena redatto il verbale riguardante il Catania. Alza il suo muso oblungo, mostrando stanchi occhi da gufo cerchiati di rosso, che la dicono lunga sulla sua attività notturna svolazzando tra un presidio della pubblica sicurezza e l'altro.

"Si segga" Esclama con tono baritonale, poi, giungendo le mani e allungatosi sulla sedia, attacca col panegirico.

"Le dico senza mezzi termini che non credo all'innocenza di qualsiasi individuo si trovi a passare una notte in guardina. Ciò che evinco dalla sua vicenda è che si tratti di un pastrocchio bello e buono, mutuato da connivenze inqualificabili. Siamo d'accordo su questo?" domanda, con sguardo indagatore.

Alfio non sa che pesci prendere, sta ancora mentalmente traducendo dall'ostrogoto, manco il vecchio prof di lettere lo ricorda ermetico a questa maniera. Poi accenna un mezzo sorrisetto ebete e un sì stentato, che è quasi una domanda anch'esso.

"Bene. Sono persuaso che lei abbia sottratto sia il furgone che la merce che contiene. Siamo concordi anche su questo?" ribatte il magistrato.

"Crede... Che io sia un ladro?" chiede timidamente il ragazzo, accusando il colpo.

"Tutto lo lascia supporre. Mi racconti la sua versione dei fatti" e, passando la palla al pupone baggese, scarta un pacchetto di bionde e infila la prima di venti tra le labbra, senza darsi cura se anche il tizio che ha di fronte ne fumerebbe volentieri una. Alfio attacca la medesima solfa che in precedenza ha propinato a famigliari e agenti, ma con minore convinzione. L'uomo che lo fronteggia e che dietro alle zaffate di fumo della sigaretta gli appare come un drago incarognito, gli incute timore e rispetto: è il giudice supremo, il suo pollice verso potrebbe decretare il gabbio nel prossimo futuro. Mentre ascolta la testimonianza, il magistrato dà un'occhiata all'orologio, scorre l'elenco dei fermati che gli rimangono da giudicare e inizia a scarabocchiare disordinatamente sopra un foglio prestampato, senza interrompersi quando Alfio termina il racconto.

Spadaro pone una timbratura e la sua firma in calce al modulo, lo ripone in una cartelletta color carta da zucchero e finalmente torna ad allungarsi sulla sedia e a scrutare il suo interlocutore con occhi rapaci.

"Senta, Catania... Pensa anche vagamente che io possa credere a questo raccontino da fotoromanzo? Le rammento che la falsa testimonianza aggrava sia il reato che la pena. Ci rifletta un attimo, io torno subito"; così dicendo, il magistrato si alza e lentamente esce dall'ufficio, lasciando solo Alfio, a cagarsi in mano.

Spadaro fa appena in tempo a raggiungere la macchinetta del caffè, che lo sbirro acido gli appare alle spalle e rinnova il suo saluto formale.

"Dottore, mi scusi, abbiamo un nuovo fermato, ecco il verbale."

"Di cosa si tratta, un altro ladro di polli?" risponde distrattamente Spadaro.

"Questo è un infame, dottore. Violenza carnale."

"Diamogli priorità, sono a fine turno ma voglio giudicarlo immediatamente, col Catania ho praticamente finito" dice il magistrato, sul piede di guerra. Con lui, padre di due figlie, certi balordi non la passano mai liscia.

Intanto Alfio va macerandosi in foschi pensieri. Il dilemma è servito: confessare mostrando la gola e farsi una vacanza a San Vittore o insistere nella menzogna, che risulta palese a quel magistrato arguto e spigoloso? Quando la porta si apre con un cigolìo e appare la torva figura del magistrato, Alfio ha consumato i dubbi e decide di calare le braghe, ma proprio mentre sta dando fiato alla bocca, Spadaro lo blocca con un cenno della mano nodosa e i suoi occhi arrossati, non tanto difformi da tondini incandescenti, lo trasfigurano in un essere supremo, al limite del mitologico, e il giovane galeotto non può fare altro che azzittirsi.

"Voglio concederle un'opportunità" esordisce il pubblico funzionario. "Sebbene io rimanga della mia convinzione, l'esperienza mi dice anche che un tipo come lei non sia un delinquente abituale. Le carceri scoppiano già di farabutti, sarebbe spiacevole privarli di altro spazio vitale... E posso assicurarle che finire in galera non è affatto una gita di piacere. Si cerchi un lavoro serio e righi dritto, le posso assicurare che non ci è tagliato, per il crimine."

Alfio abbassa lo sguardo, più zitto di un muto, e ascolta il ticchettìo della macchina da scrivere, pensando che una botta di culo, in fondo, è arrivata.

Redatto il certificato, Spadaro ne archivia una copia dopo averla separata dalla carta carbone e, non prima di avervi apposto come al solito timbro e firma, porge il duplicato ad Alfio, ammonendolo ulteriormente con un inciso quasi paterno, in cui culmina la frase "Non me ne faccia pentire." Alfio annuisce, soggiogato dall'imperiosità del magistrato. Qualcuno bussa alla porta, è l'agente acido in compagnia del violentatore. Spadaro si sfrega le mani e non dà retta al Catania, che si spertica in ringraziamenti sdolcinati, come fosse al cospetto di un santo.

Spadaro si accende una sigaretta e si rivolge al poliziotto, che gli passa la cartella contenente la documentazione riguardante il giudicando. "Bene, bene. Accompagni il ragazzo, Scandriglia, il signor Catania è libero di andarsene." Poi, con un gesto rivolto allo stupratore, gli indica di accomodarsi. Alfio percepisce l'uscio richiudersi alle sue spalle e segue docilmente lo sbirro, confuso ma contento di avere scampato la reclusione. Giunti all'ingresso della questura, però, rammenta che la lama dello Zingaro reclama il suo sangue e chiede al poliziotto come possa fare per recuperare furgone e mercanzia. Sbuffando, l'agente accompagna il ragazzo in un ufficetto disadorno e compila un paio di moduli.

"Si rechi con questi — i moduli — al deposito di viale Molise, il mezzo è stato confiscato e parcheggiato lì. Quella è l'uscita, arrivederci." Senza dire altro, lo sbirro acido lascia solo il nostro eroe che, tra l'indifferenza dei pochi piedipiatti in servizio, guadagna l'uscita e respira a pieni polmoni l'aria ancora fresca del mattino.

Senza una lira in tasca, a pomeriggio inoltrato, Alfio sta assaporando la birretta che Davide gli ha generosamente offerto, seduto al tavolino d'angolo vicino al bancone, il preferito del Gamba de Legn. In cambio, ci narra la disavventura appena patita e risolta, fortunatamente, solo con qualche ammaccatura. A farvela breve, recuperato il furgone, Alfio è filato a razzo allo Show room e ha restituito il maltolto al signor Buqua, dal quale è stato sputato e schifato, nonché quasi malmenato. Dopodiché ha sgommato in direzione della carrozzeria, ha mollato chiavi e veicolo al padre, che gliel'ha giurata dopo averlo anch'egli sputato e schifato. Infine, dopo avere percorso qualcosa come quattro chilometri a piedi, ha raggiunto casa, si è fatto coccolare e rifocillare da mammà, che è subito corsa a pregare l'effigie di Sant'Agata, alla quale è devota, e dopo una veloce doccia si è rifugiato nel bar, perché gli è balenata una nuova idea per fare business.

"Lascia perdere, Alfio... Quel tale magistrato sapeva il fatto suo, non hai il pallino degli affari, proprio no, fratello. Non hai studiato da geometra? Cerca di entrare in qualche studio qualunque e posa il culo dietro a una scrivania, dai retta a un pirla" gli consiglio da amico. Naturalmente Davide non è dello stesso parere, ogni possibilità di guadagno facile gli sembra l'uovo di Colombo, ma vi posso assicurare che due furbi di tale fatta messi assieme non fanno uno scemo completo. Vado in saletta a sentire chi si sta sgolando, lasciando soli i due compari intenti a imbastire chimere.

SPEDIZIONE PUNITIVA

Per un apprezzamento neanche tanto pesante rivolto da Biagio Oldani alla figlia del Bèrgum, l'altra sera due gruppi di ragazzi si sono ammazzati di botte davanti al bar. La stordita si accompagnava con tre ceffi mica per bene, uno dei quali, il sedicente fidanzato, si è avventato sul povero Biagio come un selvaggio e ha infierito senza pietà. Il Dome, Gianni Oldani e Tony sono intervenuti tardivamente e si sono presi una caricata di leccamuffi pure loro, ma quante gliene hanno dette... Alla fine della fiera, risulta che il moroso della Giusy tira di boxe, il che concede qualche attenuante alla superiorità numerica della fazione Oldani.

Sta di fatto che quando, due giorni dopo, il buon Biagio si appoggia al bancone accompagnato dal fratello Gianni, mi fa quasi impressione.

"Minchia, va' come ti ha combinato, quel gorilla..." esclamo a mezza voce, onestamente dispiaciuto. L'occhio sinistro gonfio e violaceo, ecchimosi varie sbattute a caso sul suo grugno belloccio e tanto ferro in bocca.

"Gli ha fratturato la mandibola, guarda" esordisce suo fratello Gianni. "Perché guarisca, gli tocca tenere 'sto canchero di apparecchiatura che gli serra la mascella, finché le ossa non si risaldano."

"E come fa a nutrirsi?"

"Con la cannuccia. Può mangiare solo roba liquida, frullata o centrifugata... Una rottura di palle che non ti dico." Biagio gli fa da eco con qualche grugnito.

"Non riesci manco a parlare?" gli domando. Il malmenato mi risponde con altri grugniti e un'alzata di spalle.

"Certo che questo tale moroso della Giusy dev'essere un bel pezzo di merda. Per una stronzata ti è saltato addosso ed è uno che sa menare, che fa male, intendo."

Biagio annuisce, mentre Gianni si allunga per avvicinarsi alle mie orecchie.

"Proprio per questo abbiamo deciso di fargliela pagare!"

"Organizzate una spedizione punitiva?"

"Proprio così" bisbiglia Gianni, e aggiunge "Sappiamo dove andarlo a pescare, abbiamo organizzato il movimento per stasera. A che ora stacchi?"

La domanda mi coglie impreparato, fermi tutti, sento puzza di bruciato.

"Che c'entra, Gianni?"

"Ci manca gente, dobbiamo essere almeno una decina per..." lo interrompo.

"Aspetta, bello... Non è che stai organizzando una partita di calcio, non mi tirare in mezzo. Mi sa che hai sbagliato domicilio, io non sono un tipo da risse. Mettere le mani in faccia alla gente non mi è mai piaciuto, dovresti saperlo. Cristo, nemmeno lo conosco, il tizio, perché dovrei mettermi nei casini?"

"Ché, c'hai paura?" incalza Gianni. "È proprio vero che gli amici si vedono nel momento del bisogno... Biagio è stato gonfiato proprio davanti a questo bar. Io, Tony e Dome pure le abbiamo prese da quegli sfigati e mo' tu ci molli a tutti quanti siamo? Ma che amico sei?"

Gli Oldani mi guardano come se fossi il traditore della patria. Sono stato appena investito del ruolo di amico quando invece la nostra frequentazione è solo sporadica e, in definitiva, relativa al mero rapporto di simpatia che a volte si instaura nella relazione barista-cliente abituale. In ogni caso, il solo fatto che la mia mitezza possa venire scambiata per vigliaccheria, ottiene il risultato di fare impennare l'orgoglio machista che alberga in me, come in ogni buon proletario di borgata, così decido di fare parte della posse che a breve prenderà a mazzate il bullo della Giusy e tutta la sua corte.

Soddisfatti, i due fratelli cambiano atteggiamento. Le pacche sulle spalle e gli attestati di stima imperitura si sprecano. Mi danno appuntamento a più tardi, voltano le chiappe e, con passo spedito, sfilano oltre la soglia.

Alle dieci di sera mi sto chiedendo chi me l'abbia fatto fare, mentre vengo scarrozzato sulla traballante Visa di Elmo, che con Nano e Tony si passano un cannone tale che farebbe l'invidia di qualsiasi rasta. Tony lo porge anche a me.

"Naaa. Non fumo, ragazzi, non ve la prendete ma non è cosa mia."

"Prova a fare un tiro, almeno... Vedrai che ti piacerà, dài" tenta di convincermi il biondo Tony, che è un ragazzo allegro e a modino, con l'unico difetto di tifare per i gobbi. Declino l'invito, sorride e cede lo spinello a Elmo.

"Gli Oldani ci stanno sempre dietro?" domanda Nano al conducente.

"Incollati al culo, tranquillo" gli risponde Elmo, più concentrato sulla canna che sulla guida.

Costeggiamo il parco di Trenno, avvolto dalle tenebre, e sorpassiamo velocemente il cimitero di guerra inglese, con le sue croci bianche che baluginano spettrali. Raggiunto il margine del borgo di Trenno, parcheggiamo e ci raduniamo tutti e nove. Gianni Oldani prende la parola.

"Bene, ci siamo. State attenti, ragazzi, che questi stronzi del Gallaratese sono gente tosta. Dobbiamo coglierli di sorpresa e mazzolarli in battuta, prima che capiscano che minchia succede, okay?"

"In quanti sono?" chiede un rosso dalla folta criniera, che non ho mai visto prima in vita mia. Ce lo chiediamo tutti, più o meno, perché prima della battaglia si cercano certezze e l'adrenalina inizia a entrare in circolo.

"Un vero Apache non conta mai i nemici" si intromette Dome, che tra bamba e rhum, è già bello pieno.

"Che cazzo vuol dire?" gli chiede il rosso.

"È una frase di Giromino" risponde Dome, con voce pastosa.

"E chi è 'sto tizio?"

"Il capo indiano, no? Di storia non sai proprio niente di niente, bello?"

"Ma va' a farti un giro, ciucco di 'sta cippa" gli rigetta contro il rosso.

Gli occhi spiritati di Dome sono il preludio alla sua reazione violenta. Al grido di battaglia di "Pel di carota di merda!" si scaglia contro il rosso.

Nel secondo netto che ci mettiamo per placcarlo, Dome ha già colpito con una violenta testata il poveraccio dai capelli fulvi, che stramazza al suolo coprendosi il viso con le mani. Lo blocchiamo in tre: io, Elmo e Gianni Oldani. Nano se la ghigna, Biagio Oldani si tiene in disparte, caso mai arrivasse da destra o manca un cazzotto dalle parti del suo muso, completando l'opera del pugile rivale. Tony e il compare del rosso, un cicciabomba brufoloso che mi dicono dal coltello facile, sollevano il ferito, che butta sangue dal naso come una fontana e stramaledice il suo aggressore.

"Sei uno stronzo, questa la paghi, te lo dico io!" ringhia il brufoloso.

"Vieni qua a dirlo, trippone di merda. Ti faccio un culo tale che due sedie non basteranno a contenerlo!" gli rimanda Dome.

"State calmi, porca troia!" grida Gianni.

"È Flippo trippo che provoca, Gianni" reclama Dome, sempre più esagitato.

"Io, provoco? Siamo qua per menare quattro minchioni di via Cilea e tu, grossa testa di cazzo, metti le mani addosso a uno di noi? Allora sai che ti dico? Vatteli a pestare tu, io me ne torno a casa."

"Aspetta, Ricky, non precipitare le cose. Hai dato la tua parola..." tenta di ammansire il grassone, Gianni Oldani.

"Mi spiace, Gianni, tu non c'entri, ma con quel bastardo non ci voglio più avere a che fare" risponde l'opulento Ricky con decisione.

"Chi sarebbe il bastardo, faccia da culo? Con te non finisce qui, lo sai, vero? Ti vengo a prendere e ti gonfio peggio di come sei."

Per tutta risposta, Ricky fa balenare il coltello a serramanico a una spanna dalla gola di Dome. "Ti aspetto quando vuoi, coglione"; poi, rivolgendosi ai fratelli Oldani, seguita "Non andrete lontano, se vi trascinate appresso dei balordi come questo. Noi vi molliamo, voi fate un po' come vi pare." Poi ci squadra tutti come per misurarci. Elmo fa un cenno di assenso, gli Oldani non sanno che pesci pigliare, comunque tranne Dome siamo tutti convinti che Ricky abbia completamente ragione. Inteso ciò, il grassone e il rosso sanguinante si dileguano nelle brume della notte.

"Beh!" rompe il ghiaccio Gianni Oldani, "Siamo restati in sette, a quanto pare... Come i Magnifici sette!"

"Oppure come i sette nani" replico, con un impercettibile sorriso.

Nano mi indirizza un vaffanculo carico di rabbia, perché immagina che lo stia prendendo per il sedere. Tony invita tutta la bella gente a darsi una calmata e Biagio bofonchia qualche intraducibile gorgoglìo dalle fessure dentali.

"Quando la finite di fare gli stronzi possiamo andare a cercare quei cornuti del Gallaratese... Magari gli insulti e le sberle è meglio tenerli per loro." L'inciso di Gianni Oldani ci vede concordi e ci addentriamo nei viali dell'oscuro parco.

Ora, il lettore deve sapere che l'attività notturna, al Trenno, è assai differente da quella del giorno, sebbene egualmente frenetica. Alla luce del sole, questo fazzoletto di verde è il regno di maratoneti, ciclisti, vetusti raccoglitori di cicorie e funghi prataioli, nonché, soprattutto, campo di disfida per masnade di calciatori dilettanti che ne scotennano il manto erboso durante infinite e metodiche tenzoni.

Quando calano le tenebre, però, il parco si anima di spacciatori, tossici, gruppi di giovani dediti all'hashish che fanno joint seduti in circolo e delle immancabili prostitute ai bordi della strada (generalmente in corrispondenza dei parcheggi). In codesto ambientino si muove la pattuglia di belligeranti, messisi a caccia del fantomatico boxeur e delle sue diaboliche schiere.

"Oh, ragazzi, mi sa tanto che il tipo stanotte ha dato buca" segnala Elmo, come se fosse l'unico provvisto d'occhi.

"Eppure deve trovarsi da queste parti, l'informazione è certa... Quel pugile fallito spaccia sicuramente in questa zona" dice Tony, grattandosi la corona di riccioli dorati.

"È uno spacciatore? Come fai a saperlo?" chiede solerte Gianni Oldani.

"Me lo sono fatto dire dalla Giusy", replica Tony.

Gianni Oldani non ci sta dentro e gesticola come un animale. "Allora stiamo freschi! Sei cretino, o cosa? Ma ti pare che la demente ti abbia spifferato come acchiappare a randellate il suo moroso? Grazie al cazzo, che non lo troviamo... Sarà a mille miglia da qui, che se la ghigna come una iena pensando a noi che sgambettiamo avanti e indietro come dei ciula."

Noialtri annuiamo, ma Tony ribatte con risolutezza. "Vi assicuro che la Giusy mi ha detto la verità, la conosco bene. Ha un debole per me e ogni tanto me la limono. Tra l'altro si è rotta le palle di stare con quel grezzone, me l'ha detto chiaro e tondo: vuole mettersi con me, figuratevi."

"Tu con la Giusy?" risponde Gianni.

"Magari ha cominciato a farsi pure lei. Chi va con lo zoppo..." aggiungo.

"Embè? Io con la Giusy, vi pare strano? C'ha due gambe e due tette come le altre" replica stizzito Tony.

"Se è per questo ha pure mezzo cervello" dice Nano, facendosi eco col suo insopportabile ghigno da roditore.

"Perché, tu ce l'hai intero? Sta attento a come parli, tappo!" replica, irato, Tony.

"Oh, merda, ti sprechi a difendere quella bocchinara? Te la rompo, quella faccia da fighetto che c'hai." Così dicendo, pardon... urlando, Nano si addossa al biondo e i due iniziano a spingersi e a mimare sganassoni, mischiando rabbie e paure reciproche. La mischia viene risolta grazie all'intervento solerte del solito gruppo vacanze.

Dopo avere cercato la nostra preda anche sotto i sassi senza alcun successo, in un periodo di tempo durante il quale i battibecchi tra i ragazzi si sono succeduti in sporadiche fiammate, come capita ai focolai spenti malamente, rimugino sugli eventi surreali che stanno sfaldando il nostro manipolo di vendicatori e noto dell'animazione intorno a un drago verde — così chiamiamo le fontanelle comunali, da queste parti. Faccio presente agli altri che sarebbe tempo di smettere il nostro girare a vuoto e chiedere informazioni, rammentando che un certo Ulisse girellò vent'anni, prima di arrivare al dunque. Gli Oldani sono dell'idea. Ci avviciniamo al crocchio. I tre elementi che stazionano intorno alla fontanella farebbero la loro porca figura in un film di zombi... Sono eroinomani disastrati che barcollano senza posa, con espressioni perse in altre galassie, la pelle grinzosa e quel che rimane della dentatura, guasta. Tuttavia, da quello messo meno peggio, ricaviamo delucidazioni riguardo il branco del Gallaratese.

"Grazie, bello, vai pure a bucarti, va' e goditi il viaggio" gli fa Nano, prima di riprendere la marcia.

"Che, c'avete moneta?" domanda di rimando il tossico. Nessuno replica, siamo già per strada massicci e incazzati.

"Eccoli laggiù" sibila Tony, indicando un capannello di figure scure. Troppe, a mio parere. "Stategia di attacco?" chiede agli Oldani.

"Lascia fare, hai visto quanti sono? Se ci prendiamo con quelli, finiamo in ospedale tutti quanti siamo. Lumiamo se c'è il nostro eroe, innanzi tutto" risponde Gianni e dal tono esitante intuisco che sta pregando la madonna perché il pugile sia da tutt'altra parte.

Abbiamo avuto culo, non c'è! Sono una decina di sciammannati di Trenno e via Cilea, e immagino si stiano massacrando di canne già da un pezzo, perché appaiono completamente anestetizzati. Del gruppo fanno parte i due compari del nostro ricercato, che riconoscono in battuta sia gli Oldani che Dome e Tony.

“Bè, che volete, cercate guai?” esordisce uno del paio, con voce impastata.

Ma gli occhi golosi dei miei compagni sono irrimediabilmente attratti dal cannone ben rollato che quei giovani si stanno passando. Il tizio che aveva parlato sgama la situazione e passa la paglia a Gianni, il quale aspira con voluttà per poi esclamare soddisfatto “Buona!” e passa la canna a Dome.

“Fumiamoci ’sto calumet della pace. Salute, gente” dice amichevolmente Dome. Lo spinello gira tra i ragazzi e prima che sia finito ne è stato rollato un altro. Ormai è fatta, i due gruppi si sono uniti tra un “Mica male, voi di Baggio” e un “Voi del Gallaratese, sì che siete brava gente.” Cazzeggeranno, rideranno e fumeranno per buona parte della notte, anche Biagio Oldani ha trovato uno spiraglio dal quale inalare bamba. Li lascio al loro joint, metto un passo avanti all’altro e prendo la via di casa, pensando a un capo Apache chiamato Giromino.

QUEI TIPACCI DELLA NARCOTICI

Se fossimo in una bisca, di quelle delle pellicole sui gangster, avrei gorgheggiato con voce roca il fatidico "Piove!" Nella realtà di Baggio, dalla saletta qualche buontempone sicuramente mi avrebbe consigliato al massimo di aprire l'ombrello. Per questo semplice fatto mi limito quindi a esclamare con voce tonante "Arriva la madama!" In questo frangente, l'istinto di sopravvivenza dei giocatori d'azzardo raggiunge l'apice. La velocità e la destrezza con la quale fanno scomparire fiches, mazzi di carte e rotoli di banconote riesce ancora oggi a sorprendermi. Da standing ovation, poi, sono le espressioni candide e innocenti che assumono, mentre tra la densa coltre del fumo di troppe sigarette ancora rimbomba l'eco dell'ultima bestemmia.

Quelli che entrano nel bar con aria da ganassa sono sbirri in borghese e non hanno speranza di passare inosservati, perché il fiuto della ligéra non lascia scampo. A dirla tutta, non ci vuole una scienza... I nostri sgraditi ospiti sono agghindati tanto vistosamente che un carabiniere in alta uniforme, al confronto, è un camaleonte. Solitamente portano capelli lunghi alla spalla, occhiali a specchio Ray Ban e indossano camicie con fantasie vivaci, gilet obbligatoriamente sbottonati per imboscare meglio il ferro, blue jeans sdruciti e, dulcis in fundo, dal collo gli pendono catenazze di alto tonnellaggio o medaglioni grossi come michette. I due compari che ci fanno compagnia stasera devono appartenere alla squadra antidroga. Distinguo le grinte dietro le lenti griffate e il nervosismo combattuto dallo spasmodico lavorìo delle loro mandibole, perennemente alle prese con un bolo di chewing gum della Brooklyn, che fa tanto americano. Naturalmente scordatevi che ordinino almeno uno straccio di caffè, perché un madama in servizio non trangugia nulla nemmeno sotto tortura e se abbozzi un saluto tirato, ancorché affabile, ti rimbalzano come se fossi più invisibile di Garabombo. È gente che si fa le pippe guardando Serpico o Starsky & Hutch, hai voglia a suggerirgli che, in quanto ad abbigliamento, sono fermi alla moda dei polizieschi anni '70. Sono convinto che anche in quanto agli atteggiamenti Hollywood abbia fatto scuola, così me li immagino davanti allo specchio, nei cessi di qualche cadente commissariato di periferia, occupati a provare le pose da duri e magari a recitare dialoghi celebri tratti da polizieschi cult.

Appena la coppia di piedipiatti appare dalla soglia del bar, dicevo, il più grezzo del paio, una specie d'orso con folta barba e orecchino ad anello al lobo destro, si accosta alla parete attigua alla saletta e, ruminando il bolo di cui sopra, ci fa la radiografia ostentando falsa indolenza. L'altro, smilzo e deciso, si fionda in saletta, per vedere che aria tira. Resta deluso, questo è chiaro. Immaginava di trovare chissà quali lupi, invece ai tavoli da gioco belano immacolati agnellini.

I ragazzi in saletta, che fossero seduti al tavolo verde o in piedi nelle versioni "col bicchiere in mano" e "con la sigaretta in bocca", sembrano statue di sale.

Dal tavolo d'angolo Cip sussurra all'indirizzo di Nerone "Pensa se un giorno tua figlia ti porta in casa un elemento del genere, eh?"

"Ci deve solo provare, con un calcio in culo sbatto fuori dalla porta lei e lo scimmione. Comunque sta tranquillo che in casa mia gli sbirri non ci entrano" replica Nerone con un filo di voce.

"Meglio sbirro che milanista" si intromette Buttafuoco.

"Col culo che ha, suo genero sarà sbirro e milanista" ridacchia Cip.

"Me la stai mandando? Va' a cagare tu e Ciop!" risponde Nerone rivolto ai due mattacchioni, più divertito che risentito. Poi prosegue sbuffando: "Ma non si leva più dai piedi, 'sto rompipalle?"

In verità, il nomignolo Cip non deriva dal buffo scoiattolo dei cartoons Disney, ma dalla sua peculiarità pokeristica di favorire tale strategia di gioco. A furia di chiamare il "cip", un giorno presero a nominarlo in questa maniera e, che ve lo dico a fare, quando un soprannome è affibbiato, tale resta, questo è innegabile.

Lo smilzo affetta la sala col suo passo svelto e dondolante, raggiunge il bagno, agguanta la maniglia della porta e prova ad aprirla. Chiusa a chiave. La luce all'interno è spenta. Una voce biascica "Occupato!"

Lo sbirro dardeggia gli astanti con occhiate nervose, il dilemma è amletico: sfondare la porta, facendo magari una magra figura, o aspettare che l'occupante il cesso ne fuoriesca? Trascorrono solo pochi secondi, mentre lo smilzo si arrovella, l'orso gli fa un cenno, come a dire: ehmbé? Lo smilzo allora si scuote e bussa all'imposta. "Ne hai per molto?" Per tutta risposta, si ode tirare lo sciacquone. Qualche zanza trattiene a stento un risolino beffeggiatore e finalmente lo sbirro mangia la foglia.

"Apri questa cazzo di porta!" ulula sorprendendo tutti con un timbro baritonale che ci saremmo aspettati provenire piuttosto dal diaframma del suo compare. "Se non apri subito la porta, la sfondo" prosegue lo smilzo.

"Oh! Vacci piano, amico, che quella è roba mia!" si intromette Saverio. L'orso lo placca e gli mostra il tesserino.

"E che, non si era capito che siete poliziotti? Questo non significa che potete andare in giro a sfasciare le porte dei cessi degli onesti cittadini. Se aspettate un secondo, c'ho il doppione nel retro."

Come se gli avesse detto "Prego, avanti, spaccate pure", lo smilzo attacca l'uscio a calci. Saverio a denti stretti gli lancia un "Mannaggia a chi t'è muort'", ma sotto la tutela del corpacciuto agente in borghese, non può far altro che lanciare improperi sottovoce. Gli zanza si danno di gomito e grugniscono soddisfatti per lo spettacolo e alla quinta o sesta pedata, la serratura viene divelta.

"Mani in alto, polizia!" ringhia lo smilzo, sfoderando il revolver d'ordinanza e cercando a tastoni la presa della luce. Pigia il tasto, e luce fu!

Angelo Cusimano, che potrebbe sembrare il cugino brutto di Diego Abatantuono, è all'inpiedi sulla tazza, con la gamba sinistra zuppa fino al ginocchio, rivolto verso la finestra aperta. L'espressione corrucciata, tale e quale a un cane bastonato, palesa il suo sentirsi in trappola.

"Cosa stai combinando... Ti lavi i piedi?" esclama lo sbirro.

"Stavo facendo i miei bisogni, se mi è permesso" risponde nervosamente Cusimano, tentando un bluff assai puerile.

"Al buio, naturalmente" replica ironicamente lo sbirro, infilando l'arma nella fondina, sotto l'ascella.

"Uno cerca un po' d'intimità almeno quando caga, capo."

"E per centrare meglio il buco te ne stai appollaiato come un gufo sopra la tazza del cesso? Fuori da qui, fammi il piacere. Trovati una sedia e posaci le chiappe."

Nel contempo il secondo sbirro in borghese volteggia tra la varia umanità e si fionda nel bagno, a caccia di un qualche indizio. Alla stregua di un segugio scruta, usma e raspa ogni fottuto angolo della toilette, poi confabula col suo compare e, come si suol dire, prende la porta.

"Dove cazzo va?" mormora Stufa all'orecchio di Cusimano.

"Sicuro come la morte che ha in mente di allertare qualche pattuglia di cornuti. Stasera mi fanno, va' tranquillo."

Stufa squadra il baffo dagli occhi acquosi e già lo figura al gabbio, un'altra volta.

Il brusio nella saletta si spegne pochi minuti dopo, quando le orecchie dei presenti sono colpite dai lancinanti acuti delle sirene di un paio di Alfa 33 biancazzurre con la scritta "polizia" sulle fiancate. Gli sbirri fuoriescono dagli abitacoli, fanno il loro ingresso nel bar e cominciano a chiedere i documenti a tutti, senza manco augurare prima la buonasera. Saverio gli mostra quel che resta di una carta d'identità e domanda alterato se qualcuno conosca il prezzo, anche a spanne, di una serratura compresa d'infisso, ché il contribuente non ci deve smenare a causa dell'irruenza di qualche mitomane scimmiottante i telefilm americani, che alla fine della fiera qua stiamo a Baggio, mica sulle strade della California. Come da copione io sono smontato dal bancone non appena ho udito avvicinarsi le gazzelle, in modo da evitare grane al mio datore di lavoro, in quanto banconista in nero, per di più detentore di libretto sanitario scaduto ormai da qualche tempo. Quando mostro il mio documento a un agente alto e col pizzetto da moschettiere, sono seduto al tavolino accostato ai videogiochi. Intanto Angelo Cusimano battezza l'arrivo della madama come l'apice della sua sventura.

Mentre scruta lo smilzo in borghese confabulare col comandante i poliziotti in divisa, un tomo dalla grinta da mastino i cui tre baffi rossi sulle spalline qualificano senza ombra di dubbio come "Assistente capo", quel povero diavolo di Cusimano si gratta le tempie tentando di ricostruire gli ultimi avvenimenti, partendo dall'istante in cui mi sono sgolato per avvertire l'allegra brigata dell'avvento dei piedipiatti. Ricorda il brivido lungo la schiena, il suo glissare in bagno, nella speranza di passare inosservato e lo scoramento al constatare che la maniglia della porta veniva abbassata, che un pugno percuotesse l'uscio. A questo punto l'istinto ha preso il sopravvento, il tristo baffo ha raccolto della tasca della giacca i minuscoli involti di stagnola e li ha gettati nella tazza del cesso, tirando in seguito lo sciacquone. Nel contempo ha aperto la finestra per fuggire, si è eretto sul water ed è scivolato, inzuppandosi la gamba e smadonnando tra i denti peggio del tizio che andava a Rogoredo. Infine rammenta la porta sfondata e il faccia a faccia con la canna della pistola. Improvviso: il flash! "Porca puttana!" pensa Cusimano, fattosi di un pallido cadaverico tutto insieme. "I cartocci... Sta a vedere che quella stagnola della maledetta minchia non è andata giù, nel tubo del cesso? Cristo, se beccano la coca, stasera finisce che mi sdraio su una fetida branda, dietro le sbarre."

Con lo sguardo della sconfitta dipinto in faccia, Cusimano fissa l'agente che esce dal bagno maneggiando un sacchetto di plastica trasparente, entro il quale sberluccica un simpatico trio di piccoli involucri ovali.

"Fottuto!" pensa l'omaccione riccioluto soppesando l'espressione severa di quel figlio di buonadonna coi baffetti rossi sulle spalline.

"Che cos'è, cosa hanno trovato?" domanda con un alito di voce Vito la Mamma al suo vicino di sedia.

"Be', Vito... Hai due fondi di bottiglia piantati sul naso e non hai visto cosa contiene quella busta, non hai visto?" gli ritorna Pascià, affatto sardonico.

"Che ti posso dire? Può essere che metto gli occhiali apposta per non vederti."

Pascià abbozza un sorriso, poi volta lo sguardo in direzione di Cusimano.

L'uomo dalla gamba inzaccherata fissa un punto indefinito, anche quando viene avvicinato dall'Assistente capo.

"Mi sente? Le ho chiesto di alzarsi e seguirci in centrale, per accertamenti."

Drizzandosi in piedi, Cusimano fa spallucce e strizza l'occhio a Stufa, che contrae i muscoli della mascella e ricambia il saluto con un cenno del capo. Il chiacchiericcio dei presenti si smorza, quando Angelo Cusimano impassibile e solenne, dall'alto del suo metro e sessantasette sfila circondato dagli agenti, quasi fossero la sua guardia d'onore. Percorrendo il vano bar antistante la saletta, Cusimano fissa Saverio per un istante e borbotta "Ho idea che la consumazione te la pago poi..."

Il mio capo sospira e replica "Lascia stare, offre la casa."

IL PREDATORE

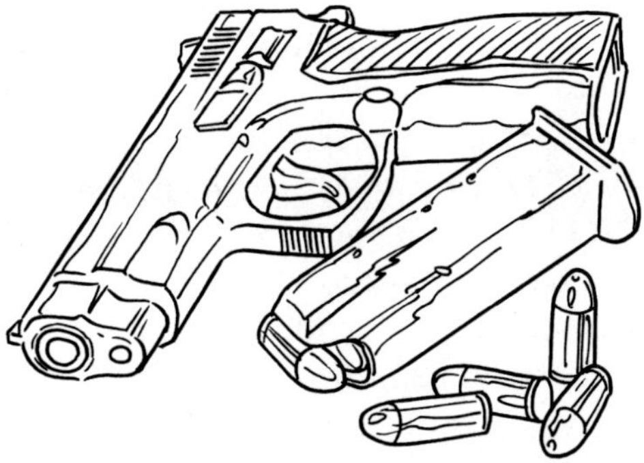

Vi sembrerà strano, ma dai camion dei dintorni di Milano cade un sacco di mercanzia. Fatto ancora più singolare, buona parte di quel ben di Dio di riffa o di raffa finisce per passare dal bar di Baggio nel quale lavoro. Le merci sono delle più svariate: autoradio, felpe, occhiali da sole griffati, partite di salumi e formaggi... Quest'inverno, oltremodo rigido, come la manna dal cielo sono cascati a decine i giacconi di renna imbottiti che vanno tanto di moda. Colui che li smercia, a prezzi stracciati, è l'infaticabile Maurone, un uomo che se solo avesse avuto voglia di lavorare, sarebbe stato in grado di dare dello sfaticato pure a un tipetto come Stakanov. Fortunatamente, quand'era bambino, Maurone cadde nel paiolo della saggezza e, una volta fattosi adulto, decise che a sporcarsi le mani fossero genti meno estrose di lui. In un clima ilare, gli zanza in saletta hanno mollato le carte per provare uno o più capi. Infagottati nei morbidi indumenti di pelle, si atteggiano, alzano baveri, sbottonano per poi riabbottonare, infine allungano banconote da centomila e diventano proprietari delle bucce trattate di renne, probabilmente stoccate non lontano dalle terre contaminate della regione di Chernobyl.

"È il caso di preparare la cassetta delle mance natalizie, collega" mi dice Davide, eccitato alla vista di tanto via vai di denaro. "A quella gente girano i soldi facili, vedrai che tredicesima ci facciamo, Tino."

"Infatti, mi stavo chiedendo che stiamo aspettando. Da quando abbiamo bruciato l'affare delle sigarette non becchiamo più un extra... è vero che mancano ancora tre settimane al Natale, ma prima cominciamo a raccattare fogli della zecca, meglio è" rispondo.

"Certo che siamo stati proprio due babbi, eh?"

"Vito la Mamma direbbe: *Cosa fatta, capo ha!* Pazienza, viviamo lo stesso. Stasera la preparo, la cassetta. Ho già in mente un disegno di quelli giusti e chiudo il discorso." Il mio socio si avvia in saletta soddisfatto, con due grappe sul vassoio.

A volte l'avidità gioca brutti tiri e a ripensarci mi girano ancora le pelotas. La storia delle sigarette? Presto detto. Il martedì la tabaccheria — l'unica dei dintorni, intendo — è chiusa per il turno di riposo e capita spesso che i giocatori incalliti, quando restano a secco di bionde, fanno segno ai ragazzetti ammassati intorno ai videogiochi, gli posano uno scudo in mano e gli chiedono la cortesia di procurargli un pacchetto di Marlboro o di Philip Morris, resto mancia. I ragazzetti filano a razzo e in capo a venti minuti ricompaiono gongolanti con le sigarette, consci di essersi guadagnati un pomeriggio di partite di Double Dragon o Super Mario. E qui scatta il business... Ho dato una voce a Davide e gli ho proposto di investire mezza gamba a testa: l'idea era di acquistare alcune stecche di sigarette e stiparle nel retro, pronte alla bisogna. Per ottenere un maggiore margine di ricavo, ci siamo riforniti da un rivenditore di sigarette di contrabbando, pagandole ventimila lire a stecca, a fronte delle trentacinque cadauna per quelle originali. Il nostro primo cliente è stato Clod, un giocatore d'azzardo sui quaranta, belloccio, vestito sempre elegantemente e tanto gentile da non fiatare quando mi sono presentato con un pacchetto tarocco di Merit. Piuttosto che niente, se le è fatte andare bene. Il secondo acquirente, Cupone, a mo' di battuta ha reagito dicendo: "È la volta che smetto di fumare. 'Sti ciocchi di legno li fabbricano per i turchi e gli slavi, mica per gli esseri umani!"

Peggio è capitato la volta successiva, quando Nerone si è tirato su dal tavolo da gioco e ha sbattuto sul grugno di Davide il pacchetto delle Marlboro, esclamando ad alta voce "Che ti credi, che sto al mondo a farmi prendere per il culo da uno sbarbato? Con cinquemila lire ci compro quasi due pacchetti di quelle buone, questo schifo lo fumano i terroni e i morti di fame. Sta tranquillo che con me hai chiuso, dillo pure al tuo socio quattrocchi."

Quello è stato l'epilogo del nostro commercio di contrabbando. I giocatori sono tornati a utilizzare i ragazzetti come fattorini, mentre io e il mio socio siamo rimasti coi cocci in mano, dovendoci sorbire il carico della ramanzina di Saverio, tesa a insegnarci l'arte del commercio. La lezione, comunque, l'ho recepita: se vuoi serbarti un buon cliente, rispettalo e comportati correttamente.

Smetto di pensare allo sciagurato affare, quando m'accorgo che il tizio appena entrato e che si avvicina al bancone è una vecchia conoscenza... Zago! Mi squadra coi suoi fanali imperscrutabili e mi pare di sfogliare i cartoncini delle probabilità del Monopoli... Sarà in buona o in vena di rompere i maroni?

"Beh, Zago. Come ti va?" butto lì, giusto per rompere il ghiaccio. Lui risponde con un'alzata di spalle, che è già qualcosa.

"È un po' che non ti si vede."

"Sono stato in vacanza" mi risponde, portando una mano con le dita aperte sul viso, a significare le sbarre della cella.

"Bevi qualcosa?"

"Devi offrire tu, io sono stirato."

"Regolare. Cosa prendi?"

"Glen. Liscio."

"Direi. Col freddo che c'è fuori, figurarsi se uno desidera i cubetti anche nei drink." Zago non ride della mia battuta, mi domanda se alle volte non abbia visto aggirarsi il muso di Cusimano, o quantomeno di Pez, e quando replico dicendo che Angelo Cusimano si è fatto fregare da qualche tempo e che il secondo è in saletta — anzi, dovrei dire atelier, dal momento che sono più i clienti di Maurone, al momento, che i giocatori d'azzardo — butta giù d'un fiato il liquore e vi si incammina. Zago lo conosco da quando ero pischello, abitava con la sua famiglia nella scala appresso alla mia ed è sempre stato una testa di cazzo. Faceva gruppo con quelli che io e i miei amici definivamo "i grandi"; per via dell'età, mica per altro.

Zago si apparta con Pez, per quanto sia possibile in un ambiente relativamente piccolo e affollato e, dopo avere ordinato un paio di whisky, il trentottenne dal corpo segnato da droga, risse e troppa galera, arriva al punto.

"Questa è l'ultima volta, Pez... Sono nella merda, davvero! Se non mi aiuti tu, non so proprio come fare. Sono uscito stamattina da San Vittore e quella vecchia stronza non mi ha fatto manco entrare in casa."

"E io che c'entro... Devo farle la serenata, a tua madre? Che, mi devo vestire da prete e convincerla a riprendere in casa la pecorella smarrita?"

"Non scherzare. Ho bisogno di soldi, e un po' di roba, anche... Per rimettermi in sesto, capisci? Non hai un lavoro per me?"

"Non è aria, Zago, hai combinato troppi casini. Offrirti uno sgobbo è rischioso, già ne avevamo parlato prima che ti facessi beccare, l'ultima volta. Ero stato chiaro, mi sembra, no?"

"Che cazzo, le cose cambiano... Sono passati quasi tre anni. Possibile che..."

Arrivano gli whisky, Pez sorseggia il suo e giochicchia col tumble, mentre il suo interlocutore svuota il bicchiere, godendo rudemente dell'istante in cui il liquore gli avvampa la gola.

"La risposta resta no, ragazzo. Sei bruciato, sai come funziona." Così dicendo, Pez si alza e torna a provarsi le giacche di renna.

Zago lo fissa col suo grugno da stupido, sbigottito e allo stesso tempo carico d'ira. Tracanna il contenuto residuo del bicchiere di Pez, poi si alza stancamente e mette un passo avanti all'altro, senza che alcuno si sforzi di accorgersi della sua presenza. Si avvicina a Pez e ringhia rabbiosamente: "Non puoi scaricarmi a questo modo, bello... Non te lo permetto!"

"Mi stai minacciando? Dimmi se devo spaventarmi, perché non l'ho capito" risponde piccato l'uomo stempiato e baffuto, coi muscoli facciali tesi.

Udendo volare parole grosse, la marmaglia presente si fa attenta e il vociare scema, gli sguardi indirizzati ai due questionanti.

"C'è qualche problema, Pez?" enuncia Maurone, avvicinandosi accigliato.

"Naaa, c'è solo un signore che mi saluta, prima di andarsene", dice Pez.

Il peso specifico del malandrino-buttafuori fa desistere Zago da qualsivoglia intento bellicoso. Dopo un'ultima occhiata di sfida si volta e tracima via.

Lo vedo uscire dal bar camminando come un automa, accompagnato solo dalla miseria della sua esistenza.

"Chi era quell'allegrone che è appena passato?" mi chiede Davide.

"Si chiama Zago, non lo conosci?"

"Non di persona. È una scheggia impazzita, o sbaglio?"

"Un vuoto a perdere bell'e buono, questo è sicuro" rispondo, osservando la sagoma maligna che si allontana.

Zago si gratta il mento, la barba è quasi di una settimana e inizia a prudere. Accende un cerino frizionandone la capocchia tra pollice e indice e accende una Camel, dalla quale tira ampie boccate. Gli piace la sensazione di bruciore interno che gli provoca la sigaretta, la stessa che ha provato con l'whisky, in precedenza. I suoi pensieri, di contrasto, sono cupi. Quando il gemente, amaro portone del carcere si è chiuso alle sue spalle, Zago ha seguitato a sentirsi parte del mondo che aveva appena lasciato, sebbene i volti dei suoi compagni di cella si andassero già facendo eterei. Giusto i ricordi, accompagnati da una sorta di nausea, per un secondo hanno preso il sopravvento. Così ha rammentato di quando finì di scontare la sua prima pena, al Beccaria, a diciassette anni. Un crocchio ululante di parenti e amici lo attendevano, pronti ad abbracciare il figliol prodigo. Nelle altre occasioni, le persone in attesa di rivederlo sputato in seno alla società civile si diradarono, finché non rimase che sua madre, la quale, silenziosa e rassegnata, scontava il peccato di averlo partorito.

Stavolta nemmeno lei era in attesa, in quel diaccio mattino. Zago era un uomo solo, ma lo considerava normale, è lo scotto da pagare quando nasci predatore. In fondo non è solo, il leopardo, nella savana?

Lo scalpiccìo delle sue suole lo riportano alla realtà. Bando al passato, c'è altro a cui badare, adesso. Non ha voglia di trascorrere la notte in uno scompartimento di qualche treno, buttato lì come un barbone tra i binari morti della Stazione centrale. L'ha già provato, ci fa un freddo boia. Sfondare la porta dietro la quale si è barricata sua madre è un'idea che ha declinato presto, è un fatto che sarebbe la maniera più elementare di venire preso per le orecchie e menato nuovamente in piazza Filangieri al due. Non di meno, il voltafaccia della genitrice l'ha colto impreparato, quasi fosse stato il più spregevole dei tradimenti.

L'ultimo appiglio è bussare all'uscio di Bruno. Facile che ci scappi qualcosa di simile a un letto e forse addirittura una pera, offerta gentilmente dalla casa.

Scarpinando in direzione del caseggiato color rosa pallido, Zago incontra parecchie facce familiari, ma nessuna illuminata dal sorriso dell'amicizia. Chi lo guarda torvo, chi volge lo sguardo altrove... Gli anziani lo scansano timorosi e un paio di nonnine, addirittura, artigliano con forza le borsette, serrandole sotto l'ascella.

"Mi porto dietro l'odore della galera, poco ma sicuro. Andate alla malora tutti quanti. In fondo avete ragione, siete le mie prede e da domani sarò pronto a fottervi alla grande!" pensa l'uomo, sprofondando le mani nelle tasche del macilento giaccone Schott, reso rigido dal lungo periodo di deposito.

Al bar, intanto, i dannati del bianchino hanno ordinato l'ennesimo giro.

Il pettegolezzo odierno riguarda per l'ennesima volta le corna che la moglie mette al Bèrgum col socio di quest'ultimo. Ormai i loro amplessi nel furgone della ditta sono stati sgamati da più di un paio d'occhi, finché la situazione non è fatalmente precipitata.

"Ieri sera sono volati i piatti, in casa loro!" balbetta Tremacùa.

"L'ho sentito dire anch'io. Botte da orbi, mannaggia... Uhè, roba da ambulanza. L'ha ammazzata di botte, la sua signora, poi è andato a cercare l'amante" risponde la fiatata alcolica del Mimmo.

"Se la femmina mia fosse puttana come la moglie del Bèrgum, l'ammazzassi veramente, con una coltellata in gola!" Butta fuori dalle corde vocali il biascicante Totò che, se fosse un serbatoio, da mo' straripererebbe benzina. Gli altri avvinazzati annuiscono gravemente, uniti dal mascolino sentimento della vendetta d'onore.

Davide si volta verso di me con una smorfia: "senti che concentrato di saggezza." "Non c'è che dire", gli rispondo, "il bello di far vecchi è proprio questo, felice di sapere che Siddartha ha fatto scuola pure a Baggio."

"E chi caspita è 'sto tizio? Ogni volta ti metti a fare il maestrino, con le tue citazioni stronze. Pensa alla cassetta delle mance, va'!" replica Davide, accigliato.

A mezzo chilometro da questo chiocciare, un campanello suona e una porta si socchiude. Lidia studia il volto da scimmione che le si presenta, poi strascica un saluto. "Zago! Sei di nuovo a piede libero? Certo che il gabbio non è che ti ha migliorato l'aspetto, hai una cera... Accomodati, vado a svegliare Bruno."

Mentre attende, stravaccato sul divano, l'ospite si guarda attorno e conviene che il caos di oggetti e stoviglie incrostate, gettati alla rinfusa per la stanza, gli rimandano una delle vomitate che insozzano di quando in quando i marciapiedi. Passano dieci minuti buoni, quando si intuiscono provenire dall'anticamera i passi incerti del padrone di casa, gli sgracchi e i vaffanculo, mi avete rotto il cazzo svegliandomi a quest'ora. Infine, Bruno appare sulla soglia della sala, sguardo stralunato, in canottiera grigia, calzoni con la patta sbottonata e ciabatte logore.

"Oh! E tu che ci fai, qui?" spiccica Bruno, accendendosi una sigaretta.

"Potresti offrirne una anche a un ex galeotto" dice Zago con un sorrisetto forzato, mentre richiude la rivista porno che stava sfogliando.

"Serviti" risponde Bruno, lanciandogli il pacchetto semivuoto. "Capace che vuoi pure una birra?"

"No. E dovresti evitarla anche tu. Quella roba ti gonfia la pancia, fratello."

"E le prediche mi gonfiano le palle, se è per questo. Quando sei uscito?"

"Sono fresco di giornata."

"Che cazzo vuoi, da me?" gli fa Bruno, tirando su col naso. Lidia annuisce.

"Un appoggio... Solo per stanotte."

"E...?"risponde Bruno, che ha capito l'antifona.

A Zago iniziano a fumare le orecchie. Cos'è 'sto atteggiamento ostile? Con Bruno non è l'amore della vita ma manco c'hanno avuto scazzi, fino adesso, si sono sempre rispettati. Ma da uno a dieci ci sa contare, quindi placa la rabbia crescente e tenta un approccio più accondiscendente di quanto non sia l'intenzione.

"Cristo, Bruno, devo spiegarlo a te? Normale che, dopo tre inverni dietro le sbarre, il sottoscritto abbia bisogno di tirare su la grana. Altrettanto papale è che sono senza mezzi, al momento... Né denaro, né un'arma decente per procurarmelo. Ho bisogno di tornare in pista al più presto ma sono messo male per quanto riguarda il tetto sulla testa e il ferro, per aprire le danze."

Bruno si aggiusta la criniera vaporosa, prende una sorsata di Amstel e tira le somme. In fondo è meglio fare un favore a 'sto rompitasche piuttosto che annoverarlo tra i nemici. "Se ti accontenti del divano..." Zago annuisce. Lidia no.

"Domattina, però, smammare. Siamo intesi? C'ho già i miei problemi, ultimamente."

"Regolare, Bruno. Ti ringrazio."

"Cioè, lo fai restare qui, Brù?" Esclama Lidia, contrariata.

"Posso farlo congelare come un baccalà?" rintuzza Bruno, guardandola storto. Lidia abbassa lo sguardo, preferendo abbozzare. Il suo uomo ha grosse mani nodose e lei ne ha già assaggiato la consistenza più di una volta. Bruno la soverchia già solo con lo sguardo. Sa di essere il padrone, porta a casa i dindi e la roba, se solo Lidia ce le avesse, si potrebbe dire che la tiene per le palle.

"Va' giù a comprare delle pizze, da brava."

"Con quali soldi?" risponde Lidia. Bruno le allunga una banconota da cinquanta ricordandole di restituire il resto. La donna si veste frettolosamente, infila la porta e ringhia un insulto tra i denti.

Rimasti soli, i due uomini possono parlare con franchezza. Bruno sa bene con quale bell'elemento si trovi ad avere a che fare, un cane rabbioso pronto a mordere la mano di chi l'aiuti. Quindi si limita a dargli delle dritte su come procurarsi le armi, tenendo cucita la bocca riguardo a fatti e persone che non gli competono, né aprendosi a confidenze. Zago, dal suo canto, subodora la barriera posta dal padrone di casa e si costringe a non passare il segno, tenendo a bada lingua e pensieri.

Dopo una notte agitata e insonne, durante la quale Zago ha studiato un grossolano piano d'azione, di buon mattino entra nel bar e ingloba caffè, un baby Glen e due brioches, pur senza avere manco una piotta. Alla fine della fiera mi dice di segnarlo sul libro dei conti, che salderà a breve.

"Il mio boss non sarà contento, bello."

"Vedi di essere gentile, che ti conviene. Scrivi su quel quaderno, non fare storie per uno scudo di merda, che già sono fuori dalle grazie, stamattina."

"Vabbè! Immagino siano cazzi di Saverio. Vedetevela voi, a me che me ne cala, alla fine?" replico senza scompormi.

Di buon passo, Zago raggiunge il caseggiato nel quale vive sua madre, sale le scale e raggiunge la porta col suo stesso cognome scritto maldestramente a penna sul campanello. Il borsone sportivo contenente gli averi dell'ex detenuto giace ancora a fianco della soglia. L'uomo suona più volte il campanello dal trillo gracidante, le folte sopracciglia aggrottate, l'ira dipinta in volto. "Apri, stronza bastarda!" pensa, mentre si accanisce coi pugni sulla porta affatto solida. Ci fosse pure qualche vicino di casa che assista alla scena dallo spioncino, sicuramente non si intromette nella vicenda, un po' per viltà, un po' per abitudine. Tuttavia, dopo un'ultima, insistita scampanellata, il familiare tintinnìo del mazzo di chiavi e gli scatti della serratura rilassano i lineamenti di Zago. La porta si apre lentamente e la minuta figura della genitrice, esangue e contrita, compare inerme come una vittima sacrificale.

"Finalmente, maledetta! Non fare più cazzate del genere o ti ritrovi col cranio fracassato e gettata in pasto ai cani. Mi hai fatto passare una giornata di merda, bel modo di trattare un povero cristo appena uscito di galera... Dovrei prenderti a schiaffi!" sbotta malignamente lo scimmione, sbattendo in terra il borsone e richiudendo il battente con altrettanta violenza.

"Non avrei dovuto aprirti, non te lo meriti. Ho pregato tanto che tu cambiassi, la Madonna mi è testimone" frigna la vecchia, carezzando l'apoteosi del kitsch, una Santa Vergine alta un paio di spanne, pittata da qualcuno chiaramente in acido e raffigurata con le mani al petto, il cuore estratto grondante sangue, con tanto di aureola spuntonita a corona del capo.

"Vabbè, le solite puttanate. Ho bisogno di soldi, muoviti."

"Soldi, sempre soldi, mi cerchi. Non ce n'è più, di soldi."

"Altra puttanata! Caccia fuori i quattrini, so che ce li hai. Sbrigati, scema, o ci penserò io a perquisire la casa e sarà peggio, perché spacco tutto."

La volontà della vecchia non ha tenuto che per qualche istante. L'espressione dello sguardo rivela fatalmente che ha perso la partita con se stessa ed è nuovamente sottomessa a quegli ottanta chili di carne cattiva che un giorno le furono recisi dal cordone ombelicale, sangue marcio del suo stesso sangue. Esita. Piange.

"Quanto ti serve?" mormora infine.

"Trecento... Meglio, quattrocentomila."

"Aspettami qua" conclude la donna, portandosi poi con passo pesante verso la camera da letto. Zago si trova solo nella sala da pranzo e ogni singolo oggetto gli rammenta il passato. I quadretti stinti raffiguranti tram sotto la neve o scorci dei navigli, i souvenir di gite lontane nel tempo, le stoviglie riposte con cura nella credenza e tra queste, la sua tazza preferita. L'uomo scaccia l'incalzante magone apostrofando ruvidamente la madre, "Allora, brutta strega, li stai fabbricando, 'sti quattro soldi del cavolo? Quanto ci metti?"

Per tutta risposta, l'anziana riemerge dalla semioscurità, protendendo un braccio pesante tonnellate, le banconote serrate nel pugno chiuso e tremante. Quel denaro estorto equivale allo sprofondare nella miseria fino al terminare del mese.

Mentre il figlio intasca il contante, la vecchia lo scruta con disperato affetto. L'attaccatura bassa dei capelli, che parte dalla metà della fronte, il naso a patata, rotto già prima dei vent'anni, le piccole cicatrici ai lati della bocca carnosa e del mento, che parlano di selvagge colluttazioni, l'amore filiale trascende in bello l'energumeno che raggela gli anziani per strada, tanto che gli getterebbe le braccia al collo, se solo non fosse sicura che lui la scanserebbe con un moto di schifo.

"Disfa la borsa e dà una lavata alla roba, che puzza di muffa. Adesso mi cambio ed esco, tornerò all'ora di pranzo... Avrò fame, quindi prepara qualcosa di sostanzioso. Non farmi trovare una minestrina del cazzo, che di sbobba in questi ultimi tre anni ne ho buttata giù tanta da averci la nausea. E dammi un mazzo di chiavi, prima che ti salti in mente un altro colpo di genio."

Impadronitosi delle chiavi, Zago si lava, si riveste e richiude l'uscio dell'appartamento dietro di sè. Un ghigno gli attraversa la faccia, nel pensare d'essere tornato in pista. La prima mossa consiste nel procurarsi un'arma, qualche grammo di roba e qualche anfetamina, dopo di che si prefigura la prima rapina. Cosa da poco, un colpo facile tanto per fare cassa. Il sole attenua appena il freddo della giornata rigida, quando Zago raggiunge il chiosco di fiori dello Zingaro. L'affilata figura del fiorista è intenta a confezionare una serie di mazzi misti composti da crisantemi multicolori e roselline con l'abilità acquisita in tre lustri del medesimo esercizio. I gesti, meccanici e precisi, sono tesi ad agghindare i bouquet con stagnola, cellophane e rafia. Dal labbro dello Zingaro pende un mozzicone, non più di un paio di tiri prima di giungere al filtro. Appena intuisce la sagoma di Zago si volta circospetto, perché i clienti che scottano lui li usma in battuta.

"Posso fare qualcosa per te?" enuncia Dimitri lo Zingaro.

"Possibile che c'hai rose per le mani?" ammicca Zago, al quale ha impostato il discorso Bruno, la sera precedente.

"Possibile. Gambo lungo o corto?" risponde lo Zingaro, che accenna un saluto abbassando lievemente il capo.

"Corto. Ne vorrei trentotto." Gambo corto, pistole. Gambo lungo, fucili a pompa e mitra.

"Certamente... Ci mettiamo qualcosa come guarnizione?"

"Quanto vengono a costare, guarnite?"

"Qual è il budget? Magari le rose sono troppo costose e si può ripiegare su altri tipi di fiori... Capisci il concetto?"

"Arrivo a trecentocinquanta. Sono abbastanza?" chiede Zago, che non conosce affatto le quotazioni di mercato delle semiautomatiche.

"Un po' strizzato, per le rose, infatti. Per quella cifra posso offrirti un vaso di petunie ben guarnito."

"Vada per le petunie, allora. Fammi una bella confezione" risponde Zago, leggermente contrariato. Avrebbe preferito un cannone più appariscente.

L'ex galeotto si allontana dal chiosco dopo un vago saluto, con la scatola bianca infiocchettata sottobraccio, contenente un vaso di petunie oltremodo costoso. In una classica striscia a fumetti, la sua persona sarebbe disegnata sovrastata da una fumata nera, di quelle che i carburatori di vetusti diesel scaricano solitamente ripartendo dai semafori. In qualche modo si ritiene truffato. Trecentocinquanta, 'sti cazzi, gli sembrano eccessivi, tanto più che l'acquisto è avvenuto al buio, mica con tanto di garanzia. Ma se lo Zingaro avesse tirato a incularlo, avrebbe compreso a sue spese di che pasta Zago sia fatto.

"Quel cornuto m'ha stirato... M'è rimasto giusto il costo di un paio di pippate, ma le anfetamine me le posso scordare. L'unica è colpire oggi stesso, domani al massimo. Male che vada faccio piazza pulita da mia madre, 'fanculo pure a lei. Una rapina comoda... Mi faccio una farmacia. Magari una di quelle più sfigate, ma verso l'orario di chiusura, quando la cassa è piena. Mi faccio dare pure un carico di pastiglioni, porca troia. Bene, non resta che scegliere la preda."

Tornato sui suoi passi, Zago si dirige in cantina. Ora, è bene che vi metta al corrente circa codesti vani, solitamente utilizzati dalla gente come depositi per conserve, attrezzi e oggetti delle più svariate genìe, inutilizzati o ritenuti ormai un ingombro non tanto inutile da meritare la discarica. Per taluni personaggi, questi locali assurgono a basi per attività quantomeno illecite. C'è chi utilizza la cantina per essiccare marijuana oppure stipare droga o refurtiva, chi parcheggia e contraffà motorini e biciclette sgraffignati. In una di queste, ammobiliata da uno scaffale di legno più marcio che stagionato, ricolmo di barattoli di vetro vuoti e da sedie malferme e assi di legno ricoperte da strati di polvere in età da soldato, Zago spacchetta la pianta e la getta nella scatola stessa assieme allo strato superficiale di terra. Sottostante, riparata da un involucro di plastica spessa, giace una Beretta calibro 3,65 con la matricola abrasa, due caricatori e una scatola di proiettili di marca Fiocchi da cinquanta pezzi.

"Be', alla fine non si presenta male, la bestia. Anche questi bei confettini devono fare un male bastardo. Bella, lucida e agile. Una signora pistola, non c'è che dire. Con questa berta mi lascio i problemi alle spalle..." commenta tra sè l'uomo, rivalutando in toto il venditore, mentre carica l'arma.

Nel primo pomeriggio Zago si procura la cocaina e individua la farmacia da rapinare. In seguito raggiunge il bar e ordina un Glen doppio.

"Che faccio, segno?" gli chiede Davide.

"Se hai imparato a scrivere..." replica lo scimmione, pacioso.

"Eravamo a scuola assieme?" rintuzza il mio collega, che non le manda mai a dire.

"In galera se un galletto alzasse la testa come fai tu si ritroverebbe pieno di lividi e col culo rotto" sciorina Zago immusonito, e prosegue: "Continua a fare lo splendido con il sottoscritto e finisce che ti aspetto in qualche angolo buio e ti levo quel sorrisetto stronzo dalla faccia a forza di calci. Segna e zitto, intesi?"

Davide deglutisce e posa lo sguardo su Saverio, silente fino a quel momento. Il boss raggiunge Zago con la sua camminata da star, si appoggia coi gomiti al bancone e sussurra frasi che restano tra la sua bocca e l'orecchio dell'ex galeotto.

Stizzito, lo scimmione butta giù d'un fiato l'whisky e leva il disturbo.

"Ma che gli hai detto?" domanda incredulo Davide a Saverio.

"Bah! Gli ho solo suggerito di chiamarmi, quando ti vorrà pestare, così l'aiuto a tenerti fermo... Perché devi imparare che a volte è meglio tenere la bocca chiusa."

Se credete a questa, poi ve ne racconto un'altra.

Uscito furente dal bar, Zago si imbatte in Lupo, più allucinato che mai.

"Ciao, lupetto, c'hai qualcosa per me? Per farmi un panino o un caffè, dài."

Per tutta risposta Zago gli appioppa un terribile manrovescio che lo fa barcollare.

"Beviti questo, pezzo di scemo!" gli indirizza in seguito, a brutto muso.

Lupo si massaggia la guancia e risponde smarrito: "Mi hai fatto male, sei arrabbiato, lupetto? Io non ti ho fatto niente, ce l'hai una sigaretta?"

"Porca vacca, che eri ritardato lo sapevo, ma tu il cervello te lo sei bevuto proprio, poco ma sicuro. Però puoi essermi utile. Fatti vivo al bar domattina intorno alle dieci, se ti va di mettere in tasca mezza gamba."

"Grazie, lupetto! Sei un grande. Facciamo uno sgobbo? Mezza gamba? Ci sto. Allora ci becchiamo domani. Grazie, socio! C'hai una sigaretta, magari?"

"E mollami, con 'sta elemosina. Non te la dò, la sigaretta, te la devi guadagnare... Domani, domani" chiude il discorso Zago, poi volta le spalle al poveraccio.

Mentre Lupo, frastornato, fa capolino all'uscio, Saverio dà un'allisciata al suo altarino dedicato al culto di San Diego Armando Maradona, stella e trascinatore del Napoli, neolaureatosi campione d'inverno per la gioia di tutti i guaglioni.

"Forza Napoli, lupetti. Quest'anno mettiamo in bacheca il secondo scudetto, tranquillo proprio. Mi offrite un caffè?" ulula Lupo, manco si trovasse al rione Sanità. Saverio mi fa un cenno di assenso.

"Pur di scroccare sarebbe capace di cantare addirittura l'inno dei gobbi" asserisco, strizzando l'occhio a Lupo, che mi sorride bonariamente. Gli servo un caffè lungo e torno alle mie faccende, che per la cronaca si risolvono nell'addobbare lo sciattume circostante con festoni e palle sbarluccicanti affinché, nell'occasione del Natale, questo remoto baretto di periferia si rifaccia il trucco.

"Se non la pianti di agghindave 'sto locale, va a finive che sembva un vitvovo pev tvavestiti!" chioccia Emiliano, vestito di tutto punto e impomatato come un Teddy boy. Ha ragione, ornare questo bar è analogo al profumare un cane.

Non è il caso di guardare lo Swatch, dinnanzi alla farmacia campeggia uno dei grandi orologi verdi ubicati ogni dove entro il perimetro di Milano e segnala le diciannove in punto. Due occhi rapaci scrutano il movimento esterno e le due vetrine. L'interno è seminascosto da scaffalature alte poco più di un metro e mezzo e dai manifestini azzeccati alle vetrate, pubblicizzanti sciroppi per lenire la tosse e dentifrici per gengive sensibili. Nella farmacia c'è un solo cliente, oltre a due farmacisti che non hanno certo l'aria dei Rambo. "Bene" pensa, assorto,

Zago, "Domani vi farò cacare sotto." Poi gira i tacchi e si allontana.

L'indomani mattina Zago sbatte uno stropicciato biglietto da ventimila sul bancone e ordina Glen liscio e un caffè americano. "Cancella il debito da quel cazzo di quaderno e dammi il resto." Davide esegue senza fare storie. Dopo la piazzata del giorno precedente, ha inteso che le moine è meglio serbarle per individui dotati di spirito. Mentre giocherella con l'accendino, l'energumeno domanda al barista se si fosse fatto vivo Lupo, ma prima che un qualsivoglia suono si moduli nella gola del mio collega, l'allampanato personaggio appare all'orizzonte, carico di aspettative criminali e pronto alla bisogna.

Zago lo esamina con sufficienza e gli domanda se per caso dovesse ancora fare colazione.

"Di solito resto a digiuno, quando lavoro..." mormora Lupo facendo l'occhiolino "... Ma se proprio insisti, un cappuccino e un paio di brioches me li sparo volentieri." Zago non insiste affatto, quindi l'improbabile duo si dilegua senza un cenno di commiato. Lupo arranca alle spalle dello scimmione, finché questi non raggiunge un vespino rugginoso, che deve aver visto giorni migliori, e inizia ad armeggiare sull'accensione. Fosse un vero canide, Lupo scodinzolerebbe gaio al maschio alfa. Trattandosi di individuo di razza umana, sì, insomma, a spanne, voglio dire, il bell'elemento risolve la sua crescente ansia chiedendo di quale rocambolesco colpo sarà complice tra breve.

"A tempo debito. Sali."

"Facciamo una rapina? Eh? No, perché non c'ho manco la pistola..."

"Ma quale rapina!" esclama scocciato Zago, invitando il compare a montare.

"Cioè, se c'è da procurarsi il ferro, ho le mie conoscenze, figurati."

"Non servono armi per lo sgobbo, stai tranquillo. La tua parte è facile, un gioco da ragazzi. Ti istruisco quando sarà il momento. Oh, intendiamoci, se combini pasticci era meglio che te ne stavi a letto, stamattina!"

Zago sta alla moto come il tutù a mio zio salumiere e il fatto che non vada a sbattere contro qualche muro o a spiaccicarsi sul parabrezza di una vettura costituisce già di per sè un mezzo miracolo. Lupo segue il galeotto senza indugio oltre la cancellata dell'ingresso del cimitero di Baggio, anche se le malfunzionanti meningi dipingono un enorme punto di domanda dal momento in cui hanno parcheggiato lo scooter, acquistato un mazzo di crisantemi che più tristi non si può e si sono incamminati verso il camposanto.

Appena oltre i bastioni, Zago mena un'occhiata furtiva alle operose vegliarde indaffarate a spolverare lapidi, appizzare lumini e cambiare fiori ormai più secchi dei cari estinti che riposano un paio di metri più in basso e si ferma, imitato dal compare che, con gli occhi scavati e stralunati, l'espressione da puro magone e quel bouquet male assortito tra le mani, pare l'allegoria del 2 Novembre.

Celato dall'ingombrante lapide bigia di un trapassato ottuagenario con la faccia da geometra, Zago catechizza il suo eccentrico garzone di malavita.

"La vedi quella vecchiaccia laggiù, vicina alla fontana?"

Lupo scuote il capo in cenno d'assenso. Dietro un ghigno malefico, il galeotto gli svela dall'incipit all'epifania quale sia la parte che dovrà interpretare. Il tempo di un amen e Zago ha già raggiunto l'ignara vedova, intenta a lottare coi recalcitranti steli di una dozzina di calle bianche, che non ne vogliono sapere di stare pigiate in una fioriera oltremodo stretta. Cogliendo l'attimo propizio, guizzante come un falco, il furfante agguanta la borsetta lasciata incautamente incustodita e, con l'oggetto del furto imboscato nel giubbotto, si dirige senza fretta verso l'ingresso del camposanto. Nello stesso punto converge Lupo, il quale nel frattempo ha schiaffato in qualche maniera i crisantemi sulla lapide da geometra, seguendo la scena da lontano, con lo sguardo rapito dalla temerarietà del suo socio.

"Quanto abbiamo fatto, Zago? Chissà quanto c'aveva nella borsa, quella troia!"

"Vedi perché resterai sempre un pezzente? Se credi di fare cassa con 'ste larve di pensionate, stai fresco" risponde tagliente Zago, mentre ravana nella borsa. "Scommetto che non ti sei manco chiesto perché il tuo compito consista nel riportare la borsa alla vecchia, eh?"

"Infatti me lo sono chiesto."

Zago intasca il mazzo di chiavi dell'anziana della quale si appresta a leggere la carta d'identità. "Bravo, continua a chiedertelo... Bene, la scema sta in via Mar Nero. Nel giro di venti minuti le ripulisco la casa meglio di un aspirapolvere." Poi, volgendosi verso il faccione equino del suo complice tontolone, con tono imperativo ripete gli ordini, attento a scandire bene le parole. Lupo borbotta qualcosa e si avvia.

Lo scimmione raggiunge la vespa e parte a razzo, che il tempo è tiranno. Lupo si affaccia circospetto all'entrata del camposanto e si gusta la scena della vedovella in preda al panico, alla vana ricerca dei suoi averi. La sciora vaga tra i campi, interroga le sue colleghe in nero, occhieggia qua e là, smarrita. Nessuno ha visto né trovato nulla, le uniche testimoni del fattaccio sono le anime in pena dei trapassati che, medium a parte, di certo non possono cantarsela su faccende che, tra l'altro, a tutto servono tranne che a tirare l'acqua al loro mulino.

In breve un capannello di curiosi circonda la tapina e questa sciorina la sua disavventura con la costanza della più consumata sgranatrice di rosario, aggiungendo sospiri e mimiche facciali così patetici che ben figurerebbero in una pellicola neorealista. Quando l'assembramento cattura l'attenzione di un addetto del cimitero, Lupo comprende che è il momento di entrare in scena. L'uomo è ansioso di fare la sua parte per atteggiarsi da malavitoso, guadagnare la mezza gamba e anche la stima di un navigato delinquente come Zago. Respira profondamente, zaffando nuvolette di alito condensato e, senza particolare fretta, si approssima alla compagnia. Esita un solo istante, poi declama.

"Scusate, forse state parlando di questa borsa qui, è probabile?"

"Santa vergine, è lei, è la mia!" esclama, rincuorata, l'anziana donna. Un vocìo di approvazione si eleva tra i presenti e stanno tutti già congratulandosi col giovane eroe, quando la miracolata della borsetta gli domanda dove l'avesse rinvenuta.

Il cervello di Lupo è in ritardo sul secondo binario, sicché la risposta è balbettata in qualche maniera, roba che le precise ed estenuanti istruzioni impartitegli da

Zago possono andare a farsi benedire. L'addetto cimiteriale, stimato il nervosismo del soggetto al netto delle tasse, sente puzza di bruciato.

"Apra la borsa, signora, dia un'occhiata che non le manchi nulla" esclama.

"Il borsellino, sciora" suggerisce uno scricciolo rugoso imbacuccata nel suo paltò color rat-minga-muskuet col collo impellicciato.

"Guardi se ci sono ancora i soldi" biascica con voce malferma un tizio tanto male in arnese che palesemente si appresta a diventare il prossimo cliente dello scavafosse municipale. Il disagio di Lupo è palpabile, mentre tenta di sottrarsi allo sguardo tetro del becchino.

"Il borsellino el gh'é" annuncia la vecchia.

"I dané, i dané!" insiste il prossimo morituro, affatto sulle sue.

"Non manca niente, soldi, documenti... Meno male, né?" risponde soddisfatta la vedova turlupinata, tra i grugniti soddisfatti degli astanti. Perfino l'addetto cimiteriale ha smesso di puntare Lupo, prima di allontanarsi con un "Meglio così, va'."

Scioltosi lentamente il crocchio, la vecchia si avvicina a Lupo con un largo sorriso. "Posso offrirle un caffè, giovanotto?"

"Alle volte non c'ha anche una sigaretta?"

Nello stesso frangente, una chiave guizza nella toppa, la porta si apre e, con un ghigno soddisfatto stampato sul faccione, Zago si ritrova nell'appartamento dell'anziana vedova. Penombra, odori stracchi, ticchettìo proveniente da un orologio a cucù, souvenir di un lontano arrembaggio in Svizzera e ancora stante solo in quanto non commestibile. Pronti via, le manacce grossolane dell'uomo rovistano cassetti, divelgono ante, sderenano scaffali, nell'affannosa ricerca di un magro bottino, risolto con un pugno di banconote di taglio medio e qualche oggetto d'oro, collanine scheletriche e gemelli aurei del caro estinto... Memorie dozzinali dalla scarsa resa. Zago, nondimeno, intasca e porta via perché, come recita l'antico detto meneghino, "Piutost che nient l'è mei piutost."

Un giro d'orologio più tardi, salutato un orefice dagli usi disinvolti e dopo essersi concesso una pippatina, Zago, scorreggiando euforia, raggiunge il bar. Le solite risa sguaiate, le frasi sconnesse imbastite con parole scurrili, il fumo di troppe sigarette a formare una nebbia densa, tale da ricordare un campo di battaglia ottocentesco dopo le salve di fucileria.

"Eccolo che arriva, quel pezzo di merda" mi avverte Davide, rancoroso.

Faccio spallucce. Quando stai posizionando sul lato destro del bancone una cassetta delle mance a cui hai lavorato buona parte della notte precedente e della quale sei orgoglioso come di un primogenito, l'affacciarsi all'uscio di quella specie di gorilla non è proprio la notizia del giorno.

"Dammi da bere, ragazzo" ordina con tono imperativo Zago.

"Cosa ti servo?" rispondo distrattamente.

"Il solito."

"Quindi?" replico, gesticolando un boh!

"Quindi, cosa bevo tutte le sante volte che entro in questo cazzo di bar?"

"Glen. Liscio, mi pare, no?"

"Vedi che lo sai, sbarbato? Forza, versami il solito, adesso."

Mi scruta malevolo mentre riempio il suo bicchiere, si schiaffa in gola il torcibudella e, prima di voltare le chiappe, sgancia un deca e lo fa atterrare sul bancone, giusto a fianco della cassetta decorata.

"Il resto ficcalo là dentro, Zago fa sempre l'elemosina ai barboni." Apostrofando queste parole affettuose, il tipo porta la sua grinta scimmiesca in saletta.

"Ridi, stronzo", borbotto con un filo di voce; "prima o poi ti dovranno pur rompere le corna, pure a te."

"Mi sta così sulle palle che quasi scomodo la madre di Nano e gli faccio fare una fattura a morte, dovesse costarmi un paio di centoni" enuncia Davide, mentre strapazza nervosamente il pannospugna. Gli raccomando di risparmiare il grano, che tanto quel coglione mutuato ha i giorni contati, fuori dal penitenziario. L'idea di portargli le arance al terzo raggio placa l'ira del mio collega che alla buon'ora si degna di preparare gli snack per l'imminente ora degli aperitivi. Mentre spazzo il pavimento, vedo giungere Lupo, trafelato. Mi chiede di Zago, lo raggiunge in saletta e dopo una manciata di respiri, i due zompano fuori dall'ingresso confabulando come vecchie comari. Quando lo spostato rientra, assieme a una folata gelida, è più ridanciano di un giullare e si avventa sui salatini, dopo avere ordinato un analcolico.

"Oggi ho fatto giornata, lupetti, uno sgobbo di quelli ganzi, e ho messo in tasca mezza gamba facile" esulta Lupo, trionfante, manco avesse sbancato il casinò.

Dopo un discreto pranzo e un paio d'ore di sonno, Zago studia la sua situazione. Ottocentomila lirette sono un buon fondo cassa, ma fanno presto a finire, specie per uno che qualche sfizio, dopo tanto gabbio, se lo vorrebbe pure levare.

"Papale che 'sta rapina la faccio oggi stesso; se ne ricavo una milionata, potrò tirare il fiato per qualche tempo e studiare un piano decente" rimugina tra sè il galeotto. "Sotto Natale le casse dei negozi traboccano piotte, sarebbe da scemi lasciare che ci si ingrassino solo quegli stronzi dei commercianti. Tanto loro c'hanno il culo al caldo, se fanno un regalo anche a me non vanno mica in rovina."

Ogni qual volta la madre fa capolino, Zago la brucia con occhiate crudeli finché la miserrima non rientra nei ranghi. L'energumeno accosta la porta della camera, scarta un minuscolo involucro di stagnola contenente una dose di bamba di prima qualità, che versa con attenzione sul comò. Utilizzando una scheda telefonica, non proprio per effettuare un'interurbana, Zago prepara due strisce di coca e si predispone a tirarla con l'ausilio di una banconota arrotolata. "Devo comprare uno di quei cosi d'argento, per pippare... Fa più fico" pensa tra sè e, all'improvviso, l'illuminazione! Un tabacchi! Un colpo natalizio poco complesso che può rendere anche cinque o sei milioni tra contanti, bolli e articoli per fumatori. "Mi metto comodo e passo il capodanno con un paio di troie. Mi faccio ciucciare anche l'anima, tanto per salutare l'anno nuovo come si deve."

Maria Naso-a-pipa è una faccia che si vede di rado, al bar. È sulle tracce del coniuge, il Duca, che è sfuggente come un'anguilla, specie quando ha la moglie alle calcagna a caccia di soldi per pagare qualche bolletta scaduta o rabbonire i creditori con un acconto. I vecchi mi hanno descritto la Maria come una delle tose più corteggiate di Baggio, una vera bellezza, ai tempi buoni. E doveva esserlo, per avere accalappiato un leggendario sciupafemmine come il Duca. Formavano una coppia elegante e famosa tra la ligèra, ma, a forza di scialacquare, le vacche grasse finirono e la tribù del Duca cadde in disgrazia. Oggi galleggiano con la pensione minima in un buco di casa popolare, ma i vizietti dell'uomo sono rimasti i medesimi: il bicchiere e i cavalli!

"Mi spiace, Maria, ma il Duca non si è proprio visto. Secondo me ti conviene sbirciare in sala corse, dai commenti dei cavallari sembra che ci siano delle corse di trotto paciugate. Se conosco tuo marito, è lì che conta un gruzzoletto" dico.

"Quel brùtt demòni! È più uccel di bosco di un latitante. Fammi un caffè lungo, va', che mi scaldo un po' le ossa. Se sta contando un gruzzoletto, l'ha fregato a me, va bene? Ha ciulato i soldi che avevo messo via per pagare il gas, e se ce lo tagliano di nuovo, passeremo le feste a pelare cicorini. Se ha giocato i soldi della bolletta gli strappo i baffi a morsi!"

"Attenta a non lasciarci i denti" replico, sorridendo del suo linguaggio caustico.

"Mica facile, ragazzo. Ricordati che la Maria c'ha i denti buoni."

"È così che minacci il Duca, a letto?"

"Lascia fare, Tino. Ormai el g'ha la pelle di daino e a mi me piàs minga mòll. Ma se prova a fare il ganassa ci metto poco, guarda da te..." ribatte l'anziana smilza e spiritata, mostrando la solida dentatura "...Un colpo secco e lo mando a cantare l'Osanna alla messa domenicale."

Ridiamo di gusto. I suoi occhi chiari incastonati ai lati del naso a strapiombo si arrendono all'evidenza, l'arzilla brontolona cova affetto, sotto la cenere. Quel vecchio pirata dai modi svelti può dormire tra quattro guanciali, che la Maria non ha la minima intenzione di attentare al suo gioiello, tantomeno lo cambierebbe per due fustini, come accade solitamente col detersivo, se, parafrasando lo Svampa, credete ai tromboni della pubblicità.

"Beh, vo' a ca' a preparare la cena. Se c'è una cosa certa nella vita, caro mio, è che quando l'uomo c'ha la pancia vuota come le sue tasche, l'è già mo' lì che bussa alla porta per il mangiare. Che ora abbiamo tirato, sbarbato?"

"Sono quasi le sette, sebbene fuori sembri già notte fonda", rispondo.

Nel buio pesto della serata dicembrina, una manciata di chilometri più distante, risalendo Via delle Forze armate, il braccio d'asfalto che aggrappa la periferia estrema al centro di Milano, Zago accarezza il ferro gelido della sua arma come fosse un gatto. I lampi di luce dei fari delle auto, gli addobbi natalizi e le vetrine illuminate non interferiscono col suo stato mentale. Alla stregua di un predatore della savana, l'uomo è appostato di fronte alla sua preda, tanto concentrato da non permettersi neanche un battito di ciglia. Le sette di sera l'hanno trovato preparato ma una coppia di ragazzi, con tempismo perfetto, si sono imbucati nella farmacia proprio mentre il bandito si apprestava a mettersi in moto. Dopo pochi minuti i due ganzi hanno aperto la porta, facendo accomodare un anziano storto come un tronco d'ulivo, per poi eclissarsi oltre l'angolo dell'isolato. Zago li ha maledetti per quattro generazioni per tutto il periodo di tempo durante il quale li ha avuti sotto gli occhi. Adesso, però, il momento pare propizio per entrare in azione, quindi Zago raggiunge l'ingresso senza fretta. Infila il capoccione in un collant e, spianando la pistola, si precipita verso il bancone gridando perentoriamente: "Fermi tutti, questa è una rapina!" Il rapinatore tiene sotto tiro i due farmacisti, in uno stato di iperadrenalitica eccitazione, dovuto alla cocaina. Conosce il mestiere, per cui anticipa le eventuali mosse sconsiderate dei medici, i quali, in verità, si stanno pisciando addosso per la fifa. Il vecchietto non lo preoccupa, basterebbe levargli il bastone per fargli ballare la Lambada.

"Non fiatate o vi pianto una palla nel cranio. Svuotate le casse, presto!"

Dietro al bancone, i farmacisti sono sbiancati più dei loro camici. Spiazzati e tremanti, con gli occhi fissi sulla bocca da fuoco, stentano a comprendere le indicazioni del rapinatore. Il più alto, stempiato e occhialuto, è irrigidito come uno di quei tocchi di baccalà che stanno al reparto surgelati del supermercato. L'altro, sulla quarantina, pancia a punta da golosastro ed espressione da puntiglioso paranoico, alza le mani sudaticce. Dal suo canto, il vegliardo non c'ha ancora capito niente, e si chiede se non farebbe meglio a cambiare il suo sciroppo con un granulare al gusto arancia, accogliendo il consiglio datogli solo un istante prima dallo stempiato.

"Muovete il culo, imbecilli. Se tra due minuti non sono fuori da questo buco coi quattrini, vi giuro che non mangiate il panettone. E tu, faccia di cazzo di un panzone, sarai il primo a beccarti un proiettile tra le corna, se non abbassi subito le zampe. Sono stato chiaro?"

"S-sì..." tartaglia il farmacista e con movenze d'automa apre la sua cassa e comincia a raccattare maldestramente le banconote, subito imitato dal collega.

"Uhè, maleducato, guardi che il signore stava servendo me. Deve fare la fila, ha capito?" gracchia il vecchio.

Zago lo squadra per una frazione di secondo e decide che è un fastidio sopportabile, sebbene la logorrea acida degli anziani sia per lui cosa peggiore che gli assalti delle zanzare, quando infestano le insonni notti estive. I farmacisti sono prossimi a terminare la spoliazione delle casse, quando il barbagianni esplode la sua collera verso il menefreghismo dello scostumato rapinatore.

"Giovane, cos'è, sordo? Ci ho detto che gh'eri prima mi. Se pensa di fare il gradasso solo perché è grande e grosso..." prima che termini la frase, Zago lo branca per la collottola, sempre agitando la Beretta in direzione dei farmacisti.

"Stai zitto, maledetta mummia. Zitto, o ti infilo la canna su per il culo!"

Per tutta risposta, il vecchio attacca la sirena.

"Aiutooo! Chiamate la poliz..."; d'istinto, in un impeto d'ira, Zago gli piazza un fendente col calcio della pistola in pieno grugno e il vecchio s'accascia uggiolando, con la mascella rotta.

"Ora te ne stai buono, vabbè?"

Poi si rivolge ai due farmacisti: "Avete finito? Quattrocchi, ti piacerebbe una bella palla nella fronte?"

"Abbiamo fatto, stai calmo, ti prego..." geme il lungagnone.

"Non parlare, faccia di merda. Cos'è, diventi rosso... Te la fai sotto, vigliacco? Hai paura che ti faccia esplodere quella tua cazzo di testa pelata?"

"No... Non... Davvero, io..."

"Non parlare, ti ho detto. Trippone, tiragli uno schiaffo, al tuo amichetto, magari impara a stare zitto, una buona volta" replica Zago.

"Devo... Devo..." bofonchia il farmacista obeso, in stato di trance.

"Menagli su quella faccia da culo, tricheco, forza!" strilla Zago, in cui la coca in circolo ha preso il sopravvento sulla ragione e ora comincia a manovrarlo come un pupo siciliano. Quando il lamentoso ottuagenario gli afferra la gamba dei jeans e vi si aggrappa, per i parametri del rapinatore il segno è stato passato di brutto.

Il crepitìo dei colpi e l'odore di polvere da sparo penetrano i sensi di Zago simultaneamente. Per riprendersi, ci mette solo il tempo di un rilancio a poker, ma Chronos nel frattempo deve essere andato a farsi un giro, perché quei pochi istanti paiono eterni all'uomo armato e la pistola che stringe in pugno è un macigno greve come la sua colpa. La sgradevole sensazione, però, svanisce in un attimo; quando Zago si sorprende a fissare la sua vittima, si imbeve di nuova linfa. Il flebile tremito del corpo di quel tapino, il suo obbrobrioso rantolare nel vano tentativo di avvinghiarsi alla vita, lo persuadono che il signor Beretta gli abbia conferito un nuovo, inedito potere. Ci pensa il farmacista obeso a riportarlo alla realtà, coi suoi miserandi squittii, i "Ti prego non farci del male, ecco i soldi, non sparare per carità". L'altro, l'occhialuto, si è rannicchiato dietro al bancone e frigna peggio di un pollo spennato. Zago afferra il sacchetto contenente l'incasso e schizza fuori dalla farmacia con la velocità di un incubo, lasciando alle sue spalle un vecchietto agonizzante in un lago di sangue e due padri di famiglia atterriti e tremanti. Mentre l'uno borboglia come un penitente, l'altro, quello dal ventre prominente, compone con gesti convulsi il numero della madama ed è lucido quanto basta da riuscire a tratteggiare un sommario identikit del malvivente.

Nel frattempo Zago, pistola in pugno, semina il panico tra i curiosi richiamati dagli spari e assembrati all'esterno della farmacia. Un tizio si chiude lestamente nella cabina telefonica e forma il 113. Urla. Spintoni. Confusione. Zago inforca la vespa scassata e dà gas, pregando che San Turbo nel Motore accorra in suo aiuto. "Vaffanculo!" ringhia tra i denti, "sfiga bastarda... Doveva essere un fottutissimo colpo facile! Ho incasinato tutto, testa di cazzo che sono!"

Due minuti dopo il fuggitivo già può udire in lontananza le sirene delle autopattuglie.

"Come, non si capisce?! Siamo noi, io e Davide, quelli sulla slitta. Dietro lo vedi o no, Babbo Natale legato e denudato? L'idea è che lo abbiamo fatto fesso. Che gli grattiamo slitta e regali e lo molliamo in mezzo alla tundra annodato come un burino" ribatto seccato al commento ingeneroso dei fratelli Travaglia... Tutti e tre.

"A mio parere avresti dovuto disegnarlo con indosso il vestito rosso, così, in mutande, non distingui il Babbo da un qualsiasi altro vegliardo" insiste Aldo, capelli lunghi da metallaro e abbigliato di chiodo, borchie e anelli coi teschi di mediocre fattura, reperti da fiera di Sinigaglia.

"Ma va' a cagare. È logico che se faccio il servizio a Babbo Natale, glielo faccio completo. Cacchio, il vestito rosso equivale a uno scalpo per un pellerossa, no? Ditemi se sbaglio!" rispondo all'attacco frontale verso il mio amor proprio.

"Dì, Tino, se stai al volante come ragioni, tutti i pali sono i tuoi. Mio fratello non parlava di logica, ma di effetto. È chiaro che senza vestiti sembra un nonnetto obeso, evidentemente hai cannato" si intromette Luca, il mezzano dalla voce tonante. Non insisto oltre, in tre contro uno non ho possibilità di uscirne vivo. Ripongo la cassetta delle mance all'estremità del bancone, indugiando sul mio disegno... Dopotutto la situazione mi sembra descritta chiaramente. Ma perché farsi il sangue amaro con gente che è già tanto sfigata da tifare Milan? I fratelli Travaglia si dividono una birra da 66 cl. al tavolo preferito del Gamba de Legn, che nel frattempo ha mollato il giro di ramino per fumarsi una Nazionale in santa pace.

"Uhè, come ti giri un attimo, ti fregano il posto!" ringhia nei confronti dei fratelli; poi, claudicante, raggiunge l'atrio. Appena butta fuori gli occhi, rientra piroettando goffamente. "La pula!" strilla. "Da' una voce in saletta."

Saverio mi anticipa, ma quando le pattuglie sfrecciano davanti al bar a sirene spiegate e non accennano a frenare, ci restiamo quasi male.

"Falso allarme, gente. Potete riprendere il gioco." Partono insulti e lamenti dai giocatori in possesso di una buona mano, ma è un fuoco di paglia che si spegne non appena i mazzi vengono mescolati.

"Chissà che minchia è successo" sibila il mio boss.

"Forse stanno inseguendo quel mona che correva come un pazzo in moto, poco fa. Un delinquente, sai, uno di quegli stronzi che pensano di essere in pista e che, prima o poi, tirano sotto qualcheduno" ci informa il Lanzoni.

"Tutta quella madama dietro a un coglione? Mi suona male."

"Chissà cos'è successo..." ripete, mormorando, Saverio.

La vespa sgarrupata termina la sua corsa contro i sacchi della monnezza, accantonati sul marciapiede appena fuori del cortile. Zago ne è saltato giù al volo e ha scavalcato agilmente la recinzione del civico 5 di via Nikolajevka, provocando la strizza dei frettolosi passanti che oltre al botto intravedono appena l'ombra dell'animale braccato. Il buio è il complice migliore, si ripete Zago, mentre le tempie rimbombano di pulsazioni accelerate e laceranti suoni di sirene. Gli agenti hanno già invaso il cortile e il rapinatore non ha tempo per pensare, fila via a gambe levate verso la staccionata posteriore e taglia verso destra, in direzione dei campi, fuori dal sacco che gli sbirri vanno creando, circondandolo inesorabilmente. Dalla sua ha il buio, Zago, la pistola e il malloppo. È poco, è niente... Né vantaggio, né una tana per nascondersi. Sudore e paura, di ogni luce improvvisa, di ogni minimo fruscìo. Il cascinale Sella Nuova si staglia, scuro, dinnanzi a lui.

"Se credono che mi infili in trappola stanno freschi. Saranno appostati nella cascina, pronti a farmi la festa. Raggiungo i cespugli, laggiù, e mi riorganizzo un attimo... non è finita, sbirri di merda" pensa il fuggitivo, respirando ampie boccate d'aria gelida, col cuore in gola, i polmoni spompi e la milza che martella come un mastro ferraio. Una volta raggiunta la macchia, Zago riprende fiato, piegato su se stesso e, mentre l'ossigeno riattiva il cervello, medita con una smorfia circa la propria situazione, rispondendosi che, anche a essere ottimisti, la serata non è che abbia preso una piega tra le migliori. "Fanculo a tutto, mi sono fregato per bene. Non ne esco, cazzo, non ne vengo fuori. Non stavolta. Con un'accusa di omicidio, se mi acchiappano mi chiudono dentro e buttano le chiavi" pensa Zago. "Beh, intanto devono prendermi. Col cazzo che sto ad aspettarla, la madama. Se non mi blindano stanotte, mi metto tranquillo per qualche giorno e dopo avere recuperato il resto della grana me la squaglio lontano da questa merda."

Scattando come un serramanico Zago riprende la fuga, celandosi rasente gli alberi o accucciandosi tra le balze del terreno ogni qualvolta intraveda avvicinarsi ciò che ritenga una sorta di sagoma umana oppure oda un flebile scalpiccio. Supera le torri bianche delle Gescal, che sono zona sua almeno quanto potrebbe esserlo la Val Sugana per un baleniere, svicolando tra le auto parcheggiate ai bordi della carreggiata. Attraversa l'indotto secco del canale, sbucando nel punto in cui si ergono le sghembe e diseguali staccionate degli orti e comincia a sentirsi al sicuro. "Pare che gliel'abbiamo fatta, vecchio mio", rimugina il fuggitivo; "Il peggio è passato. Si tratta di attendere un paio d'ore al riparo di queste baracche e stare a vedere che cazzo succede."

Nel frattempo il vecchiardo sforacchiato nella farmacia ha tirato le gambette ed è richiesto alle Forze dell'ordine un ulteriore sforzo per mettere le mani addosso all'omicida. A dare man forte ai poliziotti sopraggiungono alcune pantere dei Carabinieri e si attende da un momento all'altro il supporto di un elicottero.

"Porco Giuda, a star qui fermo ad aspettare il tempo non passa più. Avrò fatto una cazzata, a buttarmi per i campi? Sembra di stare in cella, solo che lì potevo almeno fumare... Quanto darei per farmi una sigaretta, merda! Avrei dovuto allontanarmi di più, mettere più strada tra me e loro. Comunque, a parte qualche pantegana, non è passata anima viva, e 'sto fatto mi consola." Zago si tormenta con questo mantra per un tempo indefinito. Complice lo scemare dell'effetto della coca pippata ante rapina, nervosismo, freddo e fame chimica si rincorrono veloci come cirri durante una giornata tempestosa.

"Dài, Zago, muovi il culo" si dà animo l'uomo. "Non è possibile passare la notte all'addiaccio. Capace che ci crepo, tra questi campi puzzolenti... Sbirri o non sbirri, devo filarmela." Quindi, dopo avere recuperato un braccio di spago, un cacciavite rugginoso e tolto la sicura alla Beretta, Zago muove un passo dopo l'altro e viene inghiottito dalle tenebre.

Sono le dieci di sera e il bar è gremito. C'è tanta madama per via che gli zanza preferiscono starsene col culo al coperto, non si sa mai. Ai tavoli verdi le partite stanno salendo di tono, sono nella fase in cui coprire il piatto vale un marengo e in cui gli strateghi più sgamati del poker, che hanno ben pasturato in precedenza, si apprestano a tirare le reti e guardare quanto pesce raccolgono. Scendo le scalette col vassoio colmo di bicchieri vuoti e portaceneri traboccanti e trovo ad attendermi, a ridosso del bancone, la simpatica signora che si presenta da qualche tempo per telefonare e farsi un campari corretto col Pinot. Questa sera non è sola, l'accompagna sua figlia, che spiana un sorriso contagioso e disarmante.

"Ciao", mi fa, "Io sono Miky, ti ricordi di me?" Vi giuro, in quel momento ho maledetto la mobilità della mascella. Resto qualche secondo immobile come un coglione, cercando di rammentare dove cacchio abbia già visto questa bambola dai folti ricci giallo rame. Niente da fare. Zero assoluto, dico. E quella ridacchia, folgorandomi con la luce dei suoi occhioni ammaliatori. Viene fuori che abitano nel mio stesso caseggiato, ma non ho prestato mai attenzione a entrambe giusto perché l'unico neurone al quale sono avvinghiato, in quanto maschio, è costantemente assente. "Passavo pomeriggi interi giocando alla corda o a pallafuoco con le ragazzine del cortile, ti avrò lumato mille volte mentre tiravi calci al pallone con gli amici o sfrecciavi sulla saltafoss gialloblù..."

"La saltafoss? Cavolo, me l'hanno rubata cent'anni fa. Possibile che non ci siamo mai cagati in seguito?" la interrompo, in pieno amarcord e ancora incazzato per il furto subìto. "Neanche di striscio." risponde secca lei.

"Per forza, Miky, eri ancora una bambina... Portavi i capelli corti e quegli occhiali con la montatura rosa che erano un vero scempio" interviene sarcasticamente la madre, con un gracidio roco da fumatrice incallita, per poi presentarsi.

"Piacere mio, Gianna, mi chiamo Tino" replico con un sorriso imbarazzato, passandole l'apparecchio telefonico.

Mentre Gianna telefona, i miei ormoni e gli estrogeni di Miky si combinano alchemicamente in marosi veementi che si infrangono con tanta forza da ridurre in breve tempo a brandelli ogni mio residuo peccaminoso intento verso Patty, la tipetta umanista che mi mena a destra e a manca a far visita a guru e santoni da qualche tempo a questa parte. Ma con la quale stenta a decollare un rapporto più stretto, scevro da ideologie utopistiche e basato sul sano sesso. Io e la riccia leghiamo subito e siamo curiosi di saperne di più l'uno dell'altra.

"Insomma, non sarai cresciuta dall'oggi al domani... In questi ultimi anni com'è che non ci siamo manco salutati? Io abito nella scala E..."

"Noi stiamo alla B. La vita è strana, vero? La verità è che da quando ho iniziato le superiori, mi sono quasi rinchiusa. Troppi compiti, sai?"

"Una tortura, immagino. Io ho mollato il colpo, non avevo voglia di studiare. Tu invece come sei messa? Cosa sei, in quarta superiore?"

"Macché! Ho ripetuto due volte e temo che mi seghino ancora. Neanch'io c'ho la testa per i libri... Miky la matta, mi chiamano le mie amiche" dice ghignando.

"Oh, beh. Benvenuta nel club. Trovamene uno normale, da queste parti..."

Gianna riattacca il ricevitore, spezzando la magia. Paga gli scatti usufruiti. Ciao, alla prossima e via, dopo un'ultima, fugace occhiata reciproca, tra me e Miky. Mentre le due donne sfumano all'esterno del bar, il nero della notte è squarciato dall'inconfondibile ronzio delle pale di un elicottero.

Zago, armeggiando col cacciavite, ha scostato, dalla parte superiore, la portiera di una Peugeot 205 rossa e vi ha inserito all'interno lo spago, culminante con un nodo scorsoio. Agganciato il pulsante, tira delicatamente fino a fare scattare l'apertura. Improvvisamente, sente avvicinarsi l'elicottero della "benemerita" e viene abbagliato dal fascio di luce che il velivolo proietta. Entra rapido nell'automobile e si rannicchia al posto di guida, bestemmiando madonne di tutti i colori.

"'Fanculo, chissà se mi hanno sgamato" pensa, mentre collega i cavi e il motore prende a ruggire. "Se ripassano sulla mia testa, vuol dire che sono fritto."

L'elicottero non indugia nei paraggi, va dritto per la sua strada, arrivederci e grazie. Zago tira un sospiro, è sicuro di averla sfangata. Si crogiola per un tempo indefinito nel sudore freddo che gli fluisce addosso, lento e inarrestabile, alla maniera con la quale scorre la lava. Quando si riprende, posa gli occhi sul cruscotto e fissa l'indicatore del carburante, con una smorfia di disappunto.

"Con questa carretta non ci vado lontano, porco giuda, è quasi in riserva. Quel minchione del proprietario si è portato a casa il frontalino dell'autoradio, pulisce gli interni che non sembra manco usata, ci schiaffa più puzzolenti arbre magique che una foresta di conifere ma in quanto a benzina, c'ha il braccino corto. Vabbè, purché funzioni" ringhia il fuggitivo, ingranando la prima. Un quarto d'ora più tardi Zago spegne i fari e si aggrappa al volante quasi fosse il salvagente di un naufrago. Ha vagato senza meta, arenandosi sullo sterrato che conduce a un casale diroccato. L'oscurità che lo avvolge è la metafora della sua vita, come il colore imperscrutabile del suo stesso futuro. Ma indietro non si torna, e sparare per uccidere gli ha dato piacere fisico, un'esperienza che il predone corrucciato intende assaporare nuovamente...

Tirare al vecchio non gli pare più sia stato un tragico errore ma un'escalation evolutiva, un salto di qualità.

"Io, Zago, seminatore di morte. D'ora in avanti sarà un'altra storia. Adesso che ho il ferro non mi ferma più nessuno" ringhia tra i denti.

Prima dell'alba, quando il manto del cielo è teso nella sua massima espressione di blu e l'aria è tanto gelida che sembra in grado di tagliare orecchie e nasi, Zago si desta giusto in tempo per scongiurare l'ipotermia. Collega nuovamente i cavi e il motore scatta sull'attenti, l'auto sgomma sul pietrame e si avvia in direzione Baggio. "Occhi aperti, vecchio mio, potrebbero esserci dei posti di blocco. Non credo che gli sbirri mi abbiano già identificato, ma vado in giro col ferro e la refurtiva, se mi blindano c'è poco da recitare poesie" pensa Zago, a denti stretti.

Albeggia quando il fuggitivo, dopo avere parcheggiato la Peugeot, scivola con circospezione tra le palazzine popolari e svicola nel portone mezzo disastrato della propria abitazione. Sale di corsa le scale e raggiunge il pianerottolo col fiatone e non deve trafficare con le chiavi, perché l'uscio è aperto. Sua madre, seduta in sala da pranzo, dandogli le spalle, seguita impassibile a fissare il nulla oltre le imposte.

"Ti aspettavo" enuncia, con un gemito stanco, atono.

"Niente scenate tragiche, ma', me ne vado" replica stizzito il figlio.

"La tua borsa è già pronta. Nel corridoio, vicino al telefono." Zago mugola qualcosa come cenno di risposta, mentre ancora intirizzito apre il frigorifero, fruga nella credenza, ravana tra gli sportelli del cucinino, alla ricerca di qualcosa di commestibile.

"Tuo padre, buonanima, almeno non può vedere cosa sei diventato. Non può provare la pena... La vergogna, per un figlio delinquente, un debosciato!"

"Non mi fare incazzare, ti ho detto che le sceneggiate napoletane te le puoi risparmiare. Preparami un piatto di pasta invece di cianciare; possibile che c'hai solo 'ste schifezze del cazzo, in giro per casa?" ruggisce Zago, sputacchiando a mitraglia briciole di gallette tutto intorno.

"Adesso basta! Se vuoi strafogarti, fattela tu. Ho smesso di farti da serva. Non sono la serva di un assassino! Hai capito? Lo so, che sei stato tu a rapinare la farmacia, ieri sera. Che hai ammazzato quel povero vecchio! Ora, se ti rimane un poco di dignità, devi andare dalla polizia a costituirti" sentenzia l'anziana, determinata nonostante pesanti lacrime le righino le gote. Il figlio la fissa allibito per un istante.

"Tu sei tutta scema! Aspetta, come fai a sapere 'sta roba, eh? Chi ti ha... Dì, non saranno mica passati gli sbirri, alle volte?" sbraita Zago, accostandosi bruscamente alla madre.

"Questa notte... Poco dopo le tre. Il commissario Quarenghi. Te lo ricordi, a Quarenghi?" replica la donna, affatto intimorita, tesa come un giunco.

"E cercava me?"

"E chi doveva cercare? Appena scarcerato e con la fedina che ti ritrovi, credi che non abbiano pensato subito a te? Quelli sanno il fatto loro. Vai alla polizia."

"Merda! Non c'è tempo da perdere, allora. Tira fuori i soldi. Tutti, questa volta" ordina l'uomo feroce strattonando la genitrice, che, per tutta risposta, mette una mano nel taschino della felpa, sfilandone un rotolo di banconote, che lancia lontano, verso il fondo del corridoio.

"To', li avevo già preparati. Però ricordati che questo è l'ultimo sangue che mi succhi, non ho altro da darti. Solo un consiglio..."

Zago tira un bestemmione e le dà una rusata tale che la fa sbattere contro la porta d'ingresso. Poi, chinato sulle ginocchia, comincia a raccattare i pezzi da cinquantamila. La madre, allora, istintivamente e con gesti concitati chiude la porta a doppia mandata, imboscando infine le chiavi nel grembo. Zago si volta di scatto, incredulo, eppure pronto a punire quell'atto avventato.

"Cosa credi di fare, stronza? Caccia fuori le chiavi, che devo filarmela in fretta. Qua per me è terra bruciata, ormai."

"Attenderai le guardie qui, ti dico. Devi essere punito per il peccato che hai commesso e ti aspetta la galera. Quello è il posto tuo! Zago, quelli sanno che sei armato e sono pronti a spararti appena ti vedono. Me l'ha detto il Commissario."

"Ti hanno messo in testa un sacco di cazzate. Inoltre ho un mazzo di chiavi anch'io, stupida vecchia... Aprirò con quello" replica Zago, frugando senza esito le tasche del giubbotto. "Dove sono finite le dannate chiavi?", pensa.

"La carne è carne e tu mi sei figlio. Forse il Signore ti perdonerà, ma io no, Zago... Non ci posso ancora credere che tu abbia ucciso, mi pare un incubo... Di quelli che quando ti risvegli, li tieni ancora aggrappati addosso e non se ne vogliono andare. Dimmi che non l'hai fatto.

Dimmelo in faccia, guardandomi negli occhi. Parla, maledetto il giorno in cui ti ho concepito."

Zago estrae il revolver e lo sventola a un palmo dal volto di sua madre.

"Gli ho fatto saltare la zucca, invece... Con questa! E se non ti levi dal cazzo in questo istante, ti faccio fare la stessa fine."

"Non mi fai paura, non ho più niente da perdere, ormai. Mi hai già uccisa, lo capisci? Mi hai già uccisa" ripete, con un filo di voce, la tapina.

"Le chiavi!" ruggisce Zago. Il capo della donna ciondola da sinistra a destra.

"Le chiavi, ti ho detto, brutta scema!" urla nuovamente Zago, puntando l'arma.

Le uniche risposte sono il pianto sommesso e il silenzio.

"Bè, te la sei voluta, vaffanculo!" Il dito indice tira il grilletto e il reiterato crepitio dei proiettili squassa il corpo della vecchia, che si affloscia sulle vetuste piastrelle del pavimento.

Quando, pochi minuti dopo, una mezza dozzina di agenti irrompono nell'appartamento, pistole spianate e nervi tesi, perché anche gli sbirri hanno una vita sola, non trovano che il cadavere di una vecchia lordo di sangue, abbandonato come un cencio nel mezzo del corridoio.

Zago è già lontano, pronto a depredare, perché così gli comanda la sua natura.

VOGLIA DI LAVORAR, SALTAMI ADDOSSO... MA FAI PIANO CHE MI SPOSTO

Lo chiamano “Biondo”anche se ormai ha meno peli in testa che denti in bocca, il cranio è spelacchiato dall’alopecia e probabilmente il soprannome è più che altro uno sfottò. Biondo di una volta, semmai! Incede come se avesse un palo piantato su per il culo ed è risaputo che della gente che cammina a chiappe strette non ci si può fidare. Come suo solito sosta appoggiato allo stipite della porta all’esterno del bar e fulmina con lo sguardo chiunque incroci il suo. Sta lì, immobile come una lucertola al sole, parlottando con qualche zanza, mentre consuma una Camel dietro l’altra — quando è in grana — o quel che capita, elemosinato in giro, quando, più di sovente, non possiede il becco d'un quattrino. Come si dice da noi, è alto un metro-un-cazzo-e-un barattolo, ma quando vede rosso è capace di saltarti addosso, svelto come una biscia, e farti a fettine... "Piscinin, brùtt e catìv!", reciterebbe il Gamba de legn. Come dicevo, il Biondo è intento a tenere in piedi il palazzo con la schiena, quando il maggiore dei fratelli Carrapipi lo saluta con un cenno del capo e lo raggiunge.

"Uhè, Biondo, sai guidare?" butta lì, quasi disinteressatamente.

"Capirai..." gli rimanda il Biondo, facendo intendere che non c'è problema.

"Okay, ma sai portare un furgone?"

"Qualche sgobbo in vista?"

"Si tratta di trasportare un carico, te la senti?"

"E che, sono handicappato?" Carrapipi sorride sornione.

"Si tratta di mettersi in pista fino a Padova, andata e ritorno in giornata. Consegna e ritiro merci, che ne dici?"

"Ti sto dicendo che va bene, porcoggiuda, devo firmarti un contratto?" replica il Biondo, grattandosi la rogna, dietro la nuca. "La bolla ce l'hai?"

"Quale bolla?" domanda Carrapipi, gli occhi spiritati.

"Quella d'accompagnamento, no? Per il carico, Carrapipi... Che bolla ti credevi, di sapone?"

"Seee... Te la faccio sulla zucca dura che tieni, la bolla! Se era una cosa regolare te lo venivo a offrire a te, il lavoro? Me lo sbrigavo io, papàle." Stavolta è il Biondo, a simulare un sorriso stiracchiato. Sbuffa una nuvola di fumo. Riflette.

"E quanto me ne viene?"

"Tre gambe a testa, te e Nano... E altri duecento sacchi per benza e autogrill."

"Minchia, Nano? Lo sa tutto il mondo che mi sta sul cazzo, quel rompicoglioni."

"Vabbè, mi sa che ho sbagliato persona, come non detto." Carrapipi gira i tacchi.

"Oh, non prenderla male. Ci sto, lascia fare, mi va bene Nano e i trecentomila, hai trovato l'autista. Per quand'è l'ambaradan?"

"Domattina, alle sette spaccate. Il furgone sarà parcheggiato davanti al bar."

"Cacchio, mi tocca pure di svegliare il gallo!?" commenta il Biondo, scherzando.

"Fatti qualche caffè, ragazzo" chiosa Carrapipi, prima di mollarlo alle Camel.

Il Biondo fa il suo ingresso nel bar con l'aria trasfigurata e dolente di chi ha fatto 13 al totocalcio, ma avendo scordato di giocare la schedina. Saluta stancamente i presenti con un cenno minimo del capo, ordina una media alla spina, si acchiotta a uno dei tavolini che fronteggiano il bancone e, poggiata una sigaretta al lato della bocca, comincia a sfogliare la Gazzetta, soffermandosi sulla pagina dedicata all'ippica. Intanto appoggio sul bancone il boccale colmo e lo chiamo.

"Olè, Biondo, va' che la birra è pronta. Dai, che si raffredda!"

Quello alza a mala pena i bulbi oculari e mi fa segno di portargliela. I'm sorry, vostra signoria, ma avete preso un accidente di abbaglio. Se mi toccasse inseguire ogni assetato di queste contrade, farei la maratona tutti i giorni da mane a sera.

"Allora non aspettarti la mancia!" conclude serafico il Biondo.

"Buona, questa. Se aspettassi le tue mance, finirei per mangiare l'erba dei prati."

"Che stai leggendo?" chiede, rivolto al Biondo, Salvo, che sta placidamente seduto al tavolino attiguo e come al solito è avvezzo alla chiacchiera.

"Agnano, Salvo" risponde il glabro, alzando gli occhi dal giornale, in segno di rispetto. "C'è 'sto cavallo che mi piace troppo, roba che non ci dormo la notte. Rock Gin, si chiama... Sono convinto che sbanca. Quest'anno ha già vinto a Firenze e a Tor di Valle e si è piazzato altre sette volte. È il suo anno, ti dico."

"Sì, lo conosco, però deve maturare, è troppo nervoso per essere costante. Inoltre soffre i 2100. Sui 1600 te lo concedo, ha uno spunto notevole."

"E infilza di brutto con la progressione sul rettilineo finale, l'ho studiato bene."

"Ma è di fiato corto, non li tiene, i 2100. Tanto più che, leggerino com'è, col terreno pesante di queste ultime settimane... Non lo so. Per esser buono, è buono."

"Be', in effetti parte con l'11. E lo spunto ce lo giochiamo..." considera il Biondo.

"Chi è il driver?"

"Il proprietario, un gentleman di 'sta cippa che non conosco per niente. Cazzo, Salvo, mi metti una pulce nell'orecchio grossa come un cinghiale."

"Oh, stiamo a vedere che tra poco quel cavallo è buono solo per farci salsicce. Ancora un po' che ne parlate, diventa il brocco più scalcinato dell'ippica italiana." Li interrompo, ridanciano, strappando un sorriso anche ai due astanti.

"Naaa, c'ha ragione Salvo" rivela Vito la Mamma, intromettendosi pregno della sua scienza. "Se il driver è il proprietario significa che non ci tiene, a vincere la gara. Oppure..." — il corpulento sessantenne trattiene il fiato per una frazione di tempo che, a lezione di chitarra, equivarrebbe a un giro di Do in quattro quarti — "... Oppure qualcuno ha già stabilito i piazzamenti e il tizio in questione vuole risparmiare i quattrini dell'ingaggio di un professionista", sentenzia con enfasi.

"Bravo Vito, analisi perfetta. Vedi, Biondo? Questo è uno che ha capito tutto della vita. Offro un caffè a un grande filosofo di Baggio, secondo soltanto al Duca!" ridacchia Salvo. Poi, rivolgendosi a me, "Un caffè al signore, ragazzo."

Mentre Vito la Mamma trangugia lo zuccheratissimo caffè in barba alla propria iperglicemia, Salvo torna a stuzzicare il Biondo. Gli pare vagamente cupo.

"Vorrei vedere te, Salvo. Per una volta che mi riesce di alzare un po' di grana, mi tocca dividerla con quel malcagato di Nano. Me lo devo portare dietro tutta una giornata. Io lo so, come va a finire. Va a finire che gli metto le mani in faccia, capisci? Non so se mi riuscirà di starmene calmo, a pensare solo alle piotte e a non rispondergli a calci in culo solo perché muove la bocca. Con quella cazzo di voce che si ritrova... Se devo figurarmi un naso parlante, beh, lo immagino tale e quale a quel cornuto. Lo so io come finisce, capisci?"

"Rilassati, sembra che te lo devi sposare. In fondo si tratta solo di trattenere il fiato qualche ora, pagamento cash e poi chi si è visto si è visto."

"Sarà dura. Se non mi servissero quei cazzo di soldi..."

"Non è che te la meni per il tipo di lavoro?"

"Guarda che se c'è uno che ha voglia di lavorare, quello è il sottoscritto, diciamolo chiaramente. Ho fatto lavori, Salvo, che manco te l'immagini, io. Ho scaricato le cassette all'ortomercato, ho fatto il pane, la notte... C'ho ancora i dolori, c'ho."

"E adesso come te la passi? Voglio dire... Da quando tua madre..."

"Da che è morta mamma sono iniziati i casini. Quel bastardo di mio padre ci ha mollati nella merda quando ha iniziato a pucciare il biscotto con quella bocchinara foggiana, te la ricordi, quella che ai tempi stava piantata all'Harem Baggio e se la tirava tanto che pareva ce l'avesse d'oro? Pronti via se la sono filata in meridione e tu l'hai più visto o sentito? Io no!"

"Cioè, ha fatto la bella di punto in bianco?"

"Te l'ho detto."

"E come ve la siete cavata, voi tre?"

"Secondo te? Servizi sociali! Gente che ruba lo stipendio, se vuoi saperlo. In cambio dell'elemosina che ti fanno, ti incasinano la vita e basta. Vogliono che te la canti su tutti i cazzi tuoi, rompono i coglioni per telefono e a domicilio, peggio dei testimoni di Geova, ti dico. E lo psicologo, e di qua e di là, ma per te non fanno niente. Ti mettono solo i bastoni tra le ruote e ti controllano... Un delirio!"

"E i tuoi fratelli?"

"Quelli? Spariti pure loro. Stefano è meglio che non lo vedo, quel tossico di merda. Non ti dico i casini che ha combinato, sto ancora pagando. Ti giuro che se apparisse qua, ora, lo ammazzerei con le mie mani. Meglio se sta alla larga. Loredana invece la rispetto, si è sposata e vive con un minchione in un qualche buco di paese tra Monza e Lecco, sai quei posti da zombi dove non trovi manco i cani per strada dopo le sei di sera? Almeno quando stava in zona mi passava qualche soldo, ogni tanto. Boh, mi pare che ha pure avuto dei figli. Ci pensi? Sono zio e quella puttana non mi ha ancora fatto vedere i miei nipoti!"

"Saluto tutti i covnuti e i tvavestiti!" esordisce allegramente Emiliano. Non passa giorno che infili il suo grugno nel bar, ma di primo acchito c'è comunque bisogno di sguanciottarlo per appurare che sia reale e non viceversa l'apparizione di un qualche folletto, sbucato dal buco nero di un parallelo mondo fantasy.

"Ciao, sciupafemmine. Hai guadagnato il pane quotidiano?" gli indirizza Salvo.

"Direi di sì, sta ancora sudando..." rilancio.

"Che giovnata di mevda, mi sono fatto un culo gvande come una casa."

"Porcoggiuda, Emiliano, mica avrai ridipinto il Duomo, no? Fai il bidello, che gran fatica avrai fatto mai?" dice, appassendo, il Biondo, il quale si stanca già solo a conversare di lavoro. Nel contempo ordina un'altra birra.

"Fanne due!" esclama Emiliano, dal basso della sua statura. Mentre spillo le bionde, il rubicondo Emiliano attacca un elogio a Erode che non teme rivali. A farla breve, è accaduto che un trio di mocciosi di dubbia paternità abbiano partorito la brillante idea di tappare gli scoli ai rubinetti dei bagni, al secondo piano della scuola, per poi aprirli a pieno getto e lasciare defluire l'acqua. L'idea geniale era fare in modo da interrompere le imminenti interrogazioni di matematica. Il risultato, dopo la tracimazione del liquido al piano inferiore, è stata la sospensione dall'istituto per i vandali e un mazzo tanto per il nostro Emiliano, straccio e secchio alla mano. Alla fine del racconto, risate e battute salaci si sono sprecate e, tenendosi la pancia, Salvo suggerisce al Biondo di tirare su anche il nostro beniamino, all'indomani, che tre nani su un furgone non li ha mai visti nemmeno Biancaneve. Infine, scemate le ghignate, il Biondo si tira in piedi fiaccamente, lascia sul bancone un biglietto da uno scudo che, più che accartocciato, pare il prototipo di un geniale origami, e saluta la truppa, deciso a riposare le spossate membra in previsione dell'alzataccia. Mentre lo guardo andar via, con la sua caratteristica andatura ingessata e guardinga, mi torna in mente un aneddoto che lo riguarda, accaduto pochi mesi or sono. Si presentano alla sua porta due tizi che si dichiarano funzionari Rai. Danno per certo che il Biondo possegga il televisore e che si faccia beffe del canone, puppandosi le programmazioni a ufo.

"Ve ne dovete andare" gli sbraita contro, rabbioso, "non potete entrare senza un'ordinanza scritta da un giudice, quindi fuori dai coglioni!" Alle rimostranze della strana coppia, il padrone di casa inizia a contare. "Dieci, nove, otto..."

"Lei sta peggiorando la sua posizione. Intralcia dei pubblici ufficiali..."

E lui: "... sette, sei..."

"Comprende la gravità del suo atteggiamento? Perché sta contando, insomma?"

"È il conto alla rovescia. Appena arrivo a zero, esco fuori e vi ammazzo di botte a tutti e due... Cinque, quattro..."

"Cosa ha intenzione di..."

"...Tre... Vi massacro quant'è vera la Madonna, pezzi di merda... Due..."

La leggenda vuole che i funzionari di mamma Rai, pallidi come cenci, siano sgommati via dal pianerottolo alla velocità della luce, prima che il Biondo riuscisse a pronunciare "uno".

"L'avete capito, che succederà domani? Il Biondo e Nano assieme per mezza giornata, chiusi nell'abitacolo di un cavolo di furgone. Faranno scintille! Roba da filmare con le cineprese" ridacchia Salvo, allisciandosi i baffi.

"C'hanno avuto qualche scazzo, quei due?" Chiede Vito la Mamma.

"Scazzo? Qualcosa di più!" dico. "È una vita che si prendono male, del tipo che si detestano, basta che uno apra bocca e l'altro gli sputa in faccia."

"Si sono mai menati?" domanda Emiliano, sgranando gli occhioni da bue.

"Se si sono presi a mazzate?" rispondo. "Come credi che si sia procurato quello sfregio sul sopracciglio, quella brutta bestia di Nano? Erano già passati ai coltelli, quando siamo riusciti a separarli. Sono rimasti feriti entrambi, quel giorno."

"È vero, ricordo che li abbiamo accompagnati al San Carlo che buttavano sangue come fontane." aggiunge Salvo.

"Stavamo al pronto soccorso e avevamo un bel da fare a tenerli separati, mentre le due cayenne seguitavano a smoccolare insulti e tentavano ripetutamente di azzuffarsi. Hanno fatto un bordello tale che ancora ne parlano, all'ospedale."

"È dovuto intervenire l'agente di guardia, per sedare la rissa" concludo.

"Be', che idea geniale metterli assieme" dice Vito la Mamma.

Una volta in strada, il Biondo prende la via delle cave, pensando di incontrare, per una botta di culo, un tale amico spacciatore al quale scroccare una canna, tanto per allontanare i pensieri negativi. Niente da fare, la famosa legge di Murphy non guarda in faccia a nessuno. Rimasto a bocca asciutta, il bell'elemento conclude che tuffarsi nel letto e fare quattro chiacchiere con Morfeo sia la cosa giusta da fare. Durante il tragitto che lo mena verso casa, tuttavia, si rode il fegato pensando che avere a così poca distanza quello stronzo di Nano e non poterlo gonfiare di pugni sia un'occasione mancata. Prima di riuscire a richiudere il catenaccio alle sue spalle, ha incontrato amici e conoscenti, ai quali non ha rivolto che uno stentato e frettoloso saluto. Il chiodo rimane fisso sul suo insopportabile nemico anche durante la frugale cena, composta da carne in scatola e patatine, consumata mentre il Biondo è svaccato mollemente sulla lisa poltrona in finta pelle, davanti alla TV. Più tardi, steso sul letto, stenta ad addormentarsi, per via del pensiero molesto rivolto al nasuto personaggio col quale dividerà il volante l'indomani. Spegne l'ultimo mozzicone della giornata, torturandolo nel posacenere.

"Chi me l'ha fatto fare? Chissà se quell'infame sta pensando di combinare qualche cazzata alle mie spalle! È la volta che lo sgozzo, porcoggiuda!"

Animato da pensieri assassini, il nostro scansafatica spegne la luce e si lascia avvolgere dalle tenebre, ma il trascorrere della notte si trasmuta in una sequela di incubi che avrebbero fatto la fortuna di Edgar Allan Poe, risparmiandogli un sacco di verdoni scialacquati in oppio e alcolici. Il ticchettio della sveglia sembra amplificato da un megafono incorporato nell'oggetto stesso e a nulla vale il girarsi e rigirarsi alla vana ricerca della giusta posizione, il monotono scandire dei secondi è uno scalpello da carpentiere e allo stesso modo affonda nel suo essere con sempre più fragore. Quando giunge il sonno, poi, è addirittura peggio. Il Biondo vive continuamente la medesima situazione: lui e Nano sul furgone, al galoppo sull'autostrada. Solo le epifanie sono differenti. Se una prima volta vengono fermati e arrestati dalla polizia stradale, nella successiva si sbarazza dell'ossessionante compagno di viaggio con un colpo di pistola alla tempia. E ancora, si schianta rovinosamente contro il guard rail a cagione di un colpo di sonno e, una volta riavutosi, ha la sgradita sorpresa di ritrovarsi adagiato su un letto della Sacra Famiglia, destinato a spegnersi lentamente e squassato da atroci dolori. Ai piedi del sudario, Nano in perfetta forma e col sorriso malevolo stampato in volto, lo veglia. Ogni volta che l'incubo si dissolve, il Biondo si ridesta sfibrato e col cuore in gola cerca qualcosa da bere, fuma una cicca, maledice la vigliacca vita e Nano, il suo mostro personale. Da ultimo, prima di coricarsi e riprendere il riposo butta d'istinto un'occhiata alla sveglia e la beffa è completa: come in un paradosso temporale, pare che le ore non passino mai.

"Sta' a vedere che il dannato mi ha fatto la fattura! Ci credo, che ne è capace... Che quella zoccola di sua madre è pure una mezza fattucchiera! Stavolta la paga per tutte, però, non ha ancora capito con chi ha a che fare" sussurra, ringhiando per darsi animo. Sono da poco passate le tre di notte, quando finalmente il Biondo prende pace e scivola in un sonno duro, una specie di blackout cerebrale che si interrompe solo col ruggito della sveglia, alle 6 e 20.

"Di già?" bofonchia il Biondo in stato catatonico e con la voce impastata.

Il trillo della sveglia persiste, gli sembra che l'intera Banda degli ottoni si sia data convegno intorno al suo giaciglio e pompi a mantice negli strumenti. Il jingle viene stoppato da un disperato centrone, che lo disattiva bruscamente.

"Vaffanculo a chi ha inventato gli orologi! Spegniti, maledetta" dice infastidito il Biondo, mentre contemporaneamente si gira dall'altra parte e si avvolge nella coperta. "Con tutta la gente che c'è, proprio a me doveva capitare 'sta mattanza, porcoggiuda? Un cristiano a quest'ora non si tira giù dal letto manco se va a fuoco la casa." E, tanto per darsi ragione, bastano pochi istanti al giovane per ripiombare in pieno letargo.

Un'ora dopo Carrapipi ha quasi scavato un solco sul marciapiede e il suo infinito andirivieni è inframmezzato da osceni intercalari, indirizzati verso il Biondo.

Seduto dal lato passeggero del furgone con una gamba penzoloni e l'impronta del cuscino ancora stampata su una guancia, Nano si riavvia i capelli con gesti studiati e nel contempo sbircia dallo specchietto retrovisore il nervoso via vai del suo committente.

"Te l'avevo detto, che quello non si sarebbe presentato. È solo un chiacchierone, ha la lingua sempre asciutta da tante balle che caccia. Mo' che facciamo?" dice.

"Hai ragione, sbarbato. Ma quello stronzo è sempre a corto di quattrini, volevo dargli la possibilità di guadagnare qualcosa... Bah! Vai a fare del bene alla gente."

"Se vogliamo tagliarla corta, posso dare un colpo di telefono a Rico. Facile che ci viene lui, al posto di quel deficiente. C'ha pure la patente."

"Massì, altrimenti stiamo qua a grattarci. Se nel frattempo si presenta il Biondo, si arrangia. Imparasse a non bruciarsi 'ste occasioni. E che sarà mai? Qualche ora di guida tranquilla sull'autostrada. Un lavoro facile e pulito, praticamente gli cacciavo i soldi nelle tasche. Invece se ne fotte alla grande."

"Lo conosci, è allergico al lavoro. A quello già se gli allunghi un centone a babbo morto ti guarda come se il favore te lo fa lui a te, figurati se deve sudarselo. Allora, chiamo il mio amico?"

"Chiamalo" sospira il siciliano.

Nano scende dal furgone e si avvia verso il bar, poi ha un ripensamento e si riavvicina a Carrapipi, carezzandosi il labbro inferiore.

"Facciamo così, Carrapipi...", dice a bassa voce, "I soldi li dai a me e ci penso io a gestirli, okay?"

"Qual è il problema?"

"Non c'è nessun problema."

"E allora?"

"Mettiamola così: telefono a Rico e lui mi dice che lo sgobbo gli interessa. Tecnicamente il lavoro glielo procuro io, mi segui? Quindi mi spetta una commissione. Gli propongo duecento e se a Rico sta bene, la mia parte diventa quattro gambe. Non ti cambia la vita, perché spendi la stessa cifra, io sono contento e anche Rico tira su bei soldi e la pranzata in autogrill. Che ne dici?"

"Che non me ne frega niente, di come dividete la fresca. Mi importa solo che quel ferrovecchio parta in direzione Padova il più presto possibile e che arrivi a destinazione senza problemi. Quindi alza la cornetta, tira giù dal letto il tuo amico e fatemi il piacere di non combinare cazzate durante il tragitto."

"Siamo intesi, allora."

Meno di mezz'ora più tardi Nano e Rico si allontanano sul furgone dal carico sospetto verso le autostrade e Carrapipi può tirare il fiato, finalmente.

È già tarda mattinata quando il Biondo tira fuori il muso dalla coperta e rimira incredulo la sveglia. "Troppo tardi", pensa, "tanto vale dormire un altro poco."

A vederlo entrare nel locale due spanne dietro il proprio ego, Davide mi fa più ridere che impressione. Elegante nel suo completo color sabbia alla moda, intendo coi pantaloni attillati, giacchetta vaporosa e gilet, il mio amico e collega sfoggia scarpe Clippers affilate quanto il rostro di un pescespada e, motivo principe del suo ennesimo ritardo, ha l'aria di essere appena uscito dalla bottega di Valenti, il parrucchiere più sciccoso della zona. Un tocco più caro della media, ma lasciate alla sua mercè qualsiasi tipo di chioma... Il minuto coiffeur dal baffo prominente, con la sua arte, è in grado di trasformare ogni ranocchio in principe anche senza l'ausilio del bacio. Io e Saverio lo seguiamo con lo sguardo mentre raggiunge il retro, appende con cura all'attaccapanni la giacca e il gilet e lega in vita il grembiale marrone, nota stonata sul vistoso abbigliamento.

"Be'? Che avete da lumare, tutti e due?"

"Se hai intenzione di chiedermi l'aumento, hai capito male" risponde Saverio.

"La cosa insolita è che ti sei acchittato più guappo di uno zanza per venire a lavorare, capisci? Roba che se ti centra una goccia di caffè o una spruzzata d'olio, hai buttato nel cesso un monte di soldi" replico a mia volta.

"La classe non è acqua..."

"Io vedo solo acqua... Gasata, per di più" affondo, tanto per dare fastidio. Davide fa' una smorfia, infine scopre le carte.

"Il fatto è..."

"Ahi, ci siamo", dico.

Saverio, che ha capito l'antifona, si toglie di mezzo e glissa in saletta.

"Ho conosciuto una, Tino, vedessi che sventola. Una studentessa persiana."

"Capita", annuisco, "Chi non cucca miss Teheran camminando per strada?"

"È la ragazza giusta per me. Educata, timida e — ci credi? — Proviene da una famiglia aristocratica. Insomma, un pasticcino" dice il mio collega, estasiato.

"Stringi."

"Okay. Usciamo a pranzo." La faccia di bronzo mi scruta, untuoso.

"C'è solo un problema."

"Cioè?"

"Indovina chi è di turno fino a stasera alle otto?"

"Non puoi farmi questo. Solo gli infami non fanno squadra, quando c'è di mezzo una donna. Vorresti distruggere una storia d'amore solo per un meschino cambio di turno? Bell'amico, che sei." Winnie Pooh mi fa gli occhi dolci.

"Secondo me non sai nemmeno dove si trova, la Persia."

"E questo che c'entra? Una straniera è una straniera, mica devo portare a pranzo il suo Paese" risponde indignato Davide. "Allora?"

"Però ti smazzi la chiusura, d'accordo?"

"Se me lo chiedi, posso fare anche la guardia di notte. Grazie, amico, dovrebbero farti un monumento, dico davvero."

"Sì, il monumento allo scemo di guerra, dovrebbero farmi, altro che palle! Il giorno che la smetterò di pararti il culo ne vedremo delle belle."

Saverio riappare e, dopo avere appreso del nostro cambio di orario, ci segnala le ordinazioni. In quello stesso momento il Biondo fa capolino all'uscio.

"Voglia di lavorar saltami addosso, ma fai piano che mi sposto" recita il boss.

Il Biondo spegne la cicca nel posacenere e, con lo sguardo ancora inebetito dalla lunga dormita, si poggia al bancone e ordina un caffè americano.

"Allora, Biondo, non avevi un appuntamento, stamattina?" domanda il mio capo.

"Lascia stare, che non è giornata, Saverio. Dev'essere capitato qualcosa alla sveglia. Quella traditrice non ha suonato e io mi sono fottuto un lavoretto di quelli puli-ti-puliti."

"Che peccato. Avresti dovuto sentire Carrapipi, quante bestemmie ha tirato."

"Che te lo dico a fare, se quel rottame non ha suonato non ci posso fare niente. Uno che dorme non ha colpe, no?"

"In ogni caso non sono affari miei" osserva Saverio.

"È giusto. Com'è finita, comunque, la faccenda del trasporto, hanno rimandato?"

"See, rimandato. Certe cose non si rimandano, lo sai. Visto che non arrivavi, ti hanno sostituito con quel compare di Nano, quello lungo coi capelli sempre unti che abita vicino al negozio di Mimmo Parrucca. Hai capito chi?"

"Rico! Buono, quello. Un altro sfaticato, tale e quale a Nano. Non per niente sono culo e camicia" sbotta il Biondo, facendo sbordare il caffè dalla tazza con un istintivo gesto nervoso. Io e Davide ci guardiamo divertiti, perché se il campione dell'inerzia dà dello sfaticato a qualcuno, be', è come il famoso bue che dà del cornuto all'asino. Saverio invece resta impassibile, fedele al proprio ruolo.

"Intanto ti ha soffiato la parte. Se ci tenevi tanto a quello sgobbo, avresti dovuto presentarti puntuale, sveglia o non sveglia. Meno male che la faccenda si è risolta, altrimenti sarebbe successo un bordello tale che manco te lo immagini. Carrapipi è ancora fuori dalle grazie e ti conviene stargli alla larga, per qualche tempo."

"Porcoggiuda, ma alla fine che minchia c'era, in quel furgone di merda?"

"Te lo vengo a dire a te?"

Il Biondo occhieggia d'attorno mentre il volto si irradia di tuoni e fulmini e socchiude gli occhietti malvagi, prima di replicare schizzando veleno.

"Insomma, mo' che cazzo vuole quello stronzo, da me? Alla fine è lui che ha mancato di parola. Il lavoro lo propone a me, poi mi fotte piazzandomi direttamente sul gozzo quel bastardo di Nano e, non contento, senza neanche darmi un colpo di telefono, mi sostituisce con quell'altro truzzo, che si becca i miei soldi senza colpo ferire... Poi l'infame sarei io? È allucinante! Sono a terra e mi fottono il lavoro. Cornuto e mazziato è un eufemismo."

"Dammi retta, è un consiglio da amico, Biondo. Quando gli girano le palle, Carrapipi diventa un cagacazzo. È meglio che lo lasci sbollire" dice Saverio.

"Non me ne frega niente di come diventa. Dov'è? È in saletta?"

"No, e ti va di lusso. Se intendi fare casino, butta male. Calmati e fatti una birra, te la offro io, d'accordo?"

Il Biondo indugia solo un istante, prima di accettare l'offerta e ringraziare il mio boss. Molla la sciacquatura che scimmiotta un vero caffè e si avvia a depositare le sue terga su una delle sedie del pergolato.

"E facciamoci 'sta birra. Oggi potevo guadagnarmi tre gambe, invece mi devo accontentare di un boccale, 'fanculo. È così che va il mondo, chi ha voglia di lavorare la prende sempre in quel posto e i ruffiani si riempiono le tasche."

"Gli spino una piccola?" chiedo a Saverio.

"Macché, fagli una pinta, che magari ci si affoga dentro, quella palla al piede."

Davide dà un'occhiata all'orologio, si sfrega le mani e in un lampo entra ed esce dal retro, rivestito del suo sfarzoso abbigliamento, profumato come una squillo e con la chioma sbuffante e imperiosa a fare da rompighiaccio col mondo.

"Allora io vado, ciao" saluta allegramente il ragazzo, sfumando assieme alla mia pausa. Va' e puccia il biscottino, gigolò di periferia... Resto io, in trincea, a combattere gli zanza cafoni e casinari, e mi rendo conto che fare il barista in questi microcosmi è più una missione, che un lavoro.

A CAVAL DONATO...

Si fa presto a dire “Febbre da cavallo” dopo che si è visto il famoso film nel quale i giocatori sono descritti come degli inossidabili perdenti e truffatori di mezza tacca. Il mondo delle corse, naturalmente, non è circoscritto a tali macchiette e, per quanto mi riguarda, lo trovo francamente affascinante. Oggi non posso mancare all'ippodromo del trotto, il programma prevede Chepewa, il mio pupillo, alla quarta corsa. Vabbè, sarei un bugiardo se mi fermassi a questo. In verità al bar è girata la voce che è stata organizzata una “polpetta” e Gigi il cavallaro, che sta al paddock, fornirà a tutti gli amici il nome del cavallo vincente. Punteremo forte e, se tutto va come deve andare, stasera faremo baldoria. In mezzo a parecchie centinaia di anime stiamo appollaiati sulle gradinate anche noi quattro; io, mio fratello Flavio, Aldo, che ha il vezzo di ravviarsi continuamente la lunga chioma da metallaro, e Fabietto. Quest'ultimo è un sedicenne aspirante Deejay che ci mena la ciolla con i latrati di tale Jovanotti, un nuovo pseudo-cantante che propone musica per gente senza cervello, a mio parere. Mentre Aldo e Fabietto studiano le gare sfogliando attentamente la rivistina col programma delle sette corse odierne, io e Flavio ci divertiamo a riconoscere gli zanza che brulicano nel parterre.

"Guarda, ecco Maurone e Stufa. Là, vicino al grassone con il basco, li vedi?"

"Li vedo. To', ecco Sfortuna. Va' com'è infoiato, che c'ha da agitarsi così, mentre parla?" replica mio fratello.

"Basta che non punti il nostro stesso cavallo, altrimenti facciamo seghe."

"Tranquillo, oggi ci riempiamo le tasche, fratellone."

"Già. Con la polpetta servita e le mie scarpe portafortuna, non c'è Pasquale Sfortuna che tenga. Andiamo di sotto, ragazzi?"

"Vi aspettiamo qua" dice Aldo "Tanto le prime due corse non le giochiamo. Sono tutti puledri, non ci si può fidare."

Sfiliamo davanti ai gabbiotti nei quali gli addetti ricevono le scommesse. La prima corsa non è molto gettonata, ci sono solo alcuni pensionati in coda con qualche biglietto da mille stretto in mano ad attendere la matrice con impressa la speranza di sfangare la fine mese. Scendiamo dalla scalinata centrale e ci troviamo nel parterre. Qua il clima è diverso, si respira nervosismo e ci si scruta di sottecchi, il pubblico è differente da quello delle gradinate. Qua ci sono i professionisti della scommessa, filistei e lanzichenecchi. Non i vegliardi né le famiglie. Non ci sono nemmeno le coppie di mezz'età agghindate elegantemente. L'area che va dai box degli allibratori al bordo pista è il regno degli zanza, gente di bar e sale corsa, personaggi da Night Club che puoi trovare il lunedì notte giù al parcheggio antestante la Stazione ferroviaria di Piazza Tirana a giocarsi milionate ai dadi. Metà figli di puttana e metà personaggi da folklore. Si formano capannelli spontanei intorno ai bookmaker e c'è sempre qualcuno che la sa più lunga, sapienti della spiata, rabdomanti dei piazzamenti.

"Guarda le quote!" esclamo, indicando a mio fratello le lavagnette oblunghe e nere poste ai box che recitano le quotazioni dei cavalli vergate col gesso bianco. Lo speaker annuncia che i trottatori sono al tondino, dove scaldano i muscoli prima che gli vengano agganciati gli attacchi. Qualche scommettitore saccente, riconoscibile dal cappello foderato alla scozzese e il quotidiano dell'ippica infilato nella tasca posteriore dei jeans, analizza i giovani equini abbarbicato alla bassa staccionata che divide il parterre dalla pista. L'eccitazione sale quando, dallo stesso altoparlante, la squillante voce tenorile dello speaker annuncia: "Cavalli in pista." Le scommesse iniziano a fioccare e gli allibratori, con arte e perizia, annotano sui taccuini, strappano foglietti, incassano cartamoneta. I puledri, come per magia, giungono in pista completi di bardatura, numero, sulky e driver frustino alla mano, abbigliato con casacca e cappello dai colori vistosi.

In questa prima corsa concorrono cinque castroni e due giumente di due anni. Debuttanti dalla morfologia perfetta che schizzano zaffate di terra mentre sgambano, provano progressioni alternate a richiami al passo. Gli occhi dei cavalli sono spiritati e palesano l'agitazione, sbuffando dalle froge come draghi medievali o tentando di rampare. Infine entra in pista l'auto che funge da starter. A questo punto, comandato da un atavico istinto, il pubblico si fa silente e attento. L'auto si ferma, attende che i trottatori la raggiungano e si schierino a ridosso del lungo spoiler posteriore secondo l'esatto ordine di partenza, quindi riparte lentamente. I cavalli la seguono nell'accelerazione variando dal passo al piccolo trotto, poi, quando lo starter dà gas e vola via, sono già in pieno trotto, che danzano sul terreno con regale eleganza.

Il numero quattro rompe subito l'andatura, quindi retrocede in coda al gruppo. Alla seconda curva dei 1600 metri rompe nuovamente e viene eliminato. Io e Flavio seguiamo la corsa svagatamente, finché non ci mettiamo il grano non c'è quasi sugo. Qualche grido di incitamento parte spontaneo con l'approssimarsi dell'ultima curva. La gara è tesa, i cavalli formano un gruppo omogeneo, si equivalgono. Tutto si gioca sul rettilineo finale. I driver si dannano col frustino e i gomiti, i puledri con più birra tirano lo sprint. Dalle gradinate sentiamo, frammiste a urla selvagge, come delle raffiche di mitraglia. Il pubblico eccitato si è simultaneamente alzato di scatto dai seggiolini che, richiudendosi, hanno causato il gran fracasso simile a una raffica. "Vai!", "Frusta quel morto di sonno!", "Dài, bello, dài a papà!" Gli ultimi cinquanta metri sono drammatici, vedreste gli scommettitori in trance; buoni cristiani e padri di famiglia farsi belve, dimentichi di ritegno e religione, sacramentare come butteri all'indirizzo di quei poveri, ignari quadrupedi. Quando la giumentina baia col numero tre precede al traguardo il gruppo di un'incollatura, l'aria si ammanta di improperi e ovazioni che, intrecciandosi, formano il caos. Qualche fortunato scommettitore passa all'incasso, il resto della truppa strappa le matrici e, dopo brevi scambi d'opinione tracimanti l'amara consapevolezza che le proprie sapienza e logica sono subalterne solo al fato beffardo, affonda la capoccia nel programma per vagliare, tra i partenti, il sicuro vincitore della corsa successiva.

La seconda corsa, per soli gentlemen attaccati a cavalli di tre anni, passa senza fare storia. La terza gara prevede quindici cavalli e si comincia a fare sul serio. Aldo e Fabietto insistono per giocare un'accoppiata sicura-sicura, a loro dire. Dico io, hanno studiato certosinamente la rivistina dalla copertina verde carpendo anche la più insignificante informazione su ogni singolo quadrupede in gara, e intendono puntare il carico sui favoriti? No, grazie!

"Perché no?" risponde Aldo. "Lascia fare che, quando gli altri cavalli taglieranno il traguardo, quei due saranno già nei box a sgranocchiare avena. Guarda che tempi stanno facendo... Va' che piazzamenti c'hanno, Tino. 'Sti due, sui 2100 metri, li possono fermare solo a colpi di schioppo. Lo sappiamo, andiamo a raddoppiare appena la puntata, ma in seguito avremo l'occasione di picchiare il doppio di fresca sulla polpetta. Che ne dici?"

Fabietto e mio fratello annuiscono e non me la sento di impuntarmi quando il resto dei miei soci mi vota a sfavore. E sia, sganciamo a uno svogliato operatore mezza gamba in cambio di una stringa di carta spessa e patinata che riporta i numeri dell'accoppiata, uno e cinque. Solite chiamate dello speaker e carica di cavalleria e mi accorgo che il cinque, Onorato, ha il manto grigio.

"Un pomellato della minchia, ragazzi! Mi avete fottuto per bene... Sapete che non gioco mai i grigi! Addio, abbiamo bruciato un cinquantino" pontifico, incupendo.

"Falli almeno partire" dice Fabietto.

"Sai come si chiama questo? Razzismo" incalza mio fratello, ridanciano.

"Vedrete se non rompe alla prima curva."

"Mo' non portare sfiga. Se te l'avessimo detto, non avresti mai coperto la giocata. Guarda come sgamba bene, se Onorato fosse una sòla non lo avrebbero dato come favorito, che ne dici? Metti in funzione le scarpe portafortuna, piuttosto" la chiude Aldo.

"Emaniamo energia positiva, cumpa! Yo! Yo!" esclama Fabietto, Jovanotti docet.

Lo squadro con lo stesso interesse antropologico col quale lumerei un ominide e penso che se ormai la frittata è fatta, tanto vale concentrarci sulla coppia di equini alla potenza dei cui garretti abbiamo delegato la nostra sorte. Al termine del primo giro Onorato prende la testa del gruppo e fa da battistrada e la cosa non mi piace. Lo faccio notare e vengo apostrofato come fossi il re dei gufi.

"È in testa, e l'uno gli sta proprio alle calcagna. Guardate come arrivano di corsa, i nostri soldi" tuona Flavio al momento decisivo; l'ultima curva. Come avevo previsto, Onorato, dopo avere tirato il gruppo per mezzo chilometro, ha perso le energie per il rush finale e cede le prime posizioni. Il numero uno fa il suo dovere e vince la corsa.

Io faccio il mio e strappo la matrice. I miei soci hanno le orecchie basse e non obiettano quando decido che punteremo Chepewa piazzato nella gara seguente. Molliamo il popolo delle gradinate e fendiamo la folla del parterre, a caccia del bookmaker con le quote più favorevoli.

"Quanto lo dai Chepewa piazzato, capo?" chiedo al tizio del box più vicino, che si batte valorosamente contro uno sciame vociante di scommettitori.

"Non ci vedi? È scritto sulla lavagna. Sta a due e mezzo, sbarbato."

"Ci metto mezza gamba."

"Cinquanta, piazzato. Ecco la tua giocata" dice il bookmaker, porgendomi una ricevuta intestata con la mano destra e aspirando la banconota con quella del diavolo. Convinti di scivolare sul velluto, io e i miei soci ci appostiamo a ridosso della palizzata, conquistandoci la prima fila proprio mentre i cavalli terminano la sgambatura. Al mio fianco si piazza Buttafuoco, che mi strizza l'occhio. Non è una buona compagnia, perché il tipo è fradicio di sudore e pare avere due aringhe sotto le ascelle. In tali condizioni, se non fosse un buon pagatore stenterebbe a trovare compari finanche per un giro di poker, al bar. Provate voi a inalare cotanto afrore e nel contempo a concentrarvi sulle carte e, soprattutto, sulla posta. Faccio buon viso a cattivo gioco e ricambio l'ammiccamento con un saluto.

"Non ti avevo mai incontrato all'ippodromo, ragazzo, vieni spesso a scommettere sui cavalli?" esordisce.

"Di tanto in tanto, per svagarmi con gli amici. Non sono un giocatore, se è questo che intendi" replico mentre mi cade il naso.

"Infatti non c'hai la faccia del giocatore."

Che vuol dire, che non ne ho la faccia? È da tutta la vita che l'intelligentone di turno mi ripete questa solfa rispetto alle attività più disparate. Che aspetto dovrei avere, alla fine, per appartenere a questo club di sfigati? Sorvolo, ho i fatti miei a cui badare, ma Buttafuoco non mi molla.

"C'è anche il tuo capo?"

"No, sai com'è, Saverio preferisce piazzarsi in sala corse. Qua c'è troppo sole."

"Già, lui e il suo compare Pez. Stanno sempre assieme, quei due. Prima o poi scopriremo che sono fratelli siamesi."

"Facile" dico voltandomi verso il gruppo dei partenti, innalzando così un muro che mi ripari dall'interloquire ulteriormente col padrone delle sue ascelle. Tra i cavalli riconosco istantaneamente Chepewa. È di taglia inferiore ai suoi antagonisti, un sauro camuso dal portamento elegante, caparbio come un sardo e concreto alla pari di un crucco. Guardarlo volare sulla pista ancora impastrugnata dalle recenti piogge è una gioia per gli occhi e al primo passaggio io e i miei soci ci sgoliamo per incitarlo.

"Hai postato sul sette?" incalza Buttafuoco. Annuisco.

"Abbiamo... postato" lo corregge Aldo.

"Be', avete buttato i soldi. Oggi quel botolo non arriva."

Lo squadriamo come fosse un imbucato alla festa e pensiamo che se proprio il tipo deve muovere la bocca per portare jella, tanto valeva che fosse nato muto.

Mentre riduco a brandelli la matrice della scommessa, bilioso come un barbaro a Teutoburgo, rivedo l'attimo del fotofinish sul monitor troneggiante a poca distanza dalla struttura a foggia di ferro di cavallo che segnala il traguardo. Il frame è lapidario, col brutto muso del numero sei che precede le froge dilatate di Chepewa per pochi centimetri, soffiandogli così il terzo piazzamento. Scorato, sbircio fuggevolmente le espressioni dei miei soci. Espressioni beffarde e compiaciute. Che stronzi, penso, chissà quanto mi prenderanno per i fondelli, dopo questa débacle.

"Ehi, intenditore, mi sa che le tue scarpe non portano tutta questa fortuna. Come minimo sono state confezionate con pelle di gatto nero" sparacchia quel traditore di mio fratello, tenendosi fuori portata da un sonoro calcio in culo.

"Però è bello come soprannome. L'intenditore, tale e quale al tipo della pubblicità. Che ne dici, Tino, ti suona?" dice Fabietto.

"Ti suono io, se solo t'azzardi a ripeterlo. Dite un po', non vi capita mai di sbagliare? Tutta colpa di quel gufo maledetto, pareva divertirsi a girare il dito nella piaga, con quel puzzo rancido che emanava."

"Davvero lo credi? Che Buttafuoco abbia tutto 'sto potere, intendo" dice Aldo.

"La giocata era regolare e non sopporto l'idea di essere stato tradito proprio dal mio cavallino. È quel cacchio di Buttafuoco che ha menato rogna, non c'è dubbio. Teniamoci alla larga da lui, che la prossima corsa vale oro. Mi raccomando, dobbiamo blindare Gigi il cavallaro o qualcun altro del bar, per conoscere il nome del nostro polpettone quotidiano."

“Speriamo di acchiapparlo, qua si sta mettendo male per le nostre finanze. Un altro colpo a vuoto e mi sarò giocato il mensile” replica preoccupato Fabietto.

“Un po’ di ottimismo, banda di depressi. Sguinzagliamoci a caccia della soffiata e riuniamoci qua fra un quarto d’ora” erompe Flavio, convinto.

Pronti via, io e gli altri tre ci dividiamo. Saluto lo Zio, ma non me la sento di interromperlo mentre disquisisce con Ritàl. Cerco allora tra la folla Maurone, il suo corpaccione nerboruto è più visibile di un faro in una notte di bonaccia, infatti lo scovo al bar, col calice in mano e l’espressione rilassata.

“Bevi qualcosa?” mi fa lui. Faccio segno di no con la mano.

“Come se avessi accettato. In realtà sto inseguendo la polpetta. Hai già avuto l’ambasciata del cavallaro, alle volte?”

“Positivo, fratello.” Il ragazzone vuota il calice e sussurra: “Stavo giusto andando a scommettere. Giunone, il numero dieci. La signorina, un vero brocco, è data vincente a tredici e mezzo. Roba da giocarsi la casa, compresa di moglie e arredi. Se funziona, oggi sbanchiamo San Siro.” Mai sentito come una musica celestiale salire nelle orecchie? Cara Giunone, vinci e spedirò al tuo indirizzo un tale monte di carote che ti consumerai denti e gengive prima di spazzolarle via tutte. Bacio le mani a Maurone e filo a razzo verso il punto d’incontro. Oggi si fa la storia!

Quando raggiungo Aldo e Fabietto, in preda all’ansia per non avere cavato un ragno dal buco, e gli sparo la dritta, mi festeggiano con la stessa gioia che doveva produrre in antichità il ritorno del cacciatore carico della sua preda in seno alla tribù affamata. Aldo intende sbrigare subito la giocata ma gli rispondo che è impossibile, poiché Flavio è il cassiere e ancora non ha fatto capolino.

"Merda, ma proprio lui doveva tenerli, i soldi?" ulula Fabietto.

"Avrei dovuto fare io il cassiere." soffia tra i denti Aldo, unendosi al coro.

"Non vedo dove stia il problema, ragazzi. Da un momento all'altro vedremo apparire mio fratello e scommetteremo. Manca ancora un sacco di tempo alla partenza."

"Non manca affatto, un sacco di tempo" mi corregge Aldo. "Guarda l'orologio, sono le quattro e venti adesso, fra dieci minuti inizia la corsa. Se perdiamo la giocata è la volta che gli alliscio il pelo, a quel ritardatario cronico."

"Va bene, andiamo a cercarlo. Voi due dividetevi il piano terreno e il primo. Io mi faccio il parterre. Il primo che lo trova lo prende per le orecchie e lo porta immediatamente a scommettere tutto quello che c'è rimasto su Giunone vincente, chiaro? Ci ritroviamo in questo punto al momento della partenza, accidenti a lui!"

Mollati i miei amici affretto il passo e scruto attentamente tra il brulicare della varia umanità, sperando di incrociare al più presto il volto del mio consanguineo e quagliare, anche se in questo momento vorrei essere un altro modello di fratello... Tipo Caino, tanto per rendere l'idea. Ci sono occasioni in cui la vita si trasforma in un incubo e una manciata di secondi costituisce la differenza tra il successo e la rovina. Nel mio piccolo sono immerso in quello stesso brodo. Trovare Flavio in tempo equivale a fare il pieno di cocuzze, il contrario significherebbe tornare a casa con la coda tra le gambe e il portafogli tristemente vuoto. Per questo mi affanno a destra e a manca sperando di sbattere il muso contro mio fratello. Spintono, apro varchi e dribblo vecchie cariatidi e facce da galera, fendo capannelli di gente vociante, scivolo sulla ghiaia e sui mucchi di coriandoli formati dalla moltitudine di matrici perdenti strappate e gettate in terra con stizza. Giro a vuoto per i fatidici dieci minuti, infine, a malincuore, torno al punto di ritrovo. Fabietto se ne sta appoggiato pesantemente alla palizzata con le mani sul viso, come a coprirsi gli occhi, e nel contempo smadonna come un lupo di mare.

"Ehmbé?" mi fa "L'hai trovato, quel rimbambito?" Muovo il capo per rispondergli negativamente e Fabietto si porta nuovamente le mani sugli occhi, con l'espressione tirata e senza emettere neanche il minimo ultrasuono. Mentre i trottatori guizzano leggeri sulla pista, scaldando i muscoli per l'imminente gara, ci raggiunge anche Aldo, ciondolando e scalciando sassetti per la rabbia.

"Vorrei solo sapere dove cazzo si è cacciato quel deficiente di tuo fratello" urla.

Non disponendo di lampada magica mi limito ad alzare le spalle.

Quando entra in pista l'auto dello starter comprendiamo che ogni anelito di speranza è ormai sfumato e i cavalli, schierati in quattro file ordinate, ricordano uno spietato plotone d'esecuzione che si appresti a fare fuoco sulle nostre finanze. L'idea di affidare il denaro a Flavio è stata mia e mi sento responsabile per questa inattesa situazione. Non riesco ad alzare lo sguardo sui miei amici, tantomeno ho voglia di seguire la corsa. Mi limito a fissare il terreno soffice della pista e ad ascoltare il rumore attutito degli zoccoli che lo calpestano.

"È chiaro che appena torni a casa, quelle tue scarpe portafortuna le butti nella monnezza" esclama Aldo, senza staccare gli occhi dalla corsa.

"Guardate come si danna madama Giunone, è già testa a testa per la prima piazza!" esclama amaramente Fabietto. Butto un occhio, distrattamente, mentre mi sfreccia davanti e mi accorgo che schiuma abbondantemente.

"Se non è dopata quella giumenta, Cicciolina muore vergine. Guardate che cazzo non le esce dalla bocca, chissà cosa le hanno rifilato, poveretta, per farla correre a 'sta maniera" affermo, quasi sorpreso per il tono della mia voce. Dai grugniti disinteressati dei miei compari comprendo che, se Giunone schiattasse in terra in questo preciso momento, non gliene fregherebbe minimamente, tantomeno delle mie valutazioni da saputello. Avevo promesso loro che avremmo fatto man bassa invece siamo fermi al palo, e questo è un fatto.

"Ehi, date uno sguardo al nove" dice Fabietto. Non avevo ancora fatto caso a quel morello. Lo ricordavo vagamente nelle ultime posizioni e adesso eccolo che, stantuffando sui suoi garretti al tritolo, sale mangiandosi gli avversari come fosse un damone circondato da pedine. All'approssimarsi dell'ultima curva, quando i driver iniziano a fare sul serio con frusta e insulti e si appigliano alle più bieche scorrettezze, quel figlio del demonio, nero come la notte, sfodera una progressione inarrestabile e, uno via l'altro, supera di potenza la truppa, mettendo nel mirino le solide chiappe di Giunone e del favorito, il quale, giunti sul rettilineo finale, sembra spompato e incapace di un cambio di passo. Dagli spalti, improvvisa, la raffica dei seggiolini che si chiudono di botto, le urla eccitate degli scommettitori, quasi a volere spingere cavalli e drivers verso il traguardo. In preda all'orgasmo, mi unisco alla bolgia incitando il numero nove, Grande Black, si chiama. I tre cavalli di testa sono distanti mezza incollatura l'uno dall'altro e i drivers, da veri gentlemen, si spintonano, si colpiscono a vicenda col frustino e si sputano in faccia. Non c'è quartiere, a questo punto. Il favorito cede, rompendo il passo, così restano Giunone e Grande Black, a 30 metri dal filo di lana. Il numero nove strizza l'occhio alla giumenta, in un altro momento sarebbe più galante, magari le avrebbe offerto uno staio di avena. In questa occasione invece mette la freccia, saluta e ringrazia... Ciao, baby, ci vediamo ai box, sembra dirle, e la brucia con uno sprint finale più vicino al Mach 3 che un Chihuaua alla sua coda.

La gara di Grande Black è stata così entusiasmante che mezzo ippodromo è in delirio. L'altra metà lo maledice come le tasse perché, come sento dire, "Quel cavallo di merda ci ha sputtanato la polpetta!" L'avrebbe fatto anche con noi, fortunatamente i capricci di mio fratello hanno evitato il tracollo finale della nostra cassa comune. Aldo e Fabietto benedicono san ritardatario e si chiedono quale Triangolo delle Bermuda abbia fagocitato il nostro cassiere.

"Vuoi assistere alle altre due corse?" domanda il mio giovane amico rapper.

"Macché, Fabietto. Non c'ho una lira appresso e poi oggi gira male. Se solo riapparisse quel fetente..."

"Devi disfarti di quelle scarpe. Portano jella" ribadisce il disco rotto di Aldo.

In quel mentre, alle nostre spalle, udiamo la voce squillante di Flavio.

"Allora, banda, che si dice?"

"Che si dice?" rispondo feroce, "Sei pazzo, lo sai. Dove cavolo sei sparito? Ti abbiamo cercato anche sotto i sassi, per riuscire a piazzare la scommessa."

"Be', meno male che non mi avete trovato, allora."

"Non fare lo spiritoso. Eri il cassiere... Prima della lobotomia, s'intende."

"Te ne sei andato a spasso coi nostri soldi. Noi stavamo qua a sbattere la testa per capire cosa ti poteva essere capitato, mo' te ne arrivi placido come se fossi tornato dalle vacanze e la polpetta non ti riguardasse minimamente. Non è normale. Che avevamo da giocare sulla quinta corsa te lo ricordi, no?" strilla Aldo tra il mortificato e l'astioso, scuotendo la sua zazzera corvina.

"Ma io ho giocato, sulla corsa! Tutto ciò che era rimasto in cassa, ragazzi" annuncia enfatico mio fratello, cogliendoci di sorpresa.

"Tu... Cosa?" chiedo, con un sibilo impercettibile.

"Sissignore. Quando ci siamo divisi a caccia della soffiata, mi si è avvicinato Pasquale Sfortuna e mi ha riferito che la polpetta era Giunone."

"E tu l'hai giocata?" chiede Fabietto, quasi con timore.

"Avrebbe mai avuto uno straccio di possibilità di vittoria un cavallo giocato da Sfortuna? Ero in fila alla cassa che rimuginavo sulla questione, quando ho avuto un'ispirazione... Chiamatelo sesto senso, sensazione o come diavolo vi pare, ma sbattendo il muso sulla lista dei partenti, mi è venuto in mente quel tuo fumetto che mi annoia a morte, quel Macigno..."

"Blek Macigno, il grande Blek!" urlo di gioia. "Stai dicendo che hai puntato su Grande Black?"

"L'hai detto, fratello. Ottantamila lirette tonde-tonde su quel razzo travestito da cavallo. Poi sono andato sulla gradinata a godermi lo spettacolo."

"Aspetta, Grande Black era quotato 10 a 1. Quindi abbiamo vinto otto gambe?" dice Aldo, tanto eccitato da avere la lingua allappata.

"L'hai detto. Penso che stasera faremo festa, che ne dite?" Abbracciamo l'eroe e lo portiamo in trionfo, spergiurando molto italianamente la piena fiducia nelle sue epiche gesta e nelle sue imperscrutabili intuizioni.

LA NOSTRA DOLCE VITA

"Beh, a ognuno secondo le proprie possibilità" commenta Davide, ridanciano.

"Perché no?" penso, mentre seguo la scena da dietro il bancone, in compagnia di altri sguardi curiosi. Sul marciapiede opposto a quello del bar, Emiliano sta parlottando con un mostro tricefalo di genere femminile, per combinare una scopata.

"Quando sei combinato come Emiliano, sfigato fisicamente, con tante voglie e pochi soldi, non puoi andare tanto per il sottile, immagino" borbotto, rivolto al mio collega.

"Ma questa è... Cazzo, l'hai vista? Una chiattona brutta a 'sta maniera è difficile da reperire anche al circo, una così è stata partorita dalla parte sbagliata, le è uscita di traverso, a sua madre!"

"A me lo dici? Alla lontana, la conosco pure io. Era alla Mazzali anche lei, alle medie. Deve avere ripetuto non so quante volte la prima, tante che alla fine non si è più vista la sua faccia in giro, deve essersi ritirata. A ogni modo era mezzo ritardata e credo che non sia migliorata, col tempo", rispondo.

Gli zanza presenti non fanno che commentare salacemente l'avvenimento e si zittiscono solo quando Emiliano attraversa la strada, diretto all'ingresso del locale.

Il primo a cantare è Salvo, che lo rimprovera ridacchiando. "Questo è troppo, brutto zanza, la prossima volta ti porto direttamente in una stalla. Se devi ciularti una vacca del genere, che almeno sia una vera."

"Ci mettiamo uno sgabello di quelli alti, la prendi per le corna e via, stantuffate" rincara Sugna, mimando l'azione.

"E quando ci arriva, a prendere le corna, con le braccine che si ritrova?" gli fa eco Nerone, spalleggiato da una ciurma di buontemponi, che trattengono a fatica pance e calici beccheggianti.

"Fatevi i cazzi vostvi, manica di covnuti!" replica Emiliano, sulla difensiva, mostrando il gesto delle corna con entrambe le mani.

"Va là, Emiliano, che stasera ti porto in vita e ti faccio sentire il profumo di una passerina come si deve" esclama Salvo, strizzando all'inverosimile le guance pienotte del nano.

"Sempre agli altri, la fortuna" scherza Davide. Salvo fa un mezzo sorriso.

"Sei almeno maggiorenne, Davide?"

"Dipende dai casi."

"Massì. Stasera vieni con noi... Anche te, Tino. Ci vediamo qua fuori, alle undici. Mi raccomando, vestitevi bene, che non si dica che porto in giro dei barboni."

Ho l'abitudine di strascicare i piedi e le scarpe con la suola di cuoio stridono sul selciato. Saverio, dall'interno del bar, mi studia sardonico mentre passeggio nervosamente, facendo la spola su e giù per l'isolato. Forse è sorpreso di vedermi in ghingheri a 'sta maniera. Indosso l'abito delle grandi occasioni, un coordinato blu di prussia, con tanto di camicia celeste, cravatta e gilet.

Mentre gli ultimi clienti escono dal bar alla spicciolata vedo spuntare Davide, raggiante nel suo spezzato sportivo.

"Come ti sei conciato, Tino? Sembra che devi partecipare a un matrimonio."

"È l'unico vestito elegante che ho" ribatto, quasi chiedendogli scusa.

"'Sto abbigliamento andava di moda ai tempi di mio nonno. Non ne capisci niente di eleganza, lascia fare."

"Vabbè, non è un problema, dai..."

Saverio abbassa lentamente la saracinesca e borbotta un saluto, al quale rispondiamo nervosamente.

"Chi è di apertura, domani?" chiede il nostro boss.

"Io" risponde Davide.

"Allora stiamo freschi" replica Saverio. La serranda termina il suo tragitto fino al suolo, fragorosamente.

Il tempo di grattarci la zazzera, che vediamo fermarsi due berline. Salvo, alla guida di quella di testa, ci fa cenno di salire. L'interno ha il gradevole profumo che emanano le auto nuove di pacca e il conducente ci mette a nostro agio con una battuta. Non stiamo stretti, in tre, sul sedile posteriore. Alla mia destra è seduto Emiliano, in tiro come un ambasciatore in serata di gala, e davanti a noi, oltre a Salvo, c'è Maurone, che lotta con la manopola del Pioneer, cercando una stazione musicale in grado di soddisfare i suoi gusti.

"Ci porti al Night?" chiede Davide, che non sta nella pelle.

"Senti questo!" ridacchia Salvo, dando di gomito all'omone ricciolutto.

"Andiamo alla Porta d'oro?" insiste Davide. Anche Maurone sorride.

"A te non ti fanno mica entrare, sbarbato. Prima di raggiungere Hollywood devi passare per Cinecittà." lo blandisce l'omone coi capelli ricci.

"C'hai le pretese, pollastro? Per questa volta vi tocca volare bassi, ma vi assicuro che come primo assaggio è già una sciccheria" afferma Salvo.

"Mi sa che stasera diamo le perle ai porci, compare" replica Maurone.

"Ah, ho capito dove stiamo andando", asserisce Emiliano, "Secondo me siamo divetti vevso quel posto nel quale fanno la lap dance, dove c'eva quella bionda che mi ha fatto un chinotto da uvlo, ci scommetto!"

"Non ti posso nascondere niente, sporcaccione. Come ci sei arrivato?"

"È come un rabdomante, con l'uccello che gli fa da bastone!" grufola Maurone, contagiandoci in un fragore di risa.

"Che cvetino che sei" gli risponde Emiliano, con gli occhi sbarluccicanti.

Il giovedì notte Milano è semideserta, la bassa marea della movida. Tra i lazzi raggiungiamo il locale, la cui insegna multicolore è un pugno negli occhi della via silente e tetra. L'insegna promette perversione e godimento, il gorilla alla porta assai meno. Scendiamo dall'auto e respiriamo l'aria di via Padova.

Dall'interno dell'auto retrostante, parcheggiata a una spanna da quella di Salvo, sbucano Cip e Walter ATM, che sfoggiano un sorriso smagliante mentre si accodano a noi.

"Allora, banda di zanza, siete pronti a pucciare il biscotto?" ulula Walter ATM, rivolto a me e Davide. "Emiliano, hai oliato il cetriolone?"

"Ma chi l'ha invitato, 'sto covnuto?" replica piccato Emiliano.

"Non c'ho bisogno dell'invito, io sono la guest star."

"Oh, piantatela, dài, che entriamo" borbotta Maurone.

Il buttafuori è un orco i cui abiti sembrano trattenere a stento il quintale di muscoli corporei. Saluta Salvo con deferenza e Maurone come un vecchio amico, accetta una sigaretta e attacca a fumare, finché non sfiliamo io e il mio collega. Allora cala come una saracinesca e ci sbarra la strada. Aggrotta la fronte e ci apostrofa con voce roca e minacciosa.

"Voi due sbarbati dove credete di andare?"

"Sono con me" obietta Salvo, riportandolo all'ordine.

"Ma ce l'hanno diciott'anni, questi pupi?" bercia il buttafuori. Annuisco.

"Appena compiuti." millanta Davide.

"Sono con noi", ribadisce Maurone. L'orco molla il colpo, ma prosegue a fissarci truce. Salvo paga per tutti alla megera in cassa, ordina una bottiglia di champagne e finalmente entriamo nella landa della perdizione.

Dopo avere superato uno stretto budello e il guardaroba, giungiamo nell'ampio salone brulicante di belle ragazze seminude e clienti eterogenei ma unanimemente arrapati. L'aria è rarefatta e le luci azzurrognole mi ricordano quelle notturne della colonia. La musica Techno sobbalza tra i tavolini e i divanetti, bianchi come il resto del disadorno locale. Sulla destra sbarluccica lo psichedelico e lungo bancone bar, fornitissimo di liquori e spine di birra e presidiato da un barista lungo e segaligno, col capoccione leonino che lo rende tale e quale a un girasole disidratato. Dalla parte opposta noto tre pali da lap dance posti sul palco semicircolare, al centro del quale troneggia la consolle da DeeJay. Chi seleziona la musica e abbaia dal microfono, una gran faccia da magnaccia, mi viene rivelato essere il padrone di casa. Il palo centrale è attaccato da una rossa in perizoma, che si avvita e giostra con grazia e leggerezza, mostrando senza pudore ogni curva del suo corpo flessuoso. Una dozzina di creature dal fisico mozzafiato si aggirano tra i divanetti, scelgono la preda e la blandiscono con l'esuberanza fresca e soda di chiappe e tette giovani, mentre al nostro tavolino viene finalmente servito lo champagne.

"Un brindisi, ragazzi!" esclama a voce sostenuta Maurone.

"Alla figa!" continua Walter ATM, mettendoci tutti d'accordo. Beviamo.

"Porca miseria, Tino, hai visto che schianto di femmine?" mi urla nelle orecchie, infoiato, Davide. Le ho viste si, vecchio mio, e inizio a farmici la bocca.

A un tizio poco distante dalla mia seduta una mora prorompente si è accoccolata sulle gambe e si è fatta palpeggiare duro, poi questo le ha ammollato una banconota, di foggia simile a quelle del Monopoli.

"Come funziona l'ambaradam, Salvo, bisogna pagare lo smanettamento?" gli chiedo.

"Ah, cornutello, ci stai prendendo gusto! Ricorda che nella vita non c'è niente, a gratis. To', prendi questi" mi risponde, consegnandomi una banconota da mezza gamba, "Fatteli cambiare in dollari alla cassa del bar, che poi ce li spartiamo."

"Dollari?"

"Sono dollari finti, testone, mica siamo dal cambiavalute. È per 'ste bamboline."

"Vai, fa il piacere" gli fa eco Cip.

Mi alzo e raggiungo il bancone. Mentre scambio il bigliettone con la carta straccia, una delle ragazze mi sfiora l'inguine e mi sussurra maliziosa.

"Tu vieni nel privée con me, okay?"

Sudo freddo... Mi capita. Resto bloccato come un topolino dinnanzi a un cobra.

"Andiamo a divertirci un po', ti va?"

Ho udito i miei ormoni cantare lo Yodel, ma non faccio una piega. Magari più tardi, replico, non immaginando affatto cosa sia un privée. Lei sembra delusa.

Mentre Salvo divide i dollari tra noi, sul palco avviene il cambio della guardia e le ragazze in scena adesso sono tre, completamente nude. Scattiamo come cani da punta, al cospetto di tanta grazia. Deglutisco. Mi fisso sulla bionda più vicina al divanetto sul quale sono spaparanzato. Ha un sedere a mandolino da urlo e due zinne marmoree con capezzoli così turgidi che farebbero schiattare tutto un reparto di cardiologia. Per il resto non faresti caso se avesse gli occhi storti o un carciofo al posto dei capelli, invece, perché nella vita a chi tanto e a chi niente, ha pure il viso angelico, con tanto di nasino fine e labbra carnose. Quando si inarca aprendo generosamente le cosce e schiudendo la passera, colo bava come un molosso. Quasi non mi accorgo della "collega" che mi si accomoda a fianco e comincia a strusciarsi, felinamente.

"Ciao" sussurra, "Ti piace il spetaccolo?" Altro che, replico ammirando gli occhioni da cerbiatta che mi lumano da sotto la frangetta castana. La tipa sfodera un sorriso luminoso, indossa solo una mutandina in finta pelle nera, calze a rete e scarpe laccate dal tacco lungo e affusolato. Mi afferra una mano e se la porta al seno e questo basta a mettere sull'attenti il mio soldatino. Poi mi si siede sopra, sfregando il retrotreno. La pastrugno senza tregua finché si alza e mi chiede di ficcarle uno dei dollari nelle mutande. Poi sculetta via dopo avermi salutato, lasciandomi come un bamba. Altre ragazze stanno chiacchierando coi miei amici. Maurone, alle prese con la sua coppa di champagne, mi fa l'occhiolino. Stringo in mano altri tre di quei finti dollari e non vedo l'ora di spenderli tutti!

Quando anche la terza boccia di champagne viene scolata, un paio di pollastre ci guida al piano superiore, nella zona dei privée. Ci imbuchiamo in una saletta bene illuminata, al centro della quale svetta l'ennesimo palo da lap dance. Tutto il perimetro della camera è ammobiliato da divanetti coperti da morbidi cuscini. Le due ragazze si denudano, turnano al palo e tra noialtri, facendosi palpeggiare e danzando sinuosamente, tanto da alzare pericolosamente il nostro livello d'eccitazione. Emiliano è il più coccolato, gli permettono addirittura di succhiare i capezzoli. Quando Davide prova però a insinuare un dito malandrino tra le grandi labbra di una delle due, questa gli fa capire che sta facendo il passo più lungo della gamba.

Dopo l'ultima battuta di Walter ATM, secondo cui le ragazze dovevano essere sicuramente straniere, una Cecoslo e l'altra Vacca, i ghigni hanno fatto posto a espressioni serie, dettate da pensieri sordidi. Sento Salvo bisbigliare qualcosa di indefinito nell'orecchio della ricciolina e capisco dalla reazione di lei che stanno contrattando. Dopo un altro affrettato scambio di opinioni, la fanciulla annuisce, infila mutandine e stivaletti e sguscia attraverso la tendina del privée. Trascorriamo solo un paio di minuti in compagnia della sola "Cecoslo", che ha la pelle di seta e la lunga chioma raccolta in una coda di cavallo, prima che l'altra si affacci e ci inviti con fare malizioso in un'altra stanza, più buia e priva di telecamera, dove ci attende una terza ragazza, quella stessa che precedentemente mi aveva offerto la sua gentile prestazione nel privée. Ci sediamo nuovamente e la ricciolina prende a pasturare Emiliano, che è in piena estasi. Gli sbottona camicia e pantaloni mentre il nano sfila gli slip, srotolando un salsicciotto tanto grosso e nerboruto da declassare il mio pene da sigaro a mozzicone. Tra le risate di Salvo e Maurone, Cip e Walter ATM incitano Emiliano. Davide, alle mie spalle, non ci sta più dentro.

"Non ci credo, glielo ha preso in mano?" chiede quasi incredulo.

"Gli sta facendo una sega" rispondo.

"Spero che la facciano anche a me, altrimenti mi toccherà chiudermi in bagno e andare di self service fino a ustionarmi la mano destra!" sbotta Davide.

"Ti piace, cornutello, eh?" dice ridacchiando Salvo, rivolto a Emiliano, che ha socchiuso gli occhi ed emette dei gridolini di piacere, simili a belati. Rido con gli altri sguaiatamente, poi all'improvviso mi sento carezzare i capelli. Lisa è il nome della ragazza ed era destino che mi portasse nel privée. Sento la pressione delle sue dita sul mio pacco. Domani dovrò assolutamente ricordarmi di ringraziare Salvo per la serata.

IL DARDO DI CUPIDO

Il discorso che ci ha fatto ieri Saverio è stato stranamente fumoso. Un susseguirsi di frasi smozzicate tra tiri di Marlboro e nervose, lunghe pause durante le quali soppesava parole e concetti. Tanto è bastato, comunque, per comprendere che i cambiamenti descrittici avranno conseguenze nefaste per me o Davide. Quando il boss, di punto in bianco, ci ha mollato per attaccarsi come una remora al suo socio Pez, io e il mio collega banconista ci siamo guardati in faccia con espressione interrogativa, aspettando che uno dei due desse l'attacco al commentificio.

"Be', cosa aspetti a tradurre in italiano? Con rispetto parlando, non è che c'ho capito molto, del brodino che ci ha propinato il boss" esclama Davide.

"Con Saverio devi saper leggere tra le righe e afferrare ciò che non dice. A ogni modo da domani avremo tra i piedi sua moglie e, francamente, che sia lei a spiattellare e lavare stoviglie e padelle a me sta più che bene."

"Poi c'è la questione Massimo..."

"Questa non me l'aspettavo. Credevo intendesse fare carriera in Marina, invece si congederà a fine giugno. Sai cosa significa? Che uno di noi due dietro a questo bancone sarà di troppo, dai retta a un pirla."

"Però Saverio non ne ha fatto parola, è un film che ti stai facendo tu."

"È proprio vero che hai la testa giusto per spartire le orecchie. Secondo te Saverio è il tipo che mantiene un figlio a ufo quando ha un bar da tirare avanti? Se mette sotto la moglie, figurati Massimo" dico, allargando le braccia.

"Minchia, con la voglia di lavorare che c'ha, il boss sta fresco. Scommetti che nel giro di un paio di mesi ci implorerà di restare, anzi, ci darà un aumento?"

"Sì, continua a sognare. Un aumento, quando mai..."

"Oh, certo che tu togli sempre la speranza. Ma che, sei nato il 2 novembre?"

Non sono il re dei gufi e manco mi ritengo masochista, però dalle dieci e trenta di stamane, cioè da quando ha preso servizio Anna, la consorte di Saverio, la sensazione che mi da la pelle è che il giro del fumo è inesorabilmente mutato.

Anna è una quarantenne di aspetto gradevole, il tipo che da giovane sarebbe stata definita "carina" ma niente di più, non certo una di quelle manze che fanno girare la testa quando le incroci per strada. Con l'età e la doppia gravidanza ha preso a lievitare ma la sua grazia, che sparisce quando apre la bocca a causa del lessico non proprio da Orsoline, consiste nelle generose tette che sballottano sinuosamente mentre è affaccendata in cucina e che Davide è incantato a sbirciare anche in questo momento, mentre attendo invano che riempia il vassoio.

"Oh, bell'addormentato, li prepari o no 'sti cazzo di aperitivi? In saletta gli si secca la gola, ai ragazzi, e già cominciano a insultarmi."

"Capirai, mica stiamo nel deserto. Hai notato, piuttosto, che pere c'ha la sciora?"

"Tu sei malato, lo sai, vero? Ancora un po' che stai a lumarle, finisce che attaccano a consumarsi come quelle della statua di Giulietta."

"Giulietta chi?"

"Lo vedi che sei una bestia? Mai stato a Verona?" replico piccato.

"E che ci devo andare a fare, a mangiare il pandoro?"

"Lascia perdere" concludo scuotendo il capo e indicandogli il vassoio vuoto.

Quando torno dalla saletta dopo il giro degli aperitivi, dal retro cominciano a giungere gli avvolgenti aromi delle pietanze in fase di cottura e, non c'è che dire, il tocco sapiente della donna di casa si sente, eccome. Non mi è mai piaciuto spadellare e ho sempre pasticciato tra i fornelli, non scherzo quando dico che solo per puro caso io non sia riuscito ad avvelenare nessun cliente, fino ad ora.

Quando Anna dispone i cabaret contenenti primi piatti, pietanze e contorni sulle mensole della vetrina, Sugna punta la sua pinna da squalo e si avventa sbavando famelico. Ordina una doppia porzione di orecchiette alle cime di rapa e acciughe, si siede e comincia a fagocitarle con impressionante velocità, quasi c'avesse tre bocche da sfamare, come Cerbero.

"L'hai visto, Tino? Se ci mettiamo a spacciare Alka seltzer, con quello facciamo i soldi" commenta Davide.

"Fame chimica, che ne dici?" ribatto, conoscendo la consuetudine del tipo a colmarsi la nasca di polvere bianca, con crescente posologia.

"Macché, Sugna è un pozzo senza fondo, con quello che si cala nello stomaco potrebbe risolversi la questione della fame nel mondo, dammi retta."

Gli avvinazzati ordinano l'ennesimo giro di bianchini spruzzati, per poi scambiarsi allucinate tesi sulle sorti del Bèrgum, che dai tempi delle corna e il successivo scazzo col suo ormai ex-socio-amante-della-moglie, nessuno ha più visto nei paraggi. Nel frattempo fa il suo ingresso Mustafà, che si siede in un angolo ed espone la mercanzia odierna, che poi è lo stesso ciarpame di sempre. Il marocchino risponde ai saluti sorridendo, aprendo i suoi baffoni come fossero un sipario e lasciando che i dentoni gialli e cavallini sporgano senza ritegno.

"Da dove arrivi, Mustafà? Stai facendo il grano, stamattina?" gli fa Totò, lanciando al contempo una fiatata alcoolica capace di sbriciolare una parete.

"Benos aries, amico" risponde Mustafà, estendendo se possibile il sorriso.

"Corso Buenos Aires? Ma è all'altro capo della città. Con 'sto caldo, poi."

"Ti piglia per i fondelli, Totò. Guarda la sua camicia, sembra fresca di bucato, non vedi?" replica Tremacùa.

"Già, com'è che manco sei sudato? Dì la verità, ti stai svegliando adesso."

"Ti giuro! Io non suda, io abituato a caldo" si giustifica Mustafà; "a mio paese droppo caldo, in Italia è como sembre inverno. Vu' cumpra'?"

"Uhé, vecchi zanza, non prendete in giro Mustafà. Adesso si fa il culo quadro, ma tra qualche anno avrà tirato su tanti soldi da comprarsi mezzo Marocco e passerà il tempo a fottere le gheisce del suo harem. È vero, Mustafà?" dice Davide.

"Gheisce?" penso trasecolando. Vorrei intervenire, poi mollo il colpo, il mio delirante collega mi darebbe del sapientino e non avrebbe per nulla torto, non sarei completamente disonesto se ammettessi che abitualmente mi comporto come tale.

"Non fartelo ripetere, chiaro? Le tue zampacce le devi tenere a posto, scostumato che non sei altro." Il suono squillante della voce proviene da Anna e ci voltiamo tutti di scatto, avvinazzati inclusi, giusto in tempo per vedere la padrona di casa colpire le nocche della mano tesa di Sugna con un cucchiaio di legno. Dal rumore netto che ha prodotto il fendente, immagino che le ossa della mano destra dello scimmiotto riccioluto abbiano stabilito il record del numero dei frammenti, cosa che mi avrebbe sicuramente indotto ad acquistare l'annuario dei Guinness dei primati giusto per gustarmi l'espressione del disgraziato.

Dal canto suo, mentre massaggia l'estremità dolente, Sugna saluta in maniera scurrile, a denti stretti, almeno tre generazioni dei defunti della vivandiera, che luma con l'espressione colpevole di chi è stato colto con le dita nella marmellata.

"Che è successo?", esclamo, "Di', Anna, ti sta dando noia?"

"Non a me, avrebbe dimostrato troppo buon gusto", replica lei, "Sono uscita dal retro e l'ho beccato che si riempiva il piatto di pasta... Con le manacce zozze che si ritrova, 'sto genio! Non conosce la vergogna!"

"Non è colpa mia se lasci i clienti a bocca asciutta per andartene chissà dove. Un cristiano si muore di fame, all'ora di pranzo" si giustifica Sugna.

"Capirai, e dove sarò mai andata, in questo buco di locale? Col forno che ti ritrovi, bastava che mi chiamassi, non ci vuole una scienza, ad arrivarci."

La lingua tagliente di Anna ha messo all'angolo il povero Sugna, che non sa più da che parte girarsi.

"Okay, Anna, piantiamola qui. Alla fine, con le donne non si può ragionare. Prenderò un altro piatto di quella pasta con le cimette, ma stavolta fammelo abbondante, che mi pare c'hai il braccino corto. Che fai, usi il contagocce?"

"Ma guardate questo! Mi sa tanto che tua madre ti ha partorito dalla parte sbagliata" risponde Anna, battendosi le mani contro i fianchi e ottenendo l'effetto di farci sghignazzare tutti, Sugna e Mustafà compresi, anche se quest'ultimo non deve avere affatto compreso la battuta.

Chiuso l'incidente, slego il mio grembiule marrone e saluto la bella compagnia. Ho il pomeriggio libero e non ho voglia di restare un minuto di più dietro al bancone. Intendo passare da casa, dove mi attende il pranzo lasciatomi in caldo da mia madre, e poi schizzare verso il centro per la lezione di chitarra. Non vedo l'ora di imparare a suonare decentemente, tanto da dare giustizia alla mia Gibson acustica, acquistata da Maurone il mese passato, fresca di taccheggio. Ma, come si dice, l'uomo propone e Dio dispone; appena fuori del cortile di casa, alle mie spalle sento pronunciare il mio nome. È Miky.

"Che piacere, vederti" esordisco, lasciando tradire una certa emozione.

"Ciao. Certo che per te, suonare il mio citofono dev'essere un'impresa" mi risponde arrossendo e, se mi stesse redarguendo, starebbe facendolo in maniera così sublime che potrei subire tali angherie per il resto dei secoli a venire.

"È il tuo giorno libero?"

"Macché! Torno dal lavoro, oggi ho fatto l'apertura e riattaccherò questo pomeriggio alle sei e mezzo. Tu, piuttosto, rientri da scuola a quest'ora?"

"Già. Ci fanno sgobbare. Hai mangiato?"

"Sì." Mento spudoratamente, sentissi il brontolìo del mio stomaco, cara!

"Allora vieni a casa mia. Mando giù un boccone, intanto che mia madre prepara il caffè." Miky mi prende per mano e quasi mi trascina fino al suo portone.

Divoro le scale seguendola da presso, senza badare ai muri scrostati o ai grezzi graffiti che ne sfregiano l'intonaco. Sono ipnotizzato dalla figura della ragazza che mi precede, raggiante e sinuosa. Raggiunto il quarto piano,

Miki apre la porta e saluta la madre. C'è una sorpresa, aggiunge, quindi mi affaccio.

"È permesso?" dico esitante, sorpreso dal mio stesso timore. Mi pare di profanare un territorio vergine, nel quale essere accettato è sinonimo di fortuna, come se quelle donne non fossero le stesse cui racconto scemenze ridanciane ogni qual volta si presentino all'uscio del bar.

Mentre Davide è impegnato a ramazzare la saletta ormai vuota, un anziano esile e ben vestito si addossa al bancone. Ha lineamenti fini e baffi canuti come la rada capigliatura, celata da un panama di misura sbagliata, che sembra inghiottirgli la testa. Appoggia delicatamente sul bancone un involto che emana un intenso aroma di pasta di mandorle. Quando Anna alza gli occhi e si accorge dell'uomo, accenna un mezzo sorriso e gli da il buongiorno. L'anziano risponde scappellandosi con deferenza fin troppo ridondante.

"Buona giornata a voi, bella signora. Arrivo ora da Palermo e devo consegnare questi dolci freschi-freschi della pasticceria Cappello al signor Salvo Muscia. Saccio che abita qua nei dintorni, saprebbe favorirmi il suo recapito?"

"Certamente. Uscendo dal bar prenda a destra e imbocchi la prima via. Salvo abita al civico 7, è l'unico palazzo in klinker, non può sbagliare."

"La ringrazio, signora. E mi scuso se non consumo nulla, prenderei volentieri un caffè ma il viaggio è stato lungo e queste paste chiedono di essere assaporate al più presto. Sa, portano dentro il sapore di Sicilia. Salvo, meschinuzzo, manca da troppo assai, dalla sua città." Il rugoso gentiluomo si accommiata toccandosi la tesa del cappello e lentamente si avvia verso la dimora di Salvo.

Allo stesso tempo ricompare Davide e chiede alla padrona chi fosse quel tizio.

"Solo un vecchietto al quale ho fornito l'indirizzo di Salvo."

"Mi sa che hai fatto una cazzata!" risponde Davide.

Mentre chiacchiero con Gianna in attesa che l'acqua nella moka bollisca, Miky è scomparsa in camera da letto per cambiarsi. Ne esce sorridente un paio di minuti dopo, in maglietta e pantaloncini di cotone bianchi con fantasie rosa, che palesano le forme armoniche delle natiche e delle gambe. La caffettiera e io mandiamo sbuffi di vapore simultaneamente. La ragazza ricciuta mi si siede accanto e stende una gamba sulle mie ginocchia, rilassata come se fosse una cosa normale. Senza alzare gli occhi, prende pane e marmellata di pesche, che inizia a spalmare con calma. Il solo contatto con la sua pelle mi elettrizza, non mi era mai capitato, in passato, neanche con la prima figliola che abbia maldestramente pasturato in vita mia. A mandare in cocci questo stato di estasi ci pensa sua madre, che sbuca, non richiesta, dal cucinotto.

"E così stai imparando a suonare la chitarra?"

"Proprio così, Gianna. Vorrei riuscire a suonare del buon Blues... e il Reggae. Adoro il Reggae, ve ne ho mai parlato?"

Miky scuote la testa.

"Tipo Bob Marley, Peter Tosh o Jimmy Cliff... Avete idea?"

"Marley l'ho ascoltato, è okay, ma gli altri due non li ho mai sentiti nominare" risponde Miky.

"Non mollare, Tino, è bello saper suonare. Te lo dico perché anche mio marito era un bravo chitarrista. Conosceva un mucchio di canzoni" dice Gianna.

"Sei separata?" butto lì, esorcizzando la risposta. Puntuale. Perché l'ho detto?

"È morto" replica Gianna, rabbuiandosi per un istante. "Verso il caffè, scusate."

"Non avrei dovuto chiederlo" mi mortifico.

Miky mi carezza una mano con la leggerezza di un soffio. "Non ti preoccupare. È accaduto tanti anni fa, mio padre lo ricordo appena, sai?"

La guardo riconoscente, poi ascolto il mio stomaco borbottante e indico il suo panino, domandandole se per caso lo mangiasse proprio tutto.

Dopo che l'anziano compaesano si è congedato, Salvo assume un'espressione inusitata, per lui. Scende in strada e con lunghe falcate raggiunge il bar, entra senza degnare d'uno sguardo chicchessia, percorre il bancone spintonando l'ignaro Davide e raggiunge Anna nel retro, che è intenta ad asciugare le ultime terrine.

"Che cazzo ti dice la testa, Anna?" tuona.

"Io... Cosa?"

"Non fare la scema. Sei stata tu a indicare casa mia a quel vecchio bastardo, me l'ha detto lui, non mentire."

"Sì, non è il caso che ti incazzi a 'sta maniera. Era un tizio così gentile, che..."

"Anna, svegliati! Non avresti dovuto farlo, capisci quello che hai combinato?"

La donna è sul punto di piangere, scossa dall'improvvisa aggressione.

"Ma era così... Aveva dei dolci da consegnarti, e..."

"Stavolta erano davvero dei dolci, la prossima volta chissà!"

"Oddìo, non ci avevo pensato, quel tizio mi ha presa proprio alla sprovvista."

"Allora, Salvo, che c'hai da strillare a 'sto modo, cosa accidenti è successo?" prorompe Saverio, che è accorso dalla saletta battendo in velocità anche la sua ombra e adesso osserva la scena con malcelata tensione. "Allora, vi si è cucita la bocca?"

"Tu non c'entri, Saverio, è una questione tra me e tua moglie."

"Non esistono questioni tra te e Anna nel mio locale, Salvo."

"È tutta colpa mia, sono stata così stupida" interviene Anna.

"Oh, chiaro che se si tratta di corna, fai la valigia mo' proprio!"

"Che dici, Saverio. La signora qui presente non ti ha affatto tradito... Ha tradito me, purtroppo. Facile che mi ha cacciato in un mare di merda."

"Insomma, si può capire che pasticcio hai combinato?" dice Saverio, rivolto alla consorte. Ma prima che la donna riesca a proferir parola, interviene Salvo.

"Non importa, Saverio, quel che è stato è stato. Quello che è accaduto è meglio che resti tra me e lei. Tua moglie ha sbagliato e non si può rimediare, mica c'abbiamo un cazzo di rewind, per aggiustare le cose. Dammi retta, compare, chiudiamola qui." Gli sguardi dei due uomini si cristallizzano per un istante eterno e tanto basta per comprendersi a vicenda. Tra gente dello stesso stampo ci sono volte in cui riuscire a scrutare nel profondo è più chiarificatore di una fiumana di parole. Salvo riemerge dalla cucina e la truppa di belle statuine raccoltasi a ridosso del bancone gli cede il passo. In silenzio com'era venuto, stavolta con passi di piombo, Salvo si lascia il bar alle spalle. Davide lo osserva sfilare e pensa, mordendosi il labbro, "Ci avrei scommesso, che sarebbe finita male!"

Nel retro Anna piange silenziosamente, seduta su uno sgabello sbilenco tutto cigolii, col marito ancora scosso che la rincuora.

"Dài, Annina, tirati su. Vai a casa e coricati, che ti tranquillizzi... Dopo, quando ti sarà passata, mi racconterai 'sta faccenda. Va bene?"

Anna annuisce e tenta, senza successo, di interrompere il flusso delle lacrime. In quanto a Salvo, non lo rivedremo mai più.

Quant'è vero che dove c'è l'ombra c'è anche il sole, io devo esserne irradiato dai suoi raggi benefici a profusione, perché questo pomeriggio che mi scorre come acqua tra le dita mi sento felice come non mai. Mi trovo come un topo nel formaggio, con madre e figlia l'intesa è totale; ciarliamo, scherziamo e, sfogliamo album di foto nei quali è ripercorsa la storia di Gianna e del suo defunto compagno, oltre a riconoscere nel brutto anatroccolo dagli occhialoni rosa la ragazza che mi sta inesorabilmente infiammando il cuore.

"Ora l'ho capito. Eri quella che giocava a campana vicino alla portineria" dico.

Miky annuisce quasi vergognandosene. D'un tratto Gianna si ricorda della mia lezione di chitarra e non sa come giustificarsi.

"Gesù, scusa tanto se te l'abbiamo fatta perdere. È colpa mia e di questa marea di fotografie... A una certa età, quando ti lasci andare coi ricordi, il tempo vola."

"Forse perché alla tua età, ne hai parecchie di cose da ricordare" cinguetta la figlia, mimando il gesto di nettarsi le unghie sulla t-shirt.

"Razza di cafona!" risponde Gianna, ridacchiando, mentre la colpisce con un cuscino del divano. Un cuscino tricolore giallo, verde e rosso, curiosamente rasta.

"Non ti preoccupare, a ogni modo" dico. "Ho preferito di gran lunga trascorrere il pomeriggio con voi."

"È stato bello conoscerti meglio. Non immaginavo che tu leggessi tanto."

"Be', Miky, ci sono tante cose che ancora non sai, riguardo me."

"Me le racconterai o intendi svanire per altri dieci anni?"

"Caspita, Miky, ci toccherà stanarlo al bar. Ragazzo, mi costerai una cifra in telefonate, te ne rendi conto?"

"A proposito di telefoni, vi hanno ripristinato la linea o intendete tirare avanti a segnali di fumo?"

"Pagare, ho pagato. Tra un paio di giorni dovrebbe uscire un birignao di tecnico per staccare i sigilli, in modo che possa seguitare a parlare senza che tutto il vicinato debba conoscere i fatti miei" replica Gianna, versandosi il terzo caffè.

Incontro lo sguardo caliente di Miky, il che mi fa esitare nel pronunciare la frase imposta dal ticchettio dell'orologio... "Mi spiace, ma devo proprio andare."

"Ti accompagno alla porta" si affretta a esclamare Miky.

Saluto cordialmente sua madre e lascio che il bel musetto della ragazza mi traghetti oltre la soglia. Devo essere vittima di qualche sortilegio, non ho manco dato un'occhiata all'appartamento. Avrebbe potuto essere la reggia dello zar, un lurido tugurio o una tenda indiana, tanto non saprei descriverlo. E, in fondo, chi se ne frega? Richiuso il battente dietro le sue spalle, Miky avvampa e mi fissa languida. Dopo un istante d'incertezza si fa risoluta e mormora quasi sillabando.

"Quando ci rivediamo?"

Siete mai stati sfacciati? Intendo dire, vi è mai capitato di tenere moltissimo a qualcosa che vi fa impazzire di bramosia, che anelate tanto da non dormirci la notte e quando finalmente l'avete a portata di mano improvvisate un ipocrita disinteresse?

"Mi stai chiedendo un appuntamento?" dico, neanche fossi una sorta di gigolò.

"Non l'hai ancora capito, testone?" enuncia con melodia soave. Infine mi bacia. Non sulle guance, gente, e la fragranza delle sue labbra, la morbidezza della sua lingua e il profumo inebriante che emana sono gli ingredienti giusti per lasciarsi andare permettendo a Cupido di fare il suo gioco, in punta di piedi, intimamente.

FERMATA CAPOLINEA

“Ma porca malora bestia, perché hai scartato il nove? È possibile che sbagli sempre le ultime carte?” sbraita il fumino Gamba de Legn nei confronti del povero Lanzoni, che fa coppia con lui al tavolo di chiusura, quest’oggi.

“Va a remengo ti e tò sènare! Non vedi cosa ha buttato lui?” risponde il suo compagno di gioco, ravanando tra quelle scartate in precedenza e indicando il Trumba, che sorride pacioso. “Tira carte basse da due turni, ero convinto che andasse per un tris di due o di tre. Anca ti, mona, cosa stai su con un otto e un dieci, quando stiamo per chiudere... Cos’è, la fortuna del principiante con quarant’anni di ritardo?”

"Cosa ne sai tu del suo gioco? Se non sai leggerlo, passa il tempo a guardare gli operai nei cantieri stradali. Ce n'è uno giusto qua vicino" risponde Bologna.

"Il bel risultato è che mi hai fatto perdere come un cretino. Guardali, dove sono i tre e i quattro. Guarda i tris in terra e, vedi? Gli altri sono qua nel mucchio, quanti credi ce ne siano, nel mazzo?" incalza il Gamba de Legn, alzando il volume della voce. Dagli altri tavoli, dove la puglia ammonta anche a tre, quattrocentomila lire, i pokeristi stramaledicono i vecchiardi schiamazzanti, capaci di deconcentrarli senza soluzione di continuità.

"Uhè, Gamba, spegni il megafono!" gli grida Nerone dal tavolo a fianco.

"Se non la smetti di sgolarti ti porto all'ospizio, vecchio rottame" gli fa eco Walter Atm, mentre vede un buio che puzza di bluff lontano un miglio.

"Andate a cagare tutti quanti. Ricordatevi che giocavo i milioni quando le vostre madri ancora vi pulivano il sedere, per cui portate rispetto!" strepita gracchiando e sputacchiando il vecchio Gamba de Legn, sbattendo pugni e carte sul tavolo verde e facendosi sempre più paonazzo.

Saverio, spazientito, mi spedisce in saletta a zittirlo, che quel disco rotto farebbe scappare le tigri dalla foresta, figurarsi i clienti. "Tutto 'sto casino per qualche caffè corretto e un paio di amari, meno male che non si giocano la casa, o arriverebbero a scannarsi" penso, mentre mollo il cestello colmo di tazzine sporche.

Nel medesimo istante sento un rantolo, seguito da un tonfo secco. Lo schiantarsi di un corpo inerte che trascina con sè nella caduta una sedia, alcuni bicchieri e una nuvola di carte da gioco. Quasi contemporaneamente, il fragore di molte altre sedie, spinte via di scatto tra le grida dei giocatori, sgomenti ma lesti a precipitarsi attorno al Gamba de Legn. Quando io e il mio boss accorriamo, il vegliardo è morto stecchito, con gli occhi acquosi sbarrati e la bocca aperta in una smorfia inquietante. Per un paio di minuti restiamo tutti ammutoliti e attoniti, radunati attorno al cadavere. Infine Saverio, dopo avere deglutito il poco rimasto della propria salivazione, rompe il silenzio, quasi a bassa voce.

"Immagino sia meglio chiamare un'ambulanza."

"Lo credo anch'io", affermo, "Fortunatamente la Croce Verde sta proprio qua, a un tiro di schioppo, anche se per Gamba aspettare non è più un problema."

La mattina di tre giorni dopo, venerdì 7 Aprile 1989, Milano non si è presentata alla funzione funebre nel suo abito di gala. Il cielo è di un pallido malaticcio, l'aria è curiosamente fredda, caliginosa e quasi palpabile. Financo le infiorescenze tardano, i rami degli alberi sono coronati dalle solite innumerevoli gemme, che però sembrano implorare la natura di farle riposare ancora un poco, come fanno gli studenti recalcitranti quando devono lasciare il letto per recarsi a scuola.

La chiesa Sant'Apollinare, dalla campata vertiginosamente alta, è affollata. Ci sono tanti malviventi ciondolanti tra le panche che, se Dio avesse progettato una retata, oggi l'avrebbe indovinata. Sono seduto tra Saverio e Vito la Mamma, che si rigira come un'anguilla quando sente sbattere il pesante portone, cercando di capire, da sotto la cataratta, chi sia entrato. Nel corridoio centrale, all'estremità di una lunga stuoia sdrucita, è posizionata la bara di legno chiaro contenente la salma del caro estinto.

Tra le corone, spicca quella recante la scritta: "Gli amici del bar".

"Alla fine non avrebbe potuto morire che a questa maniera" spiega a mezza voce Saverio. "Al tavolo da gioco, con la sua Nazionale senza filtro tra le labbra e una bestemmia in gola. Il suo ritratto sputato!"

Squadro il mio boss, ha gli occhi arrossati dalla commozione, ma sarebbe capace di dare la colpa alla congiuntivite. Vito la Mamma ripete per la terza volta, e sempre seguita da un sospiro e una scrollata del capo, la frase relativa alla vita, che sarebbe la famosa ruota che gira. Finalmente il parroco appare sull'altare, vestito come il suo principale comanda, e tutti i presenti fanno a gara per scattare all'inpiedi. La vecchia guardia ha preso posizione tra le prime panche, mischiate ai parenti del Gamba de Legn. Le panche mezzane sono appannaggio dei conoscenti, gente del quartiere e vicini di casa. Le ultime file sono invece gremite di zanza, come se si sentissero più sicuri nei pressi dell'uscita, non si sa mai.

Dopo avere agitato con arte il turibolo e averci inondato con gli effluvi dell'incenso — qualcuno ha commentato: *Nebbia in Val Padana* — il prete ha attaccato la sua solfa di vangelo e tastamenti, vecchi o nuovi che fossero. Dalle ultime panche iniziano a levarsi commenti ridanciani. Lo Zio si chiede come il parroco possa, durante l'omelia, descrivere l'opera terrena del defunto, il quale ha, probabilmente, varcato oggi l'atrio di una chiesa per la prima volta dopo l'obbligo della cresima. E si suppone che vi sia entrato controvoglia.

"Comunque, il Padreterno l'aveva sempre in bocca, Zio, questo lo ricordiamo tutti. Certo, magari anticipato da un cane o da un porco" pontifica beffardo Pascià, ottenendo come effetto una ridarola soffocata dei vicini di panca.

"Già, ma l'aggettivo che aggiungeva quando lo nominava era un'aggravante di reato, temo" seguita Stufa.

"Ahia, niente domiciliari, mi dispiace, vecchio Gamba", conclude Walter Atm, e aggiunge: "Chi viene a farsi una sigaretta? Qua la cosa si fa lunga."

Mentre il prete tenta invano di indurre la massa di impenitenti a sillabare una preghiera o emettere più di qualche grugnito durante il Kirie Eleison, noto Lupo, intento a scassinare maldestramente la cassetta delle offerte. È riapparso l'altro giorno, col cervello più in pappa del solito... probabilmente a causa degli psicofarmaci prescrittigli dallo psichiatra, anche se lui insiste a dire che, di tanto in tanto, i medici lo strapazzano con l'elettroshock. La funzione è giunta quasi al suo termine, il sacerdote ha spezzato e ruminato un'ostia dal diametro di un carotaggio, mandato giù un sorso di vinello della casa e recitato a mani disgiunte il Pater Noster. Anche la suora rinsecchita ha terminato il suo giro col cestino e mi passa a lato, olezzando santità, e il cestino è colmo di bigliettoni. Normale, il modo più semplice per lavarsi la coscienza è pagare e comprarne una nuova e netta.

Il cianciugliare dei ragazzi riprende tono, ma non mi distrae. Ho gli occhi fissi sulla bara e mi figuro il vecchiaccio nell'aldilà. Di un fatto sono persuaso: che finisca a passeggiare su soffici nuvolette o tra i tizzoni ardenti di basso, darà comunque filo da torcere. Magari farà del contrabbando, come ai bei tempi. Saverio mi dà di gomito. Dice che abbiamo perso un gran scassaminchia.

"Quant'è vero" replico sorridendo bonariamente. "Quand'ero di apertura, alle sei era già lì, davanti alla serranda, ad aspettare. Appena mi intravedeva attaccava il concerto dei "porco qui, porco lì", hai presente una zanzara nelle orecchie?"

"Ci credo. Ad averci avuto un letto nel retro, il Gamba manco sarebbe tornato a casa la sera, lascia fare."

"Neanche c'avesse la guerra in famiglia o una moglie rompipalle" aggiunge Vito la Mamma. "Tutt'altro. La vedi, la vedova, quella grossa in prima fila?"

"Quella matrona con il collo di pelliccia attaccato alla giacca?"

"Proprio quella, sbarbato. Be', a quella donna dovrebbero fare un monumento! Il Gamba l'ha fatta tribolare tutta la vita, con le sue avventure, le latitanze e tutto il resto... e lei lo ha sempre ripreso in casa, anche se durante la sua assenza le era mancato il pane, a lei e ai figli."

"Si è sempre fatta il culo, poveraccia" interviene Saverio.

"Digli del quarto figlio, del Peppino" incita Vito la Mamma.

"Che glie ne frega al ragazzo, del Peppino?"

"Magari un po' me ne frega, boss" dico, curioso come una comare.

Saverio mi guarda di sghimbescio e aggrotta le sopracciglia, segno che si prepara a narrare una qualche storia nella quale verità e fantasia si rincorrono a rompicollo. Solitamente avrebbe aspirato generose boccate di Marlboro, ma in questo contesto non sarebbe proprio l'idea del secolo. Si contenta di dosare le pause stentando a sussurrare, ché la sua voce è una marea; sale e si abbassa, fatalmente.

"Devi sapere, Tino, che Peppino apparve una di quelle volte in cui il Gamba tornò all'ovile con la coda tra le gambe, senza avere concluso un gran che."

"Tieni presente che il Gamba de Legn era stato via un paio di mesi sani, senza manco scrivere una cartolina. Per quel che ne sapeva la Bice, poteva tranquillamente essere morto o incarcerato" lo interrompe Vito.

"Allora, la racconto io o la racconti tu?" replica Saverio, fulminandolo con lo sguardo.

"Chi è Bice?" domando.

"La moglie! Sì, insomma... La vedova" irrompe nuovamente Vito la Mamma.

"Mè, sì prop' nu cajòrd, Vito!" esclama spazientito Saverio.

"Scusa... Scusa, adesso sto zitto, te lo giuro" dice Vito la Mamma, abbacchiato.

"A farla breve, Bice apre la porta e sbatte contro il grugno del Gamba, che le presenta il ragazzino, il Peppino, appunto. Poteva avere sei o sette anni, non di più. Il vecchio pirata propina alla moglie una storiaccia tanto avventurosa che Ulisse può andare a nascondersi e precisa che nel mentre si è imbattuto nel bambino... In un casolare sgarrupato, dice, e risulta essere un orfanello, un disperato che tira a campare grattando frutta e uova nelle cascine dei paraggi. Al giorno d'oggi pare fantascienza, ma nel dopoguerra succedeva. Era un gran casino, ragazzo."

"E la Bice, cosa..." bisbiglio, mentre mi figuro la scena.

"Non ha detto bè! Ha fatto accomodare a tavola marito e trovatello, affermando che dove si mangia in cinque, si può mangiare anche in sei. Ha porto il suo piatto di minestra al Gamba e ne ha sottratto qualche cucchiaiata dalle scodelle delle figlie per favorire il Peppino, poi ha mandato a letto la truppa al gran completo."

"Fischia, che classe!" mi sento esclamare.

"Puoi dirlo forte! Tanto più che la mattina successiva il Gamba de Legn aveva già fatto la bella" ridacchia Saverio.

"Minchia, stai dicendomi che ha mollato il pargolo e se l'è filata?"

"Questo è quanto."

"E che ne è stato del bambino?" domando, sulle spine.

"Che te lo dico a fare, la Bice l'ha cresciuto come fosse figlio suo."

Fisso la schiena curva della vedova con un moto di ammirazione, poi guardo intorno alla sua persona, con la convinzione idiota di riconoscere Peppino in qualche azzimato cinquantenne, una delle tante nuche brizzolate delle prime file.

"Va bene, Tino, ce ne possiamo andare!" Saverio mi dà di gomito e torno alla realtà. Il prete ha terminato la sua performance, ha sciorinato tutti i mantra della fede cristiana e salutato la compagnia col suo bravo "Andate in pace", prima di eclissarsi in sagrestia e svestirsi da stola viola e sottane. I beccamorti spingono il guscio ligneo che per qualche tempo proteggerà la salma dall'assedio degli anellidi e della massa di insetti coprofaghi che si riempiono la pancia nel sottosuolo dei cimiteri. Quando la bara mi scorre dinnanzi, i miei occhi si velano di lacrime. È un processo che si ripropone ogni cazzo di volta, un meccanismo che scatta, avulso dalla mia volontà. Ma non è una vergogna spargere qualche lacrima per il vecchio Gamba de Legn, il re dei lestofanti.

COME LE COSE CAMBIANO

“Insomma, ti sei fidanzato con ’sta Miki che è un fior di ragazza...” bela, facendomi il verso, il mio stimato amico e collega Davide.

“Così pare, vecchio mio.”

“E di quella stordita con cui pucciavi il biscotto fino a qualche tempo fa, che ne è stato? L’umanista, dico...”

“Patty, si chiama” rispondo sospirando.

“Proprio lei... Com’è finita?”

“In realtà non è mai iniziata.”

“E... ? Porca miseria, devo tirarti fuori le parole con le tenaglie, stamattina?”

"Okay-okay. Con Patty era tutto un rincorrere guru e santoni, ascoltare pallose conferenze di relatori fumati e arrivati direttamente dal paese dell'assurdo. A farla breve, avevamo inclinazioni differenti. Lei aspirava a cambiare il mondo, io ambivo a toccarle le tette."

"Mica facile. Almeno te l'ha smollata, voglio sperare."

"Speri male. Alla fine della fiera, mi ha lasciato a bocca asciutta."

"Allora non poteva funzionare, tra voi due, lascia fare" conviene Davide.

Annuisco, servo i bianchini spruzzati ai vetusti sbornioni, già alticci all'ora di pranzo, e torno a conversare con Davide, trincerato dietro il bancone.

"Già, non avrebbe funzionato. Questa volta, invece, è una cosa seria."

"Non dire scemate... Non è mai una cosa seria, bello!"

"In che senso, scusa?"

"Mi correggo, lo è fino a quando non passa la prossima ragazza che ti fa girare la testa, il che accade con una certa frequenza, dammi retta."

"Non credo, non per quanto mi riguarda."

"Allora fai parte della categoria degli sfigati!" sentirmi apostrofare con tale aggettivo equivale a versarmi in uno shaker e miscelarmi assieme a collera e sdegno in parti uguali.

"Quando si parla di sentimenti la giri sempre in un certo verso. Fammi capire, perché sarei uno sfigato?"

"Perché sarebbe come andare al ristorante e ordinare sempre lo stesso piatto. Là fuori pullula di ragazze in calore che non sanno a chi darla via. Se non le scopi tu, lo farà qualche altro minchione."

"Parli come se c'avessi solo l'uccello e manco uno straccio di cuore."

"E dagli. Con le ragazze, il cuore ti fotte e basta, non c'entra per niente. Se dai retta al cuore, come dici tu, sei finito, Tino."

"Non sai quello che dici... Se ti dai 'sto tono da sciupafemmine perché ancora tampini Piera, dopo che t'ha mollato dalle calende?"

"Questa è bella... dunque, io tampinerei Piera?"

"Proprio così, signor trombone. Vuoi negarlo?"

"Questo è un colpo basso."

"Sì, lo è!"

Davide mi volta le spalle e inizia a spolverare le bottiglie di liquore sulle mensole. Se l'è presa male, penso, non è da lui compiere atti di fatica non richiesti.

Da quando è morto il Gamba de Legn il tavolo di ramino dei vecchi ha perso il mordente, nessuno strepito ad affettare l'aria né bestemmie a tutta gola. Alle nostre orecchie giunge solo qualche "Boia d'un can" o un estemporaneo "Va' in mona!" buttato lì senza convinzione dal Lanzoni, quando le carte proprio non trovano l'incastro neanche accompagnate per mano. E troppa quiete presuppone l'arrivo della tempesta, lo sappiamo tutti. Anche la squadriglia di attempati etilisti che si immola fronteggiando quotidianamente litri di bianco spruzzato è stata funestata dalla pessima notizia che il Bèrgum è agonizzante in un letto d'ospedale. Motivo più che valido per il quale da giorni pareva desaparecido. Incidente sul lavoro. Bevuto come una scimmia, era intento a sistemare una caldaia, quando la fiammata si è sviluppata, improvvisa, investendolo in pieno. Ora stringe l'anima coi denti, con ustioni di primo e secondo grado sull'ottanta per cento del corpo.

Alle undici in punto Saverio e sua moglie Anna appaiono all'uscio e stentano a rispondere al mio saluto. Anna indossa un grembiale a scacchi bianchi e rossi e svanisce nel retro. Nella prossima ora ci accorgeremo della sua presenza solo dal clangore del pentolame e dallo sfrigolìo dell'olio di frittura. Saverio controlla il quaderno dei crediti e fa il conto a un paio di cattivi pagatori. Non chiede il caffè, anche se ha l'aria sbattuta di chi ha dormito giusto un torsolo di notte. Di mattino, se devo precisare, perché le ore antimeridiane Saverio le ha trascorse in saletta, dove era stata organizzata una bisca. Il tavolo di poker è stato campo di battaglia per Pez, Maurone, Cip e un paio di professionisti della Bovisa, tipi che mi hanno venduto come pesci grossi del giro. Saracinesca abbassata, luce soffusa e silenzio sepolcrale fino all'alba. All'apertura del bar, stamane, del guizzare di poste milionarie, del frusciare delle carte, della logorante guerra di nervi maturata nelle ore notturne, non è restato che qualche bicchiere sporco, un paio di portaceneri colmi e le carte, armi dei contendenti, sparse sul panno verde.

Saverio alza lo sguardo e mi fissa grave... Che cazzo devo avere combinato? Magari ho pasticciato nel segnare le consumazioni o si è accorto che sottraggo un deca dalla cassa, di tanto in tanto? Beh, mi fa cenno di seguirlo e si dirige verso l'atrio: cosa posso fare se non scoprire il suo gioco?

Come di consueto, la prima azione del mio capo consiste nell'accendersi una Marlboro e tirare un paio di lente, ampie boccate. Fa il cinema mentre pendo dalle sue labbra. In una vita parallela avrebbe potuto aspirare a una carriera da teatrante e al suo cospetto un De Filippo potrebbe cambiare mestiere. Finalmente sembra accorgersi di non essere solo al mondo. Volta la testa verso me, abbozza un sorrisetto tirato e la sua voce giunge aspra, al mio apparato uditivo.

"Be', non facciamola lunga, che abbiamo tutti e due da fare" dice Saverio.

"Okay, boss... Ma qual è il problema?" ribatto, curioso come un moccioso davanti a un dono impacchettato.

"Come te lo devo dire... Ricordi che a breve scadrà la ferma a Massimo e che, automaticamente, mi troverò costretto a mandare a casa uno di voi sbarbati, vero?"

"Ah, la spada di Damocle... Ci siamo, allora" replico, asciutto.

"Ci ho pensato, Tino. Non è stato facile scegliere tra voi, credimi, ragazzo."

"Ho riflettuto anch'io, sulla questione, boss. Penso che..."

Saverio mi fa segno di tacere, allungando il palmo della mano sinistra verso me.

"L'interruzione è maleducazione, non te l'hanno mai imparato? Prima parla il capo, poi se c'hai qualcosa di intelligente da dire, puoi dare fiato alle trombe. Come nei processi, si comincia col primo grado e dopo viene quello d'appello."

"Intendevo solo dire che..."

"Ma allora sì cajord'. T'ha da sta' zìtt!" ribatte secco, ma con un accenno di sorriso, il mio principale. Altro tiro di bionda, altro sbuffo di fumo.

"Allora ti prego di non girarci intorno. Spara, chi dovrà fare le valigie?"

"D'accordo. Ho deciso che mi conviene licenziare te" esclama Saverio, fermandosi e fissandomi negli occhi. Non me l'aspettavo, sebbene nel "cinquanta a cinquanta" ci abbia sempre sbattuto le corna. Credo infatti di avere impressa in faccia l'espressione con la quale Mister ebete ha vinto il Mongolino d'oro 1989.

"Allora, sentiamo la tua idea, adesso, visto che avevi tanta smania di parlare."

"A che cazzo serve, se hai già deciso?" replico stizzito. È il mio ego a parlare. Credevo che spaccarsi il culo accudendo la ciurma di mammalucchi che frequenta lo scalcinato locale di Saverio valesse quantomeno una gratifica, invece questo stronzo mi scarica preferendomi un fannullone di tre cotte. Allo stesso tempo non mi metto di certo a cantarmela, spandendo merda su Davide, sarebbe da infami. Voglio solo chiarire un dettaglio che non ho compreso.

"Perché hai detto che ti conviene?"

"Cosa ho detto?" risponde Saverio, mentre ripensa alle sue ultime frasi.

"Hai detto che ti conviene licenziare me... Non capisco se era una battuta."

Saverio getta in terra il mozzicone e lo massacra col tacco del mocassino. Fruga nelle tasche dei jeans e mi porge con fare solenne una moneta da cento lire.

"Emhbè? Cosa sarebbe, la liquidazione?" esclamo nervosamente.

"Puoi avere due spiegazioni, tante quante sono le facce di questo spicciolo. Cosa scegli: testa o croce?"

Sono propenso a immaginare che la mia mimica facciale si approssimi a opzionare la vittoria del Mongolino anche per l'anno venturo.

"Né l'una, né l'altra. Ti ho fatto una domanda precisa, mi pare" lo incalzo, scuotendo il capo e affondando i pugni nei fianchi.

"Va bene. So che lavori bene e che non hai la capa fresca come Davide, non ho di che lagnarmi... Se mando a casa te è per farti un favore."

"Questa è buona. Mo' dovrei pure dirti grazie?"

"Stammi a sentire, capacchione. Davide ha il Dna dello zanza e non sbaglio mai a giudicare la gente, ne ho visti a mazzi di tipi come lui. Non combinerà mai niente nella vita, è un perdente. Tu sei diverso, qua in questo bar perdi solo tempo. Ti sto dando l'opportunità di giocare al meglio le tue carte" conclude il boss.

Bene, se l'intenzione era di gelarmi il sangue nelle vene, Saverio ce l'ha fatta.

LA RICORRENZA

Vi faccio una confidenza. Il 25 giugno è un anniversario importante per me, fin da pischello. In quel giorno del 1876, il tenente colonnello George Armstrong Custer, uno zanza capace di incazzarsi tale e quale a un dogo argentino al sentore di ogni straccio di pellerossa, venne tosato con tanto di pelo e contropelo. Sotto il comando di Toro Seduto e Cavallo Pazzo, qualche migliaio di Dakota, Cheyenne e Araphao spazzarono via come macerie il 7° cavalleria, nella battaglia divenuta famosa come Little Bighorn. Di oltre 260 soldati non rimase che qualche calcinato ossicino mezzo sgranocchiato. Io ho sempre tenuto le parti degli indiani, ragione per la quale una volta l'anno festeggio quella antica vittoria.

Questo 25 giugno è addirittura esagerato: la mia Inter ha infilato l'ultimo successo della stagione, timbrando la "viola" per 2-0 e aggiudicandosi il 13° scudetto, trionfalmente denominato "dei record". Ho ascoltato il programma sportivo della RAI alla radio con trepidazione, mentre spillavo pinte di chiara e versavo alcolici alle gole disidratate dei perdigiorno che affollano il bar accompagnando il sole dallo zenith alla sua alcova vespertina. Quando la squadra meneghina è assurta a campione d'Italia, ho offerto un giro ai presenti e ho ravanato nelle tasche dei jeans. Trovato il bigliettino, l'ho controllato per l'ennesima volta: Lecce-Torino 1, Lazio-Ascoli X, Pisa-Pescara x, Inter-Fiorentina 1 e Bologna-Milan 2. Presa! Due gambe tonde-tonde vinte al Totonero, che a breve lo Zio mi allungherà pronta cassa e con la fantasia corro a stasera, quando incontrerò le morbide labbra della mia Miki. Quando la vita gira bene a 'sta maniera non pensi che una nube nera possa oscurare il sole, ma a riportarmi coi piedi per terra è il cigolìo dei cardini della porta d'ingresso e la figura che entra in scena, fresca di congedo illimitato.

Massimo, il rampollo del mio capo, saluta tutto il mondo inalberando il sorriso spavaldo dei vent'anni. Siamo amici da che ho memoria e diciotto mesi di marina non l'hanno cambiato di una virgola. Ha lo sguardo del gatto mammone e del felino ha pure la flemma. Porta i capelli corti con un accenno di ciuffo riccioluto e procede camminando sulle punte, molleggiandosi come un ballerino da operetta. Srotola una copia di Trotto Sportsman dalla tasca posteriore dei jeans sdruciti ed esordisce parlando del caldo fottuto che fa e della gola riarsa i cui spasmi intende affogare a bicchierate di spuma al cedro.

"Allora, ammiraglio, che ne dici di un'uscita per brindare alla libertà?" esordisco.

"Poco ma sicuro... Paghi tu, così bagni anche lo scudetto."

"Com'è andata?"

"È andata. Non vedevo l'ora di buttare al cesso la divisa, mannaggia a me e a quando ho fatto domanda da volontario. Me la sono spassata, mi conosci, riesco a farmi andar bene anche la peggio merda, ma la vita militare non fa per me. Un monte di regole da seguire e troppi ducetti che ti girano come un arrosto, protetti dai baffetti sulla spalla. Invasati arroganti che non distinguerebbero un remo da uno scopino del cesso."

Tremacùa, Mimmo e Totò, abbarbicati ai loro calici vuoti, si avvicinano al figliol prodigo, per stringergli la mano. "Bentornato alla base, Massimo... Va' come stai bene, bello rasato, sembri quasi un uomo fatto. Certo che potresti offrire un giro ai tuoi vecchi e assetati amici" esordisce Totò, ormai paonazzo.

"Sono appena tornato alla vita e già me la stressate? Se avete sete, cacciate il grano, braccini che non siete altro. Ero in Marina, mica alla Caritas, brutti barboni."

"Bel marinaio d'acqua dolce, che sarai stato. Se aspettavamo che vincessi la guerra, stavamo freschi, te l'disi mi" blatera Tremacùa.

"Mentre non c'ero ti si è allungata la lingua, Tremacùa? Ho visto più acqua in quest'anno e mezzo io che tutti voi insieme nei vostri peggiori incubi."

"Certo che se l'acqua fosse vino..." sussurra trasognato Mimmo.

"E se mia nonna avesse le ruote..." faccio io.

Massimo ripiega il giornale dell'ippica e me lo passa. "Dacci una guardata, ma non segnarlo con la biro, quando vedo cerchiati i nomi dei cavalli mi faccio influenzare e me li gioco, così perdiamo in due. Vado a fare un giro, saluto la morosa e magari tolgo le ragnatele, che c'ho i calli alle mani."

"Allora non è vero che tra marinai fanno a gara a raccogliere le saponette" dico.

Massimo mi dà un'occhiataccia, poi si produce in una smorfia ammiccante e si dilegua.

Dalla saletta appare Saverio, con l'aria compiaciuta di chi ha fatto cassa. È stato a percentuale con Stufa e ha cuccato un centomila facile, ai danni di Cip, in un testa a testa a Telesina.

"Fammi due baby, uno con ghiaccio, che li porto ai giocatori."

"Subito, boss" rispondo.

"Prima mi è parso di sentire la voce di mio figlio, dove si è cacciato?"

"Ha fatto la bella" rispondo, mentre verso i Glen.

"Cazzo, gli avevo detto di restare a dare una mano" ribatte lui, contrariato.

"È appena tornato, fagli prendere una boccata d'aria. A proposito, io cosa faccio? Domani devo venire a lavoro o ci mettiamo a posto stasera?"

Saverio annuisce e rassetta il cassetto delle carte da gioco. Dopo mille anni, si degna di rispondere alla mia domanda.

"Cos'è, hai fretta di farti una vacanza? Affianca Massimo la settimana prossima, finché si ricorda come si stappa una bottiglia. Poi a fine mese vediamo..."

Qualcosa mi dice che resterò in questo bar ancora a lungo.

LA FINE DELLA PISTA

Salvo si deterge il sudore e riprende a fissare il soffitto. Il chiarore che trapela dalle assi scomposte della tapparella calata gli rivela che la notte è passata, l'ennesima nottata insonne, trascorsa coi sensi allertati, in attesa dell'ineluttabile. Si alza dal letto e raggiunge il bagno. Liberatosi della canotta fradicia, mette la testa sotto l'acqua corrente e lascia che la temperatura corporea si normalizzi. L'uomo smilzo si asciuga poi i capelli corvini con un logoro asciugamano e si specchia. A dar credito alla smorfia che gli appare in volto per qualche prolungato istante non è soddisfatto di quel che vede. "Pensa, scemo... Non smettere di pensare. Se stacchi la spina vai in pappa" sbotta ringhiando a denti stretti contro la sua immagine riflessa.

"La verità è che sto facendo la fine del topo, in questo buco schifoso" ragiona tra sè Salvo, carezzandosi i baffi spioventi. "È da due giorni che non mi portano da mangiare, minchia, vogliono farmi morire di fame? O forse non si fanno vivi perché c'è del movimento di Madama, questo non mi stupirebbe."

Da quando è latitante, Salvo vive asserragliato in quel monolocale, alla periferia di Lacchiarella. Un tugurio stantìo e dalle pareti ingrigite per la mancanza di vernice fresca da chissà quanti lustri. Alcuni sacchetti di plastica che fungono da guardaroba, gettati sopra il pulcioso divano a fiori, contengono vestiti arruffati e sporchi e il cucinino è il regno delle blatte, con le sue stoviglie incrostate e il calcare che forma una sottile patina biancastra sulle parti metalliche. Tuttavia l'elemento più disadorno a Salvo pare la lampadina che pende dal centro del soffitto della stanza, una minuscola pera coperta da uno strato inverosimile di polvere, che stenta a emanare una luce fioca e malaticcia e che di volt ha solo sentito parlare sotto forma di leggenda.

"Potessi almeno tirare su quell'accidente di tapparella, per cambiare l'aria e dare una sbirciata fuori" rumina per la centesima volta Salvo, svaccandosi sul letto a molle mezzo imbarcato, paragonabile alla frugale zattera di un naufrago. Accende il televisore pigiando forte e lungamente i tasti difettosi del telecomando bisunto e tenuto insieme da alcuni giri di scotch. Nel video appare il mezzobusto dell'ennesimo conduttore di talk show, tutto moine e sorrisi falsi, intento a blaterare aria fritta a dispetto del volume quasi azzerato. Salvo guarda l'immagine distrattamente e aspetta. Attende che tutto finisca, che si facciano vivi i suoi amici e gli forniscano documenti fasulli e grana, per poi scortarlo all'aeroporto e schiaffarlo sull'aereo diretto in Spagna, destinazione Torremolinos, Costa del Sol, e già si figura la sua nuova dimensione fatta di sole, mare e mollezze. E quando fosse stato raggiunto dalla famiglia, progettare la sua pizzeria italiana e rifarsi una vita fra la discreta e brava gente del posto.

Salvo trasale, udendo l'improvviso bussare... Gli usuali quattro colpi di nocche.

"'Fanculo, non mi ci abituerò mai" bofonchia, accingendosi ad aprire la porta.

Scruta dallo spioncino. "È il vecchio, tutto regolare." Le mandate della serratura scattano rumorosamente e l'uscio si spalanca, disvelando la magra figura del paesano. Ma il saluto, a Salvo, gli si spegne in gola, quando compaiono ai lati dell'ometto due ombre scure.

"E voi chi cazzo siete?" fa appena in tempo a pronunciare il latitante...

"Te lo dico io, che ho visto tutto con questi occhi, te lo giuro quant'è vera la madonna!" raglia Davide, concitato, mentre mi cinge le spalle, guidandomi verso il retro del bar. "Come inizio turno non c'è male", penso.

"Che cazzo è successo? Stai facendo un casino..."

"Lascia fare... Mo' ti racconto. Letizia e Maria stamattina erano sedute fuori, nel pergolato..."

"Avranno occupato il solito tavolo a destra della porta, no?"

"Infatti. Stanno lì a fumare e a bere il caffè, mentre ciarlano dei cazzi loro, e un bel momento Pascià parcheggia la sua Alfa e le raggiunge. Prende le mani della Letizia, proprio così" continua, strizzandomi le mani tra le sue, come se dovesse spremere un limone. "Pascià la guarda fissa, poi le fa l'ambasciata a bassa voce e quella, la Letizia intendo, sbianca e comincia a piangere. Anche la Maria attacca a lacrimare e si aggrappa alla sua amica."

"Porca miseria! Non dirmi che..."

"Proprio! Salvo... Gli hanno sparato."

"È morto?"

"Stecchito. Non ti dico che bordello, Tino. Letizia è andata fuori di cozza, gridava come una matta e ci credo, le hanno fatto fuori il marito. Siamo accorsi tutti, dal bar, per capire cosa stava succedendo. Pez e Maurone l'hanno accompagnata a casa e in seguito si è sparsa la voce di quanto fosse accaduto."

Rimango attonito, quasi in apnea. Tento di immaginare la scena. Poi penso al morto, il più in gamba tra i malfattori della zona, e ai suoi figli, due monelli innocenti che cresceranno senza papà. "Ci hanno messo poco, a beccarlo. Da quanto era latitante... Un mese scarso, no?"

"Già. Quando stai in quei giri e sei un pesce piccolo, è facile che ti sgamino in battuta... Magari gli assassini hanno avuto la dritta addirittura dalla madama."

"Facile" ripeto, stentando a tornare indietro con le divagazioni mentali.

"Ma non è neppure improbabile che sia stato mollato dalla sua gente. Ormai era bruciato, e secondo me dava fastidio più ai compari suoi che ai loro nemici, da vivo" incalzo. Il mio collega annuisce.

“Alla fine il risultato non cambia, purtroppo. Avessero accoppato qualcun altro, non mi avrebbe fatto specie, ma Salvo... Salvo, fa male, porco giuda.”

“Vabbè, Davide. Che mazzata mi hai dato. Ora però facciamo un bel respiro e andiamo a lavorare, che se arriva Saverio e trova il bancone sguarnito con ’sta banda di sgraffignatori che vagano a piede libero, ci fodera il sedere a calci.”

Ma quando Saverio ha la bontà di apparire al bar, è ben lungi dal pensare alle nostre chiappe. La notizia del giorno si è diffusa velocemente e il boss ha il muso talmente lungo che pare sfiorargli le ginocchia.

“Dai, cayenne, oggi chiudiamo, non è giornata per lavorare e mi sa tanto che la gente non farà che mugugnare sul povero Salvo. Tirate fuori un paio di bottiglie di spumante, che facciamo un brindisi in suo onore” esclama il mio capo.

In breve una masnada di malmostosi ragazzacci leva le coppe e ne scola il contenuto, per poi dileguarsi chi in sala corse, chi dall’amante, chi dove cacchio gli pare.

IL BAR DEGLI ZANZA

Il suo nome nessuno lo conosce, ma gli zanza del bar hanno iniziato a chiamarlo "il Professore" dal giorno in cui ha fatto capolino, di punto in bianco, nel locale.

L'uomo, brizzolato e bolso, brandiva, quasi fosse un'appendice della mano destra, un oggetto capace di incutere un sacro terrore in quei ragazzoni avvezzi a studiare, tutt'al più, il programma delle corse dei cavalli. L'oggetto in questione era nientemeno che un libro! A suffragare la sua condizione di alieno, sappiate che il Professore è l'unico tifoso Sampdoriano dei dintorni e, in confidenza, vi dirò che qua a Baggio non se ne vedeva uno dagli anni '70. Anche quest'oggi indossa la sua solita divisa: polo Lacoste a righe orizzontali, jeans celesti con tanto di pences e scarpe da tennis della Adidas.

"Buondì", mi fa, "È da un sacco di tempo che vorrei levarmi una curiosità, posso farti una domanda?"

"A disposizione, capo" Rispondo, trovando singolare che un tipo come il Professore, uno che la sa lunga, intendo, cerchi risposte da uno sbarbato come me, a meno che non si tratti di indicargli qualche anonima viuzza di Baggio vecchia.

"Mi piacerebbe sapere, se non sono indiscreto, la genesi di questi due fori, che ritengo causati da proiettili." Con l'indice della mano destra indica gli orifizi stanti alla altezza del ginocchio e che conferiscono una certa personalità alla placca metallica che adorna il bancone. Oggi la lezione di storia te la becchi tu, Professore.

"A dire il vero, Professore, 'sti buchi ricordo ci siano sempre stati, fin dai tempi in cui portavo i calzoncini e venivo, di tanto in tanto, a far fuori la paghetta in gelati e patatine. Ci hai preso, comunque, sono il ricordino di una sparatoria."

"E non ti è mai capitato di chiederti come andarono i fatti?"

Minchia, no. Tutto si può dire di me, ma non che io sia un ficcanaso. Certo è che il Professore ha destato in me il desiderio di approfondire la faccenda.

"Aspetta un po'", gli dico poi; "Se vogliamo saperne di più, l'uomo giusto è il mio boss. Non ricordo se il bar fosse già di sua proprietà, a quei tempi, ma le vicende criminali del quartiere le conosce tutte. Vado a cercarlo in saletta, tanto è là che si sciala quasi da un'ora..."

Lascio il Professore alle prese col suo caffè lungo e riappaio poco dopo in compagnia di Saverio, che con gesti studiati posiziona sulle labbra e accende l'ennesima sigaretta soffiando via uno sbuffo di denso fumo, prima di prendere la parola.

"Volete che vi racconti la storia della sparatoria?" esordisce il mio capo.

"Ci piacerebbe, eccome!" risponde il Professore.

"Dài, boss. Ricordi quando è successo il fatto?" dico, intrigato.

"E chi se lo scorda? Quel giorno ero in saletta, nel bel mezzo di una partita a poker, quando io e i ragazzi abbiamo sentito esplodere i colpi."

"I colpi di pistola?" chiede ingenuamente il Professore.

"E di che altro?" ribatte Saverio con un ghigno beffardo. "Revolver calibro 7,65, che di solito non viene caricato a sale, dico bene?"

"Minchia! Eri qua dentro? Ti è andata di lusso, se stavi al bancone magari le pallottole ti sarebbero fischiate vicino alle orecchie!" esclamo.

"Ma quando mai... A parte che i proiettili non erano indirizzati al barista, manco ero proprietario del bar, allora. Ho rilevato l'attività nell'aprile dell'anno in cui abbiamo vinto i mondiali. Oh, quelli di Spagna, intendo, mica quelli dei tempi di Meazza" dice ridacchiando il mio datore di lavoro.

"L'ottantadue. Che anno tremendo, tutti quei delitti di mafia, giù in Sicilia..." rammenta malinconico, quasi con dolore, il candido Professore.

"Già! L'anno nel quale hanno fatto fuori Dalla Chiesa" continua Saverio.

"E la sua giovane moglie, poveretta" ribatte il Professore.

"Però siamo diventati campioni del mondo. Tutta da buttare, come annata, non è stata, vi pare?" li interrompo.

"Per te parla la tua giovane età. Paragonare una coppa di Football a eventi talmente cruenti da far... Si trattò di oltre cento omicidi, una guerra di mafia spaventosa. Beh, però stiamo uscendo dal seminato" dice concitato il Professore.

"Infatti", prosegue Saverio "Ricordo che quasi ringraziai la madonna, per quegli spari. Non mi stava entrando un gioco che uno. Quattro quinti di scale, colori mancati, carte di merda, vi dico... Uno di quei giorni che non ti esce un tris decente manco se fai un voto a Padre Pio. Poi capita la sparatoria, così interrompiamo la partita e teliamo come lippe, prima che arrivi la madama.

"Quanti colpi sono stati sparati?" domanda il Professore.

"Ne ho contati sette. Quando mi figuro la scena ne sento ancora il fragore, quindi lo posso affermare con certezza. Due proiettili hanno sbrecciato il muro proprio qui" asserisce Saverio mentre si appressa lentamente alla parete, indicando con un dito la zona retrostante il macinino del caffè. "La prima cosa che ho fatto, per rinnovare il locale, è stato stuccarne i fori."

"Due colpi hanno perforato il bancone, quindi ne mancano tre, all'appello" prorompe il Professore, la cui curiosità di vedersi svelato il mistero sguscia via dal suo apparente self control come da una coperta troppo corta.

"Gli altri hanno raggiunto il bersaglio."

"Si è trattato di un regolamento di conti?" incalza il disarmonico Professore.

"Una cosa del genere. Hanno gambizzato un uomo" replica Saverio, che a menarla per le lunghe prova un gusto sadico.

"Chi? Lo conosco, boss?" domando, con tanto d'occhi e le orecchie tese.

"Qualcuno che adesso cammina zoppo, naturalmente."

"Tipo la buon'anima del Gamba de legn? Aveva fatto uno sgarro alla malavita?" vado a ruota libera.

"Naaa! Lui, era la malavita. Nessuno in zona si è mai sognato di sparare a un tipaccio di tale fatta e voi sapete com'è morto, poveretto, smadonnando e con la sigaretta in bocca. Escludete il vecchio e anche quel meschinello di Fortunato... Uno come lui non vale il prezzo di una pallottola."

"Chi diavolo può essere, allora? Un tizio che zoppica..."

"Non ci arrivi, eh, Tino? Eppure ci butti i soldi ogni settimana, con quello."

Mi do una pacca sulla fronte, della serie "Non ci posso credere!"

"Stai dicendo che l'uomo impiombato era lo Zio? Minchia! Non lo avrei mai pensato. Chi l'avrebbe detto? Lo Zio... Sparato. Ma non ha il culo parato dalla famigl..." interrompo la frase, fulminato dall'occhiataccia che mi indirizza il boss. Che figura da pollo, Tino! La troppa confidenza, a volte, fa uscire di mente le più basilari regole dello stare al mondo e le lingue lunghe, da queste parti, possono passare i loro guai. Il Professore non ha inteso nulla, comunque, e Saverio si rilassa.

"Che vi devo dire, ragazzi, quella di mafia dell'ottantadue non è stata la sola guerra combattuta. Dove c'è un osso da spolpare, presto o tardi si azzuffano i cani, non lo sapevate?" riprende a recitare Saverio, rimirando il nulla.

"In ogni caso, quel giorno ho raccattato in fretta e furia il resto del mio denaro, come vi ho detto, sono sceso dai gradini frettolosamente come tutta la gente che vegetava in saletta e ho visto lo Zio buttato in terra che ululava come un lupo, tutto vuncio di sangue..." e, mentre parla, accompagna le parole con gesti lenti ed enfatici delle mani.

"Doveva soffrire parecchio, poveraccio" risolve il Professore, ceruleo.

"Guarda un po', c'aveva due palle nella coscia sinistra e la terza gli ha spappolato il ginocchio, di certo non se la passava granché bene. Un male cane, altro che balle, doveva fargli. Pareva tarantolato, caro Professore. In ogni caso non erano cazzi che mi riguardavano, io pensavo solo a telare, che con la pula e i dottori è sempre meglio non avere questioni."

"Parole sante" faccio io.

"Dica, Saverio... si è mai saputo chi fosse l'aggressore?" chiede esitante il Professore.

"Come, no?" mormora il mio boss, occhieggiando evasivo.

"È capace che lo dici pure a noi o dobbiamo vivere nell'ignoranza?" esclamo.

"Si dice il peccato, ma non il peccatore, sbarbato. Qualcuno è stato, è innegabile. In ogni caso, quando mi sono trovato davanti allo spettacolo, quello aveva già fatto la bella da un pezzo, mica ha aspettato per salutarmi."

"Vabbè, ma almeno il motivo? Prima ci fai crepare dalla curiosità e poi ci lasci a bocca asciutta, neanche ti avessimo domandato l'ingrediente segreto della Coca cola!" obietto seccato, accompagnato dalle vaghe proteste del Professore.

"Vi ho descritto gli eventi e forse ho già chiacchierato troppo, ragazzi. Ci sono cose che si possono dire e altre che è meglio tacere. Le persone coinvolte sono ancora a piede libero e le voci possono correre. Il passato è passato, si dice."

"Rassegnamoci" faccio all'intellettuale dei meandri. "Ho l'impressione che non caveremo un ragno dal buco, con lui."

Il mio boss ride di sottecchi, spegne il mozzicone della sua milionesima sigaretta e si prepara un caffè. Sono sicuro che si sente trafitto dai nostri occhi puntati alle sue spalle e questa situazione ne appaga l'anfitrionesco ego. Il Professore medita, poi ringrazia l'uomo intento a mescolare la nera, aromatica bevanda e lo apostrofa ulteriormente, "Sono avvenuti altri fatti di sangue, in passato?"

"Vedi, Professore, 'sto bar è come una zoccola, ci entra e ci esce chi gli pare. È in piedi quasi da sessant'anni e di balordi ne ha visti passare tre generazioni. Non hai idea di cosa cazzo è successo tra queste quattro mura, in tutto questo tempo."

"Che roba", pensa ad alta voce il Professore, "ci dovrebbero scrivere un libro, non crede?"

Saverio lo guarda quasi con tenerezza, immaginando la miriade di bettole simili che costellano le periferie delle città, ognuna con la propria fauna e le stesse storie di malavita e conclude che 'ste cose non sono da leggere ma da dimenticare.

“A me pare una buona idea, invece. Ci frantumano i maroni da una vita, con tutti quei mediocri film americani sui gangster, con il Bronx, la mafia e le gang messicane. E che, siamo meno di loro? Anche noi abbiamo i nostri Bronx, no? In ogni caso, guarderò questo bar con più rispetto” affermo con enfasi.

“Allora comincia a pulirlo come si deve. Le mensole dei liquori urlano vendetta. Guarda quanta polvere si è accumulata... Ci fossero gli ombrelloni, sembrerebbe di stare sulla spiaggia. Ti capita mai di darci una passata con lo straccio?”

“Vabbè, boss... non me ne fai passare una” rispondo con le orecchie basse.

Il Professore paga, saluta e si dilegua. Già si immagina seduto davanti alla macchina da scrivere, intento a vergare cartelle su cartelle, pescando tra la melma del malaffare vicende sordide di vite stracche, lo squallido vissuto di mascalzoni e perdenti nati.

NOTA DELL'AUTORE

È accaduto che una sera di qualche anno fa, passando davanti a un bar del quartiere, ho osservato divertito una martoriata 127 bianca, parcheggiata di sghimbescio. L'auto era ammaccata, scrostata, con uno straccio come tappo del serbatoio e mi sono chiesto che tipo di matto ne fosse il proprietario. In quello stesso istante è fuoriuscita dal locale una mia vecchia conoscenza. Un uomo dall'aspetto trasandato e scarno, claudicante e con lo sguardo allucinato.

"Lupo!" esclamo "Da quanto tempo..."

"Ciao lupetto" mi ha risposto, mostrando i pochi denti guasti rimastigli.

"Girava voce che tu fossi morto. Dove sei stato per tutto questo tempo?" chiedo, quasi incredulo.

"In galera, lupetto. È brutta, la galera. Hai qualcosa da prestarmi, così faccio benzina?"

Estraggo dal portafogli un biglietto da venti euro e glielo porgo.

"Grazie, lupetto. È brutta, la galera..."

Così dicendo, Lupo si è infilato nell'abitacolo e, dopo avere urtato il marciapiede e un veicolo parcheggiato, è schizzato zigzagando verso il cuore di Baggio vecchia. È stato allora che ho cominciato a pensare a ritroso, ai tempi in cui, fresco di congedo militare, ho passato un anno a servire caffè e whisky nel bar "degli zanza", in questa meravigliosa e, in passato, tremenda periferia milanese.

Ho immaginato ogni singolo bar di rione come un microcosmo, così come quello relativo a questo libro, e ho iniziato a prendere appunti... sono riaffiorate le persone, le storie, i lazzi. Mi sono imposto di non permettere che tutta quella eterogenea umanità finisse nell'oblìo. Così dal taccuino sono passato al computer, le poche tracce iniziali hanno preso a lievitare trasformandosi in aneddoti, poi straripati in racconti, e la conseguenza è il libro che avete appena terminato di leggere. Mi sono ritagliato il ruolo di "Io narrante" e ho collegato tutte le trame, scegliendo di realizzare un romanzo corale, diviso in capitoli nei quali i comprimari assurgono al ruolo di prim'attori. La maggior parte delle vicende narrate sono romanzate, condite in insalata ma derivate da accadimenti reali e i personaggi... beh, quelli!... Guardatevi intorno, i bar sono un ricettacolo di gente singolare, un accrocco di esistenze dai toni tragicomici, consumate generalmente da professionisti della sconfitta. Tali sono gli individui che popolano il Bar degli zanza... che siano reali o di pura fantasia alla fine poco importa, no? Questo romanzo è dedicato a loro.

Finito di stampare nel mese di dicembre 2020
presso Global Print (Gorgonzola - Mi)